Todos los libros de Linkgua Ediciones cuentan con modelos de Inteligencia Artificial entrenados por hispanistas. Pregúntale al chat de tu libro lo que desees acerca de la obra o su autor/a.

Para ebooks: Accede a nuestro modelo de IA a través de este enlace.

Para libros impresos: Escanea el código QR de la portada con tu dispositivo móvil.

Obtén análisis detallados de nuestros libros, resúmenes, respuestas a tus preguntas y accede a nuestras ediciones críticas generativas para una experiencia de lectura más enriquecedora.
La transparencia y el respeto hacia la autoría de las fuentes utilizadas son distintivos básicos de nuestro proyecto. Por ello, las respuestas ofrecen, mediante un sistema de citas, las fuentes con las que han sido elaboradas.

Benito Pérez Galdós

Episodios nacionales IV
Carlos VI en la Rápita

Barcelona **2024**
Linkgua-ediciones.com

Créditos

Título original: Episodios nacionales IV. Carlos VI en la Rápita.

© 2024, Red ediciones S.L.

e-mail: info@Linkgua-ediciones.com

Diseño de cubierta: Mario Eskenazi.

ISBN tapa dura: 978-84-1126-413-6.
ISBN rústica: 978-84-9007-306-3.
ISBN ebook: 978-84-9007-222-6.

Sumario

Brevísima presentación

La obra

Carlos VI en la Rápita es la séptima novela de la cuarta serie de los *Episodios Nacionales* de Benito Pérez Galdós.

La obra comienza en el año 1860, cuando continúa la campaña africana iniciada en la anterior novela, narrada y protagonizada esta vez por el «profeta» de la paz, el enamoradizo e incorregible don Juan Santiuste. Con la ayuda de El Nasiry, otro miembro de la familia Ansúrez, abandonará Tetuán para llegar a Tánger, desde donde retornará a la península.

En este periplo tendrá tiempo para: enfrentarse a Leoncio Ansúrez, de quien había sido discípulo en el oficio de cerrajero; olvidar a Lucila Ansúrez; raptar a Yohar, la hija de un judío principal de Tetuán; e intentar huir con una de las mujeres de su protector y amigo El Nasiry, anteriormente Gonzalo Ansúrez.

Una vez en Madrid, su protector y héroe de esta serie de los *Episodios Nacionales*, el marqués de Beramendi, lo enviará en misión de espionaje privado a Tortosa, donde hay rumores de una nueva sublevación carlista aprovechando que el grueso del ejército aún se encuentra en Marruecos, consolidando la paz firmada.

Allí encontrará Santiuste al Arcipreste, un peculiar y feroz cura carlista, y a Donata, una de sus protegidas, con quien huirá con la ayuda de Diego Ansúrez, marinero y miembro de la ya citada familia.

Y también conoceremos a otro componente, Gil Ansúrez, un trapero vendedor de reliquias falsas.

I

Tetuán, mes de Adar, año 5620.

¡Vive Dios, que no sé ya cómo me llamo! *Yahia* dicen los del *Mellah* al verme; Alarcón me saluda con apodos burlescos, *Profetángano, Don Bíblico*; para algunos moros maleantes soy *Djinn*, que quiere decir *diablillo, geniecillo*; y mi venerable amigo el castrense don *Toro Godo* me ha puesto el remoquete de *Confusio* (con *ese*). Cuando me recojo en mí, y examino y desdoblo mi personalidad, ahora tan envuelta sobre sí propia, vengo a reconocer que soy aquel Juan que vino de España con el Ejército de O'Donnell, trayendo consigo poco más de lo puesto, un humilde y no manchado apellido, que creo era Santiuste, y una condición que tengo por sencilla y mansa, la cual, dividida en cuartos, me da tres partes de galán enamoradizo y un cuartillo de poeta. Tal soy, tal fui. Quiero reconstruir mi ser sintético, y fundar en él la nueva conciencia que necesito al cabo de tantos trastornos, en ésta mi africana vida tan atropellada y exuberante.

Si apenas sé cómo me llamo, tampoco me doy clara cuenta de la religión que profeso, pues las tres que aquí tenemos, confunden en los espacios de mi espíritu sus viejos dogmas y sus ritos pintorescos. Y ved aquí que yo, el hombre de las grandes confusiones, el panteólogo desmemoriado que, al descuidar la fijeza de su nombre, borra con igual descuido los nombres de las cosas, me meto a refundir en una sola creencia las tres que aquí los humanos practican, divididos en castas, familias o rebaños, con sus marcas correspondientes. Adviértase que la síntesis religiosa es para mi uso particular y exclusivo goce, sin ningún prurito de apostolado ni cosa que lo valga. Las tres me mandan que ame a Dios sobre todas las cosas, y al prójimo como a mí mismo, y que perdone las ofensas; las tres me señalan la vida perdurable como fin sin fin de nuestro ser, y me ofrecen recompensa o castigo conforme al valor moral de mis acciones, mientras me tiene Dios estacado en la sociedad humana, paciendo en las no siempre fértiles praderas de la vida fisiológica.

Ninguna creencia monoteísta me manda matar ni robar; pero veo que todas violan el precepto en las guerras y trapisondas, mayormente si éstas son traídas por el furor pietista de los pastores que nos guían en este mundo, y en los caminos para llegar felizmente al otro. Yo ni mato ni robo, y considero la guerra como el pecado mortal de las naciones. En el tratado del amor de mujer manifiestan las tres hermanas... (que así las llamo por no encontrar nombre adecuado con que designar su indudable parentesco)... Manifiestan, digo, divergencias mayores que en otros delicados puntos. Cuál dice que nos casemos con una sola; cuál, que con cuatro; y alguna se nos muestra tan adusta y regañona en lo concerniente al trato mujeril, que, si obedeciéramos con rigor inflexible sus crueles prohibiciones, dentro de un par de siglos no habría ya mundo para contarlo. Pastores y rebaño infringen con tácito acuerdo la inhumana ley que proscribe toda alegría, y así, con el prohibir y el infringir bien alternados, con este ten con ten, como dijo el otro, rebaño y pastores van tirando hasta el fin de los siglos.

En verdad os digo que no me ha costado grandes quebraderos de cabeza encontrar la idea fundente de los distintos criterios con que éste y el otro Decálogo tratan de regular la máquina de nuestras pasiones. Yo cumplo, yo infrinjo conforme a supremos dictados de humanidad viviente y creadora, y al punto me sale la ley de indulto que acalla mi conciencia, reconciliándome con las soberanas leyes... Espero que este relato de mi vida en tierras africanas me dará nuevas ocasiones de explanar con detenimiento materias tan sutiles, y ahora, puesto a infringir, quebranto el método natural de toda narración, y divago a mi antojo, volando de idea en idea y de impresión en impresión.

Sabed que algunos días me levanto y me acuesto con la firme creencia de que vivo en el más bárbaro país del mundo; sabed que no pocas noches me acuesto y me levanto con la idea de que he venido a caer en un país donde debemos aprender la civilización antes que enseñarla. El caviloso examen de estas contradictorias opiniones mías a veces me ocupa mañanas y tardes, sin que de mi tenaz raciocinio salga el término discreto en que pueda fundar la verdad. Me interrogo y no sé qué contestarme. «¿Por qué ha de ser signo de incultura el anónimo de estas calles, plazoletas, encrucijadas y pasadizos? ¿Qué va ganando Tetuán con el furor bautismal de los españoles, que no paran estos días de clavar rótulos en todas las vías urbanas, trayéndonos acá la enfadosa titulación de las calles europeas? ¿Son los tetuaníes mejores de lo que eran porque se llame *calle del Rey* lo que antes llamábamos, sin letrero alguno, *Kaisería*; *calle de Cantabria* la extensa vía de *Trankats*, y de *Chiclana*la famosa *El Haddadin*?» Los vence-dores estampan en el cuerpo de la ciudad conquistada la marca de su prepotencia; en él practican una especie de *tatuaje* con los nombres de todas las unidades de su ejército y los de famosos territorios y pueblos de España. *Ojos de Manantiales* ha venido a ser un diccionario de la guerra y de la paz. Los tetuaníes hojean el indigesto infolio sin entender una sola letra; saben que están vencidos; sienten la mano del dominador; pero miran con desprecio las muestras de su escritura y lenguaje que el español va pintando en las paredes. Yo digo: «Bautizando calles, nada conseguiréis. En las poblaciones marroquíes no habría calles si no fuera indispensable un poco de suelo común para ir de un edificio a otro. Dejaos de callejear, y buscad la vía por donde penetréis en los corazones.»

Ayer comí con Alarcón y Rinaldi en la Judería, donde reside el primero. Ambos se burlaron de mi ropa moruna, invitándome a reponer en mi persona las decorosas prendas del vestir europeo. No me mordí la lengua para defender mi vestido y prestancia, y despotriqué furiosamente contra el odioso pantalón, incómodo y deshonesto, contra las chaquetas y levitas de lúgubres colores, contra los acartonados cuellos de las camisas y las ridículas corbatas que nos oprimen el pescuezo. «Cuando me acuerdo —les dije—, del sombrero de copa, y de que yo he llevado ese absurdo chapitel sobre mi cráneo, viendo en derredor mío, día y noche, innumerables seres humanos afeados de igual manera, creo haber despertado de angustiosa pesadilla, en la cual soñaba yo, y medio Madrid conmigo, que éramos tubos de latón, y que por la cabeza despedíamos todo el humo de las vanidades humanas.» Ya empiezo a dudar de que tales sombreros hayan existido y de que yo me los haya puesto; ya veo representada en ellos toda la imperti-nencia meticulosa y refistolera de lo que llamamos *Administración Pública*, la oquedad del *Organismo Burocrático*, nuevo poder erizado de fórmulas, de ataduras, de pinchos, y que al exterior trata de hacerse imponente con su empaque en cierto modo sacerdotal. Casullas me parecen las negras levitas, y mitras los sombreros de copa. Vistos desde aquí los señores de mi tierra y los primates de la política, me inspiran miedo supersticioso. Su saludo, quitándose el tubo y volviendo a ponérselo sobre la cabeza, en casi todos calva, me hace el efecto de un signo hierático, como el gesto de aquellos figurones que decoran los monumentos egipcios o babilónicos.

De estas extravagancias mías se ríen Alarcón y Rinaldi, y el *moro de Guadix* me contesta con otras más graciosas y peregrinas, acabando por darme la razón y renegar conmigo de algunos usos europeos. Alegrábamos nuestra comida con burlas y chascarrillos, poniendo en caricatura el habla dengosa de las hebreas que nos servían, hijas de Abraham Mendes, en cuya casa, que no es de las peores del *Mellah*, tiene Alarcón su alojamiento. Este Abraham es hermano de *Jakub Mendes*, y como él, tratante en piedras y metales preciosos. A dos pasos de allí, en la calle que ahora lleva el rótulo de *Numancia*, tengo yo modestísimo albergue que me proporcionó *Simi*, pared por medio con su casa, y que amueblamos con prestados trebejos, tapicería y cerámica. Luce nuestro ajuar más de lo que debiera por el buen gusto con que todo lo apaña y adereza *Yohar*, cuidando de que en cada objeto se vean de cara las partes libres de manchas, deterioros o desgarrones, y de que queden en la oscuridad las estragadas por el uso y el tiempo. Tal es el arte de mi compañera, que nuestra casa, en la cual estamos como en un estuche por su extremada pequeñez, parece bonita sin serlo realmente, y hasta nos da la ilusión de holgura en su exigüidad molestísima. Influye no poco en esto nuestra imaginación, que desde los días del rapto no cesa de construir en derredor de nuestra pobreza un mundo risueño y grato: gracias a ella, lo duro se nos vuelve blando, ancho lo angosto, y cuando yo, poniéndome en pie con descuido, sin acordarme de la corta altura de la estancia, doy con la cabeza en el techo, las estrellas que veo son los luminosos ojos de *Yohar*... La imaginación nos calienta el comistraje que frío recibimos de las manos de *Mazaltob*, y nos disminuye considerablemente el número de pulgas y de otras perversas alimañas que de la casa de *Simi* vienen a la nuestra, en busca del pasto abundante que les ofrecen los cuerpos jóvenes...

Otra vez divago, lector mío: no puedo sujetar mi versátil pensamiento, que se me tuerce y ladea cuando más en derechura quiero llevarlo... Recojamos y anudemos la hebra interrumpida. Digo, pues, que Alarcón y Rinaldi, después que almorzamos, me llevaron a dar un paseo por la ciudad, y al cabo de unas vueltas perezosas por las calles próximas al *Zoco* fuimos a parar al *Fondac*, que es como decir parador, lugar de reposo y transacciones comerciales, que los españoles han transformado llevando a él la cháchara morosa de los casinos de allende. Oficiales de distintas armas tomaban café bajo el emparrado sin hoja que entre las dos crujías del local forma un techo completamente ilusorio. Con unos y otros charlamos, hasta que, secos nuestros gaznates, hubimos de humedecerlos con las infernales bebidas europeas que allí vendía un travieso argelino, de cuyo nombre no me acuerdo. Se hablaba del delirio patriótico con que acogían todas las ciudades de España los recientes triunfos; de los planes de O'Donnell; de los rumores de próxima paz; se traslucía en todos el deseo de que ésta llegara pronto, pues ya era hora de consolidar las glorias en el descanso; algunos dedicaban palabras medrosas a los estragos del cólera morbo, dentro y fuera de la ciudad, llevando cuenta de los casos que por la celeridad de la muerte infundían mayor lástima y terror.

En estas conversaciones nos entreteníamos, cuando me sobrecogió la presencia de dos sujetos que aparecieron por el *foro* del *Fondac*, y así lo expreso, porque siempre vi en aquel patinillo disposición semejante a la de un escenario: paredes a izquierda y derecha con puertas practicables; foro de tenduchas arrimadas a una pared con angostos ajimeces; bambalinas de emparrado... De una de las tiendas del fondo, o de la portezuela mal escondida en la rinconada, no estoy bien seguro, salieron los dos hombres en quienes mis ojos y mi atención se clavaron: el uno moro de buen porte, viejo barbudo el otro y de traza judaica. Pasaron cerca de mí, y ya en los bordes de lo que podríamos llamar proscenio, detuviéronse para mirarme. En el moro noté lástima cariñosa; en el hebreo, desdén, odio, rabia: su boca me habría mordido si pudiera, y sus ojos, fulgurantes bajo las cejas blancas de cerdosos pelos, me lanzaban miradas que me habrían deshecho si fuesen rayos... Eran mi fanático suegro *Simuel Riomesta* y mi gallardo amigo *El Nasiry*.

II

Segunda semana de Adar. Se alejaron hablando de mí, bien lo conocía yo, y a mayor distancia volvieron a detenerse y a mirarme. *Riomesta* unió al rencoroso mirar un gesto de amenaza, extendiendo el rígido brazo hacia mi humilde persona. Desaparecieron, dejando en mí una sensación de ansiedad expectante. Toda la tarde, antes y después de abandonar a mis amigos, estuve muy metido en cavilaciones. Asaltaban sucesivamente mi espíritu presagios de distintas calamidades, y mi excitada memoria reproducía con maligna insistencia hechos observados en mi propia casa dos y tres días antes. No he dicho aún, por no tener ocasión de ello, que mis vecinas me habían informado de las visitas que a *Yohar* hizo *Riomesta* algunas tardes, hallándome yo ausente. Ignoraban lo que hija y padre habían hablado, por ser el camaranchón inaccesible a la curiosidad de ojos y oídos; pero veían salir al viejo bufando, con temblor de la mandíbula inferior y de su barba hirsuta. Luego encontraban a la blanca mujer deshecha en lloriqueos, y algún día viéronla rasgar con fiero impulso un pañuelo de fina seda con que su seno cubría. Interrogada por mí sobre el particular, *Yohar* me contó que su padre la reprendía y amenazaba, negándole todo auxilio de dinero mientras viviese conmigo... Verdad parecía esto; mas no era, según mi entender, la verdad completa. Algo más había, sin duda, que en el pensamiento de mi amada quedaba como en expectación medrosa, no sin que lo dejasen transparentar sus ojos dormilones y aun la tersa blancura de su frente.

Debo decir que no ha desmentido *Yohar* ni un solo día la inclinación amorosa que la trajo a mi lado, ni ha dejado de ser tierna, dulce, firme y encendida en su afecto. Solo para mí vive, como yo para ella, y en sus cálculos de futura existencia habla como si nuestros destinos fuesen inseparables, y nuestras almas no supieran romper su armonía venturosa. En los azarosos días, antes y después de la ocupación de Tetuán por los españoles, el ánimo de *Yohar* era de una igualdad encantadora; ninguna privación ni molestia lo abatían; ningún contratiempo apagaba en sus labios la franca sonrisa con que iluminaba mi existencia y la suya... Instalados en la casuca del *Mellah*, porque nuestro menguado peculio no nos consentía mejor vivienda, nos avenimos a la estrechez, y extremando la conformidad, llegamos a encontrar delicioso aquel escondrijo y hasta muy favorable a la salud. Burlándonos de las molestias, concluíamos por soportarlas y aun por creerlas buenas: la sal de las bromas y la dulzura del amor, alternadas en el tiempo sin espacio de hastío entre una y otra, nos sazonaban la vida en tal manera, que no ambicionábamos vida mejor.

Cuando nos faltaba qué comer, porque *Simi* no había logrado vender el puñadito de aljófar que a nuestro sustento destinábamos cada semana, *Yohar* distraía y engañaba nuestra inanición con humoradas donosas. Algunas mañanas, en los ratos que mediaban entre un despertar alegre y un desayuno de inaudita frugalidad, hacía volatines sobre las enjalmas y tapices del camastro, y elevando sus extremidades inferiores de inmaculada blancura, daba pataditas en el techo; o bien se deslizaba por un hueco alto del tabique medianero entre la alcoba-sala y el comedor-cocina, no más grandes que un confesonario de mi tierra, realizando el prodigio de adelgazar su cuerpo hasta lo increíble, y de imitar las ondulaciones de la culebra. Y alguna vez, cuando se me pegan las sábanas, suele despertarme armando en la próxima cocina un pavoroso ruido de platos vacíos, imitando el que hacen los duendes o diablillos que invaden las viviendas abandonadas. Me maravilla la destreza de manos de *Yohar*, que mezcla con estos ruidos el de una pandereta y furibundos toques de almirez.

Un sábado, bien lo recuerdo, cuando comíamos la excelente *adafina* con que nos obsequió *Mazaltob*, tuvo mi *Yohar* el mal acuerdo de reiterar tardíamente sus primeras instancias para que yo abrazase su ley. Con negativa tan terminante había yo rechazado sus proposiciones en los días que bien puedo llamar nupciales, que no creí volviese a mentar semejante asunto. Y no solo habíamos convenido en que yo no cambiara de religión, sino que ella se mostró cautivada del Cristianismo y deseosa de abrazarlo, para que nuestra común fe bendijera el himeneo de nuestras almas. Había yo empezado a instruirla en los misterios dogmáticos de mi fe, así como en la dulce moral de Cristo, y veía con gozo su adaptación fácil a los nuevos ritos, y el calor y entusiasmo con que recibía mis lecciones. ¿Por qué de la noche a la mañana dejaba entrever repugnancias de su abjuración, y me proponía que fuese yo el que diera el atrevido paso para llegar a la igualdad o armonía de nuestras creencias?

Pasados unos días, en plena festividad de *Purim*, creí haber convencido a *Yohar*. Derramó tiernas lágrimas; su viva imaginación me siguió por los espacios del idealismo cristiano, y cuando estaba conmigo en la zona más alta, cayó de improviso, expresando así la sincera verdad de sus deseos: «Oye tú, mi *Yahia*: ¿no percatas que ha de enfurecerse el Dío cuando vea que troco mi ley y me jago cristianica? Dejarme has como so, y tú lo mesmo con tu Jesuscristo. Onde por ello diremos a casarnos a Gilbartal, y allí moraremos, tú mercador, yo señora polida y esponjada de ropa... A casarnos por lo inglés, *Yahia*, y a ser ricos con cuenta grande de *doblas, doros y fluses*.»

Ya me había manifestado *Yohar*, con vaga ensoñación de grandezas, sus deseos de vida europea, conservando la fe judaica. No se borraba de su memoria el recuerdo de unas señoras hebreas de Gibraltar que poco antes de la guerra recalaron en Tetuán, deslumbrando con su riqueza y lujo. Vestían trajes europeos de formas extravagantes y de colores vivos; cargaditas iban de alhajas; derrochaban la plata menuda, y aun el oro, en el auxilio de los judíos indigentes. Fueron por muchos días admiración y comidilla de todo el vecindario del *Mellah*... Un barquito muy cuco, propiedad de un inglés millonario, las había traído de Tánger al Río Martín, y en este punto se reembarcaron para recorrer toda la costa septentrional del continente hasta Damieta o Alejandría. Dejaron tras sí una estela luminosa en el pensamiento de las hebreas pobres, y en las ricas un dejo de admiración que fácilmente en envidia se trocaba. Mi *Yohar*, según pude entender, no era la menos dañada en su espíritu por aquellas fugaces visiones de opulencia y de lo que ella creía la suma elegancia. Desviada de tales pensamientos por el arrebato amoroso, a ellos volvía, con la remisión de aquella dulce fiebre, y trataba de conciliar el querer y el presumir, forjándose una ilusión de vida en que la comodidad y riquezas se fundiesen con el amor del pobre *Yahia*.

No hay que decir que yo, con mis sutilezas retóricas, traté de apartar a la blanquísima hembra de aquellas manías. Discutíamos, y al parecer mis pensamientos vencían y dispersaban los suyos, sin que por esto pudiera declararme vencedor. Creía yo haber tomado la plaza, y ésta me mostraba al siguiente día sus muros inexpugnables; que las mujeres dejan tomar al hombre la fortaleza de su espíritu, y al instante de nuevo la levantan con los mismos caprichos y tenaces deseos. Yo le argüía con lógica incontestable; demostrábale que, abandonados de su padre *Simuel*, no teníamos esperanza de riqueza ni aun de bienestar mediocre; que nuestra salida del atolladero era un pasar modestísimo, trabajando los dos en cualquier oficio, o en un menudo comercio. Conciliáramos ante todo nuestras conciencias, dando solución práctica al intríngulis religioso, y después podíamos allegar en Europa el pan de cada día, seguros de que la protección de Dios no había de faltarnos. Sobre estas ideas pasaba ella volando con las irisadas alas de su vana superstición. Confiaba loca y ciegamente en la suerte, que los judíos llaman *mazzal*; creía en el súbito hallazgo de tesoros, en la emergencia de un cúmulo de circunstancias u ocasiones providenciales para enriquecernos de la mañana a la noche, en la teatral aparición de genios o diablillos que caían del cielo o brotaban de la tierra para ofrecernos con su protección todos los bienes del mundo. Ferviente devota de la suerte, terminaba nuestras disputas con el expresivo refrán hebreo: *Daca un cagada de maizal y tírame a las fondongas de la mar.*

Fácil es comprender, por lo dicho, que el problema vital me inquietaba cada día más, y que pensaba seriamente en plantar los jalones de nuestra existencia definitiva. Los recursos para subsistir, representados por puñados de aljófar que cada día iban mermando, pronto se extinguirían. La vida en Tetuán se hacía imposible: era forzoso pasar el Estrecho y establecernos en tierra europea, donde hallaríamos fácilmente cualquier arbitrio para ganar el sustento. Lo más próximo, lo más hospitalario, era sin duda el Peñón, aquel pedazo de tierra híbrida y cosmopolita que aún tiene algo de España, algo más de Inglaterra, y mucho de los vecinos países africanos. En aquel solar anclado en el Océano, viven en santa paz la libertad, el comercio, el contrabando, y en busca del bienestar andan allí de la mano todas las religiones.

A Gibraltar, pues, dirigí mis propósitos, discurriendo la granjería en que más fácilmente podíamos *Yodar* y yo ejercitarnos. Pensé que el comercio de fruta no tiene hoy la extensión debida, por la indolencia de estos pobres berberiscos, y me sentí con ánimos para darle mayor vuelo. La campiña de Tetuán es pródiga en rechazamos frutas, aun en aquellas partes de la tierra más descuidadas de la mano del hombre. Las naranjas de *Quitan*, dulces y finas, han aprendido ya el camino del mercado de Gibraltar; no así los exquisitos y olorosos melocotones de *Hal-lila*, que por criarse a mayor distancia de Río Martín, no aciertan a salir en busca del dinero. ¿Por qué no he de ser yo quien abra una vía fácil a tan rico producto, agregando a él las peras *Misque* o moscateles, que por su extrema delicadeza no se avienen con la lentitud del transporte, y las uvas de *Dar Murcia*, que, según dicen, en ninguna región de Europa tienen semejante?

Pensando en esto, mi fantasía me lleva más allá de los límites de ambición de un humilde mercader, y con los ensueños comerciales empalmo los agrícolas, imaginando que el cultivo del algodón en parte del valle de Tetuán y en los términos de *Beni Said* y *Beni Madán* crearía incalculable riqueza... ¿Verdad que me parezco a los políticos proyectómanos de mi patria, que amenizan los ocios de la oficina engrosando ilusiones, fabricando porvenires, o construyendo emporios con materiales de cifras mentirosas, y amañadas premisas de aptitudes falsas o de fertilidades de fantasía...? No: déjeme yo de algodones y monsergas, y aténgame al modesto trajín de comprar fruta por poco precio para venderla como pueda, engañando al infeliz consumidor que me caiga por delante.

Combatía yo la testarudez y las limitadas nociones de *Yodar* con medios persuasivos de indudable eficacia: eran éstos la rica ideación europea, el lenguaje castellano usado por mí con gallardía teórica, y variedad abundante de vocablos y locuciones. El hablar mío la subyugaba, y sus ideas rutinarias, expuestas con dicción tosca, mísera, como un instrumento roto y destemplado, eran reducidas a polvo por mis ideas. Fáciles triunfos alcanzaba yo diariamente en nuestras disputas; mas llegó un punto en el cual mi argumentación para ella rica y fascinadora, mi lenguaje armonioso, mi dicción pura, que en sus oídos sonaba como arte lírico de cadencias musicales, no causaban efecto sensible, y eran como los ruidos de la lluvia o del viento. Convencido yo de que nuestra situación no tenía salida venturosa, y de que habíamos de sucumbir si no luchábamos bravamente por la existencia, traté de inculcarle la idea cristiana de la conformidad con las adversidades, de la tribulación como fundamento de la verdadera alegría y de la paz del alma. Si la pobreza y el trabajo eran nuestra única solución, debíamos afrontar el infortunio con ánimo sereno, y hacer de él el amigo y el tutor de nuestras almas. Evocando todo lo que yo había leído en libros místicos y ascéticos, hice la apología de la pobreza; demostré a *Yodar* que admitida y agasajada en nuestros corazones la certidumbre del no poseer, hallamos en ella un bien positivo que fácilmente se trueca en la mayor riqueza; acabé por asegurarle que la suma carencia es al fin la suma posesión de todos los bienes, y que de la tristeza y del abandono surge, como el día de la noche, el mayor regocijo de las almas bien templadas. Todo esto dije y argumenté, desplegando las facultades que me ha dado Dios; pero mi opulenta retórica, mi verbo armonioso con líricos arrebatos, no hicieron en ella más impresión que si le hablara en lengua chinesca.

¡Aceptar la pobreza, más aún, amarla, y alegrarse de ser pobre! Esto no entraba en el cerebro de *Yodar* ni con escoplo y martillo... Vi que la penetración de mis ideas era estorbada por una capa de egoísmos atávicos, obra lenta y formidable de la especie, reproduciéndose en moldes iguales al través de cien generaciones. Por primera vez, *Yodar* se reía de mis bellos discursos, holgándose de no sacar de mi poética prosa ninguna sustancia. Suspendí al cabo mis sermones, dándome a pensar con qué ligaduras podría sujetar a la *Perla* si nuestros destinos nos llevaban efectivamente a vida rigurosa y austera... Mas no tuve tiempo de coordinar nuevos planes, porque Dios precipitó sobre mí sucesos sorprendentes y desgraciados, que pusieron en dispersión mis ideas, y aplastaron, literalmente, mi voluntad.

De esto escribiré otro día... Lo que es hoy, fatiga y tristeza paralizan mi mano cuando intento coger la pluma.

III

Tetuán, *mes de Adar.* Pienso que esto que escribo no tendrá lectores... Mi amigo ilustrísimo, el marqués de Beramendi, me ha dicho *mutatis mutandis*: «Desengañado Juan, si no quieres referir cosas de guerra, refiere cosas de paz; si te repugnan los asuntos públicos, ya sean militares, ya políticos, cuéntame los tuyos, que en muchos casos las historias de hombres aislados y sueltos cautivan más que las de tribus o naciones. Con sinceridad lo digo: las aventuras de cualquier español voluntarioso, enamorado y poco sufrido, me saben a historia general más que las acartonadas narraciones de batallas, o de tumultos populares que alteran la tranquilidad de la Puerta del Sol y calles adyacentes.» Esto me dijo en la última carta que de él recibí... ¿Cuándo? Paréceme que ha pasado un siglo... En derredor de mi memoria revolotean como palomitas mis recuerdos, queriendo volver al palomar abandonado... Pienso que llegó a mis manos la última carta del marqués cuando acampábamos junto a la Aduana del Río Martín... Pasaron días y días sin que me entrasen ganas de seguir la senda literaria que mi amigo me marcaba, hasta que una mañana, sin saber de dónde venía tal impulso de mi movediza voluntad, me sentí historiador de mí mismo, y agarré el primer cálamo que en las judías estancias del *Mellah* encontré.

Escribo sin saber a dónde irán a parar estas crónicas. Ignoro si serán leídas por muchos, o tan solo por el desocupado Beramendi, que como hombre rico se permite curiosidades superfluas y entretenimientos sin ningún fin práctico. Sé que guarda papeles mil, escritos por hombres o mujeres extravagantes; que reúne cartas amorosas, sin excluir las más ridículas, y que a todo amigo que sale de viaje le pide una relación sincera de cuanto ve y padece en galeras y paradores. Hace colección de confidencias de locos o criminales, ya sean escritas para la familia, ya con el fin de solicitar una publicidad que difícilmente encuentran. Pues allá te van también mis confidencias, ioh, Pepito ilustre!, sin que sea mi ánimo darte en ellas un modelo de discreción, ni tampoco enseñanza para los que gusten de aprender en las vidas ajenas el régimen de la propia. Serán mis escritos, como yo, desordenados, ahora discretos, ahora desvanecidos en estrafalarios ensueños o en caprichosas divagaciones. A falta de método, hallarás en ellos sinceridad, y el prurito constante de no recatar de la publicidad, si por acaso la hubiere, los pensamientos más recónditos.

Sigo contando. Invitáronme aquel día Rinaldi, Alarcón y el pintor francés Iriarte a visitar al general en jefe en su campamento. O'Donnell había cambiado la blanda ociosidad del palacio de Ersini, en el centro más laberíntico de Tetuán, por la estrechez de una tienda, rodeado de sus tropas, que aún sueñan con mayores triunfos. Acampa el Caudillo fuera del pueblo, en la primera vega que se encuentra conforme salimos por *Bab el-aokla*, ahora *Puerta de la reina*. Otro campamento hay por la parte del Oeste, camino de *Bu-Sfiha* y en él están Prim y Zabala, el cual, restablecido de su dolencia, ha vuelto a campaña. Aunque extremaron sus halagos para llevarme consigo, no quise bajar a los campamentos. Díjome Alarcón que aquel día se celebraba la primera conferencia para tratar de la paz, y que habían venido unos morazos muy elegantes con poderes del Emperador. Ni con el incentivo de ver moros bonitos lograron seducirme. Les acompañé hasta la salida de la ciudad, y me volví a la *Kaisería*, donde también yo tenía mis paces que ajustar, o sea un tratado de alianza comercial con dos argelinos que traficaban en Gibraltar y Marsella, hombres de gran diligencia y despejo, a quienes conocí antes de la ocupación, y me habían mostrado simpatía y confianza.

Ofrecieron incorporarme a sus negocios, tomando de mí, no capital que no poseo, sino el trabajo asiduo, la fidelidad y mi conocimiento de la lengua española, dándome una participación por de pronto exigua, pero que luego iría creciendo, creciendo... ¡Dios me valga!... El *mazzal* soñado por mi *Perla* no era un espejismo nebuloso, sino una realidad que a la mano se nos venía, cosa tangible, sonante y sabrosa. «¡Oh *Yohar* —pensé—, no verás el rostro descarnado de la pobreza!...» Pues ello era que mis amigos *Djar* y *Ben Sulim* se proponían extender sus negocios a Málaga y Cádiz, y desde aquí penetrar hasta el corazón de Andalucía, que es Sevilla la grande, la graciosa, *orgullo y regocijo del Padre eterno.*

Imaginad mi júbilo cuando los argelinos me propusieron tomarme, no diré por socio, sino por auxiliar de las granjerías que iban a emprender en España. Introducirían directamente los magníficos tafiletes, dátiles, miel, madera de alerce y otros artículos. Necesitaban una cabeza española que les guiara en los senderos de la vida peninsular, y como tenían de mi entendimiento una opinión harto favorable, por lo que habían oído a *El Nasiry*, creyeron haber encontrado el hombre de aptitudes para el caso. A las ideas que iban ellos expresando, me anticipaba yo saltando por encima de sus razones y sugiriéndoles nuevas ideas de ignorados negocios pingües que en España podrían realizar, y encareciéndoles la sutileza y probidad con que yo les ayudaría en la multiplicación de sus ganancias. Por de pronto, yo multiplicaba mis ilusiones y las hinchaba desmedidamente, dejando correr mi fantasía con ímpetu semejante al de la famosa lechera. Ya era yo comerciante. Me estrenaba como dependiente; pronto sería socio; establecido después por mi cuenta con capital propio, en pocos años me vería bien acomodado, pudiente, rico... ¡Como hay Dios, que así había de ser!

Loco salí de la tienda de los argelinos, y todos los caminos parecíanme largos para volver a mi tugurio, ansioso de contarle a *Yohar* tales bienandanzas. Ya veíamos venir el suspirado *maizal...* ya se disipaban los temores de pobreza vil... ya teníamos abierto un camino de bienestar, si estrechito en su primer trozo, luego ancho y florido... ¡Y qué asustada y cuidadosa estaría la pobrecita *Perla* esperándome, pues aquel día, por mis dilatadas conversaciones con los de Argel, regresaba yo al nido dos horas más tarde de lo regular!... Pero su inquietud tendría remedio instantáneo en el alegrón que yo le llevaba. Ya me imaginaba yo su júbilo y los extremos que haría para manifestarlo, pues es mujer que nunca pone discretos límites a la expresión de sus sentimientos. De seguro se lanzaría con ardor al juego de volatines y atletismo, haciendo alarde de su extraordinaria fuerza y agilidad; daría vueltas de carnero en nuestro camastro; remontaría sus remos inferiores pisoteando el techo, quizás abriendo en él un boquete; andaría con las palmas de las manos; imitaría a la serpiente y al cocodrilo, sin olvidar el furioso estruendo de platos y almirez para sorprender y aterrorizar a la vecindad... Todo esto pensaba yo corriendo hacia mi vivienda, y en mitad del *Zoco* me encontré a *Esdras* el borriquero, que del *Mellah* salía. Lo mismo fue verme, que tirarse del asno y acudir a mí con solícita premura.

«Goi —me dijo—: sé que a tu tierra te tornas... Yo te ruego dejarme dir contigo... por si allá topo más mejor fortuna. Español bueno aquí... Allá buen gentío español. Aflójame tu voluntad, *goi,* y llévame...»

—¿Sabes ya que me dedicaré al comercio, que iré a Gibraltar, a España? —dije, sorprendido de que aquel desdichado conociera el nuevo camino que la suerte me abría.

—Lenguas todas del*Mellah* cuentan que te vas y no güelves, ca en el Marroco no tienes vivires apañados.

—Cierto es, *Esdras,* que aquí no hallamos buen vivir, y debemos ausentarnos.

Díjome entonces que él se sentía mercachifle, y que la mala suerte le condenaba a ganarse la vida con su borrico en tan mísero estado... En España, trabajando conmigo en la compra y venta de ropa vieja, que él sabía remendar y poner como nueva, ganaríamos*mucha cuenta de plata.* Mi alegría me hizo benévolo, inclinándome a la protección de los desvalidos: le prometí hacer en su provecho cuanto pudiera, y no le entretuve más tiempo, porque la impaciencia me abrasaba.

Pocos pasos me separaban ya de mi nido. A él corrí desalado... Al entrar en la sucia calle que se decora con el épico nombre de *Numancia*, vi frente a la puerta de *Simí*, que era mi puerta, un grupo de judías, las cuales, en cuanto me vieron llegar, se encararon conmigo saludándome con una exclamación lúgubre, que me dejó helado. «¡Guay de ti, *Yahia*! ¡El Dío se apiade del coitadico *Yahia*!» Así gritaban, manoteando en forma semejante a los aspavientos de duelo que hacen aquí las mujeres ante los difuntos. Pensé que un gran infortunio había ocurrido durante mi ausencia, y en mi interrogación ansiosa no acerté a pronunciar más que el nombre de *Yohar*. Antes de responderme concretamente, repitieron su clamor doloroso: «¡Ay, mi corazón, mi corazón!... ¡Ay, mi cordojo grande! ¡Ay, qué extremación de desdicha!» Angustiado y loco, no sabía yo qué decir. Sin duda, mi *Yohar* había muerto. ¿Dónde estaba?... Corrí a besar su cadáver... «No te endolores más de cuenta, *Yahia* —me dijo *Mazaltob* poniéndome en el pecho las palmas de sus manos—. Sábete que *Yohar* no es muerta, sino ida...» «Ida es de tu casa esa perra», gritó *Simí* ronca de ira.

¡Ay de mí! Entre todas me cogieron y me llevaron al patinillo de *Mazaltob*. Más muerto que vivo estaba yo, y no podía valerme. Comprendí el funesto caso; la verdad penetró en mí con lívida claridad. «¿Pero es cierto que *Yohar* se ha ido de mí?... ¿que mi *Perla* me abandona?»

—Cierto es como la luz de Adonai —replicó la hechicera—. Asosiégate, *goi*, y aflójate de rabia, que agora es ocasión de que te apersones con virtud que ella no tiene. Tú sodes bueno y barragán; ella, una puerca *fidionda*.

La hermana mayor de *Simí*, llamada *Hanna*, vendedora de ropa vieja, me trajo un pañuelo grande, de frágil tela llena de zurcidos, y con gravedad sacerdotal me dijo: «Coge este lienzo que para nada vale ya, y rásgalo con fuerza para desafogar tu ira. Con los pedazos te lavarás el rostril de las glárimas que derrames, y así quedarte has sosegadico de tus entrañas.» Obedecí a la hebrea en lo de rasgar la tela, lo que hice de un tirón con verdadera furia. Luego les pedí explicaciones. «Contadme, referidme todo. ¿Se ha ido por su propia voluntad, o vino su padre a llevársela por fuerza?»

En vez de referirme sucintamente lo sucedido, *Simí* rompió en maldiciones contra *Yodar*. «Le venga el mal de la cabra, cuerno, sarna y barbas.» Y la feroz *Hanna*, rasgando por su cuenta otro lienzo grande, que no era más que un pingajo corcusido, gritó: «¡Hija de la *baranid-dah* enconada!» Esta maldición es de tan feo sentido que no puedo traducirla. Comprendiendo *Mazaltob* antes que las otras mi situación de ansiosa incertidumbre, inició la referencia clara de los hechos: «Vinieron por ella su padre *Riomesta* y *El Nasiry*. Tirándola del brazo se la llevaron. Ella hizo semblanza de desgana y salió lloricosa...» «Mas era compostura de mentira —dijo *Simi*—, que yo le caté los ojos bien secos cuando jacía que ploraba, y sus ahíjidos eran someros de la boca, y no le salían del jondo.» Y *Hanna* prosiguió: «Ya lo tenían amasado el padre y la hija en el forno de sus codicias... Ya estaba tratado, de días luengos atrás, casarla con un *sephardim* de Constantinopla, que tiene casa en Gilbratal, *Natham Papo Acevedo*, de mucha fazenda y compra-venta de fierro.»

Y he aquí que *Mazaltob* me trajo té caliente aromatizado con *nana*, y que los primeros buches de la tónica bebida calmaron un tanto mis irritados nervios... Siguió la hechicera ilustrando con interesantes pormenores la historia que había empezado *Hanna*: «Hoy tiene *Riomesta* en su casa *envita*; él mismo fue esta mañana al matadero a degollar un pato graso; aluego compró en la tienda de *Saddi* un cazolito de pimento y otro de aceitunas curadas; aína, entre *Simuel* y la criada *Mesooda* pusieron a asar el pato... Ha días que *Mesooda* jace jaleas muchas, y dolces, pastas riales, y almibres ricos de todo dulzor... Oyí que ponen otrosí un grande pez que trujo de Río Martín el borriquero Esdras, y lo asarán en cazolón con manteca, citrón y especias de olor... Pondrán aguardiente y licor fino de rosa... En canecos de vidro... Todo esto será para envitar al novio *Papo Acevedo*, que llegó anoche... Da *Riomesta* a su hija dote valoroso, sacos muchos de doblones y plata en un cofre holgón...»

Y Hanna, con voz de sibila, prosiguió: «Farán la boda en el mes de *Siwan*, pasada la vegilia de *Schabuot*. Haberán gallinas muchas, licores finos de la Francia, olivas gordas del *Andalus*, seis carneros fritos para sesenta envitados, tortas blancas y pretas, y una corambre de vino. Será boda roidosa con vigolines y vigüelas, mósica de dulzor y alborotos... pues ainda tocarán tambora y almireces...»

Y otra de aquellas bíblicas tarascas, llamada *reina*, gorda y crasa, ceñido el rostro con dos lienzos blancos, el uno haciendo barbuquejo, el otro turbante, clamó con voz semejante a la de las plañideras que se alquilan para los funerales: «Guau, guau... ¿Qué es de ti, mancebo adolorado? ¿Perdiste tu coima? Tómate agora buen caldo, y quédate riyendo de ella; no la endereces llanto ni te asofoques de lamentación, que ya ella no es blanca, sino preta, preta de su maldad. Quítate del corazón el celo, y no te membres del melindre con ella, que es una perra *niscaliá*. *Guau, guau*. Fuese con otro; déjala, y no te deplores. Blancura de leche no tiene ya, sino sombra de noche escura... Agora la ves desmayada con *Papo Acevedo*. Ríyete, y gózate de verte liberado y desenvolvido de esa puerca.»

Y dijo *Hanna* la ropavejera: «No invidies a *Natham Papo*, que él no tendrá ventura con *Yohar*, sino potra y quebradura, y tú serás gozón y bonito barragán de otras más garridas.»

Y dijo *Simi*: «Beberás leche de camella, que es de virtú, y te zajumarás con olores y jumos de *nana*, y con esto y con el *semah*, que yo te colgaré del pecho, se te ha de quitar la secura de tu meollo, y el celo de *Yohar*, que es tu mal, mal de hombre mujerado, y la fiel se te golverá miel.»

No puedo negar que las vociferaciones de aquellas estantiguas calmaban mi pena y me abrían horizontes de consuelo; extraño fenómeno, que no he podido explicarme. Por último, la hechicera *Mazaltob*, que en cierto modo solía poner en su conducta y en su lenguaje unas briznas de filosofía práctica, me acarició y popó con maternal dulzura diciéndome: «No te apenes, hijo, y repárate de ese cordojo. Ya me has uyido mil veces que si *Moseh morió, Adonai quedó*.» Con esto quería significar que debemos mirar serenos el paso de las desdichas temporales, fijando los ojos del alma en lo inmutable y eterno.

IV

Viéndome más sereno, me obsequió *Simi* con pipas de calabaza y sandía tostadas, golosina que entretiene la voluntad y disipa los pensamientos rencorosos. No obstante mi aparente conformidad con el Destino, la procesión de mis agravios iba por dentro, y no podía resignarme a la traición de *Yohar* sin decir a ésta cuatro verdades más o menos frescas, y sin coger por mi cuenta al *sephardim* que me robaba la mujer, y obsequiarle con una pateadura en el *Mellah* o donde quiera que le encontrase. Como español y como cristiano, no podía evadir el precepto de honor que a una venganza donosa y pública me obligaba, y habría dejado en mal lugar a mi nacionalidad y a mi fe (aunque esto parezca mentira), si al cumplimiento de tan sagrado compromiso no me aprestase sin perder horas ni minutos. Cuando este propósito manifesté a las judías que me rodeaban, advertí en ellas más sorpresa que terror. No comprendían mi acción vengadora ni los sentimientos en que tenía su origen. Alguna me incitó a la paciencia, y en otras noté una vaga admiración de mi audacia *barragana*, en el sentido de arranque temerario y caballeresco. Cuando les dije que *Nathan Papo* y yo nos pelearíamos hasta que uno de los dos quedase tendido en medio de la calle, se asustaron. *Hanna* se apresuró a rasgar otro indecente trapo inservible, y *Mazaltob*, con acento de prudencia, me agarró del brazo diciéndome: «Tente, *goi*, tente con justedad, y cata que *Papo Acevedo* está abrigado debajo de la bandera cónsula de la Ingalaterra. Serás cogido y aína llevarás condenación de azotes.» De la escandalosa chillería de aquellas pécoras no hice ya maldito caso, y me zafé de sus garras, echando a correr fuera de la casa y por la calle adelante, sin cuidarme de las mujeres sucias y chiquillos tiñosos que a mi paso repetían el fúnebre *guau, guau*.

Tomé la vuelta de calles excéntricas para dirigirme a la parte del *Mellah* llamada *Meca*, donde está la casa de mis enemigos, decidido a meterme en ella y coger por los cabezones al *sephardim Papo* si, por desgracia suya, allí le encontraba. Ya distaba veinte pasos de la morada de *Riomesta*, cuando vi que de ella salía mi sabio amigo el rabino *Baruc Nehama*, llenando la calle con su procerosa estatura y la opulencia de sus barbas patriarcales. Lo mismo fue verme, que venir hacia mí con los brazos abiertos, y no esperó a tenerme cogido para echar así la voz tonante: «¿A dó vas, mancebo voluntarioso? Por el aire que trais y el brillar de tus ojos, me parece que vienes con ira... De aquí no pases, ni te pongas injurioso, que no has razón para ello.» Contestele que razón me sobraba, y que quería demostrar que no se juega con un caballero castellano. Pero a mis atropelladas voces contestó con estas otras de grandísima sensatez: «Bien sé que eres caballero, y que entre tus antespasados cuentas al señor Cid, y a otros Cides, como verbigracia el mío señor don Gonzalvo de Córdoba; pero eso no es al caso, pues nadie ha puesto borrón en tu caballería... A *Yohar* te llevaste contra la ley

nuestra y la tuya, y es de justedad que pierdas lo que allegaste con latro-
nicio... No pienses en traer acá duelos con *Papo*, que es hombre de cuenta;
y si en la calle te topas con él, él te deseará la paz, como si topara un buen
amigo. Generancio tras generancio, *Papo* viene de tu tierra y es judeo-
español, de los Acevedos de Plasencia, con quienes tuvo parentesco el
que llamáis don Cristóforo Colón, primer catador de vuestras Américas de
cacia Poniente... Ten cordura, ten agudeza, hijo... Yo digo que bien puede
agradecer *Yohar* al *sephardim* que la haiga cogido encariciada de manos
de otro. En ello mostra *Papo* ser varón coronado de virtudes.»

Como yo soltase, al oír esto, una risa burlesca, se incomodó el hombre,
y creyéndose en la tribuna de la Sinagoga, clamó con voces predicantes:
«Con *Yodar* culpaste, desvergonzaste y ficiste fealdad... ¡Guai, gente pecadora, pueblo pesado de delictos, semen de malinidades!...» Estos sacro-
santos desatinos agotaron mi paciencia y me encendieron la sangre.
Faltaba, según hoy lo entiendo, menos de un segundo para que yo le
tirase de las barbas al espantajo rabínico. Ello había de ser entre vituperio
y caricia, por consideración a su edad avanzada; mas no fue de ningún
modo, porque en el primer momento de mi intención, vi que de la casa de
Riomesta salía un moro elegante: era *El Nasiry*, hijo de Ansúrez. Quedó el
rabino suspenso en sus declamaciones, yo contenido en mi cólera, y me
alegré de no haberle sacudido la enmarañada zalea de sus barbas. Con
respeto, dando cabezadas, miró*Baruc* al moro, mientras éste decía: «Juan,
se acabaron las bromas. No estamos aquí en España.»

—En España estamos, *El Nasiry* —repliqué yo; y *Baruc* se dejó decir—:
Donnell y Prim han venido a conquistar el suelo del Maroco, no sus mujeres.

Al hablar así, miraba risueño al moro, solicitando su aquiescencia; pero
mi paisano, con señoril gravedad, no dejó traslucir ningún sentimiento en
su rostro hispano-árabe. Atenazándome el brazo con su fuerte garra, me
ordenó que le siguiese, y el rabino tomó la dirección de su casa, en la calle
próxima, despidiéndose con esta exhortación: «Hazle entrar en judicio, *El
Nasiry*, y que no quite la paz a fijos buenos de Israel.» Desapareció por
una callejuela. Y he aquí que el hijo de Ansúrez, llevándome por otra, me
hablaba con su habitual donosura. «En tu casa te vestirás con *yoka*, ceñidor
y bonete judío, y vendrás conmigo a donde yo quiera llevarte... Y esto sin

replicar ni oponer la menor resistencia, pues si no me obedeces, no serás mi amigo español, sino un perro vagabundo.» Yo callaba. Por fin, oídas dos, tres veces, sus recriminaciones, me sentí dominado, sin ninguna fuerza para oponerme a la despótica voluntad del caballero español y agareno. No diré que fui, sino que mi tirano me llevó a la que había sido mi casa: allí *Mazaltob* y *Simi* me proveyeron de la *yoka*, ceñidor y bonete. Vestido de hebreo, dejeme conducir por *El Nasiry*, que sin decirme nada me metió en su casa, donde vi aprestos de viaje, mulas bien enjaezadas, fardos, tienda de campaña... No necesité más explicaciones para comprender que mi amigo partía de Tetuán, y que consigo quería llevarme de grado o por fuerza. No sé qué sentimientos embargaban mi alma... Mi aflicción por la forzada ausencia quería buscar consuelo y descanso en la ausencia misma. No sé lo que aquello era.

Pedí permiso a mi tirano para escribir mis tristes sensaciones de aquel día; diómelo; tracé con mano rápida y temblorosa esta parte del diario de mis aventuras; tomé algún alimento, y cual manso cordero me entregué al que se había hecho mi pastor. Poco antes de partir me habló éste con severidad, diciéndome que había dado fianza de que yo partía de Tetuán con propósito firme de jamás volver, y que esperaba de mi honradez que así lo jurase y cumpliese. Agregó que para responder de mi ausencia había exigido que me fuesen sufragados los gastos de mi regreso a España; y al efecto, a mi disposición tenía un remedión de plata y oro, facilitado por mitad, con gallarda esplendidez, por *Riomesta* y *Papo Acevedo*. Al oír esto estallé en indignación. ¡Recibir dinero de judíos por compra-venta del amor de *Yodar*! ¿Eran ellos la Sinagoga y yo el Iscariote? ¿Olvidaba *El Nasiry* la secular condición de su raza hasta el punto de creer que un español puede pisotear la ley de honor, vendiendo por treinta o tres mil dineros a la mujer que ama? ¡Vileza inconcebible en todo cristiano, y singularmente en el que ha nacido en la tierra clásica de la dignidad y el decoro! ¡Antes me cortaría la mano que recibir en ella los ochavos viles del avaro *Riomesta*, del *Papo* cínico, que quiere tapujar con un puñadito de oro lo que fue mi felicidad y es ahora su oprobio!... Todo esto y algo más dije, derrochando sin tasa las exclamaciones de enfático orgullo que dan riqueza y sonoridad tonante a nuestra lengua. Oyome *El Nasiry* con serenidad más musulmana que ibérica, y comentó mi furia tan solo con la irónica sonrisa que mantuvo en sus labios mientras duraron mis roncas protestas en nombre del honor.

«Muy bien, Juanito —me dijo, cuando sofocado yo del esfuerzo verbal aguardaba su respuesta—. Ya me tenía yo tragado que saldrían a relucir los Cides y Quijotes... Muy señores míos. ¿Cómo va de salud? ¿Y en casa, todos buenos?... Pues en esta tierra, para que te vayas enterando, poco tienen que hacer los Quijotes y Cides. Y ya que los has traído contigo, vuélvanse contigo a España... Sabrás, hijo mío, que el honor y la caballería consisten aquí en vivir como se pueda, guardando la religión y cumpliendo todos los deberes... En la España de la parte acá del mar, no da de comer el honor, ni al dinero se le mira con mal ojo, venga de donde viniere... Te veo muy tonto con los ascos que haces a la plata de *Riomesta* y de *Natham Papo*, y nada más hablaremos de ello por ahora. En el camino se hablará. Hoy te dejo en tu vana jactancia... No nos detengamos, hijo mío, y aprovechemos lo que resta de día para salir de Tetuán. El camino es largo y dará tiempo a tus reflexiones... En marcha.

Montamos en sendas mulas bien aparejadas, formando con los servidores y arrieros de *El Nasiry* una lucida caravana, y antes de que arrancáramos, vi que *Mazaltob*, *Simi* y otras judías faranduleras que me tienen ley, se agrupaban en la esquina del palacio del gobernador, y desde allí, temerosas de aproximarse, me despedían con expresivas garatusas. La presencia de aquellas mujeres, ni santas ni limpias, me afectó y entristeció sobremanera por las remembranzas que traían a mi corazón y a mi mente. Mirada cariñosa dejé volar hacia ellas, y la emoción me obligó a volver el rostro, hasta que me fue preciso atender a los primeros pasos de mi mula... En la extensa calle que hoy llaman de *Cantabria*, hubo de pararse nuestra caravana por un entorpecimiento de cargas de leña que zafios montañeses no acertaban a retirar a uno y otro lado de la vía pública. Mientras ésta se despejaba, vi pasar un grupo de oficiales, del cual se destacó mi bondadoso amigo el castrense *don Toro* para venir a saludarme. Hablamos un ratito; díjele que abandonaba con tristeza la dulce Tetuán para internarme en el Imperio, y él me compadeció, despidiéndome con estas palabras: «El Señor vaya contigo, buen *Confusio* (con *ese*), y te limpie de las confusiones que *Allah* y *Adonai* han embutido en tu cabeza... ¿Qué dices?, ¿que acaso vuelvas a España? Allí te quiero ver, *Confusio* amigo... La Virgen te acompañe.»

Salimos por la *Puerta de Fez*... Adiós, Tetuán, blanca paloma, virginal doncella que fuiste, antes que el español te cogiera y manoseara; adiós, *Ojos de Manantiales*, manantial de vida para mí, pues las amarguras y alegrías, las dulces emociones y acerbas penas que en ti he sentido, fueron acrecimiento extraordinario de mi sensibilidad, copiosa reproducción de mis ideas, con lo que parecen multiplicados mis días y soberanamente hinchada de sucesos mi existencia, como río en que entran aguas muchas. Adiós, tierra de maldición y de bendición, más, al fin, de lo segundo que de lo primero, pues bendición es el exceso de vida en tiempo corto, el ver largo, aprender hondo, y llenar nuestras trojes con abundantes cosechas de experiencia. Bendito es todo lugar que, por mucho que se viva, no puede ser olvidado. Hermosa eres, Tetuán, por el misterio de tus calles, la poesía de tus contornos, por la serena confianza de las tres religiones que en tu regazo duermen, más hermosa aún como nido de amores, como alivio y orgullo del hombre enamorado. Adiós, en fin, dulce *Yohar*, estatua de la blancura, monumento de ternura, vaso de miel que en su hondura esconde la traición. Yo pido a mi Jesucristo que te dé la paz, si tu Adonai no quiere dártela.

V

Samsa, *mes de Nissan*. Feliz ha sido la primera etapa de nuestro viaje. De Tetuán a esta risueña y patriarcal aldea hemos venido *El Nasiry* y yo silenciosos, cada cual entretenido en arrullar sus pensamientos, para que se duerman al compás del andar cuidadoso de las mulas. En verdad, no he visto mulitas más discretas en el paso que las de esta tierra; su mansedumbre y la suavidad de sus movimientos superan a los encomios que todo europeo les tributa. Diríase que sienten interés fraternal por el ser humano que oprime sus lomos, y que es para ellas punto de honor llevarlo sano y salvo al término de su viaje. No quitan los ojos del terreno, como si éste fuera un libro en que van leyendo el orden y señalamiento de los puntos en que han de asentar sus cascos duros, dotados de cierta delicadeza pulsátil.

Pues, señor, aún no me ha dicho *El Nasiry* a dónde me lleva. Solo sé que la razón de hacer escala en este pueblo es recoger al hijo de un grande amigo suyo, llamado *Mohammed Requena*, para llevarle con nosotros. Es este *Requena* un moro de casta granadina, anciano, rico, bondadoso y de sutil ingenio. El exquisito trato de tan noble señor serena mi turbado espíritu... Aún no sé cuándo saldremos: el adolescente por quien hemos venido está enfermo de tenaces calenturas. Titubea *El Nasiry*, solicitado, por una parte, de su impaciencia, por otra del amor al *Requena*. Quiere partir pronto a donde le llaman apremiantes intereses, y le aflige marcharse sin el chico. Han pasado tres días de incertidumbre, de aplazamientos, de esperanzas no realizadas. Por fin, entiendo que nos vamos... Aún intenta el viejo *Requena* detener algunos días a su amigo, encareciéndole lo peligroso del tránsito por el valle que ocupan las tropas de O'Donnell. Una batalla no muy sonada se dio estos días en *Samsa*... Frustradas las primeras negociaciones de paz, el cañón atronará pronto estos amenos valles. No debemos partir, según el viejo, mientras no pase la chamusquina. Pero *El Nasiry* tiene prisa, y confía en llegar al desfiladero del *Fondac* antes que estalle la tormenta humana, más terrible y asoladora que la de los cielos.

Partimos al fin. No diré que me alegro, porque la hospitalidad espléndida que aquí me dan y el trato bondadoso de *Requena* han sido para mí como un ambiente tibio y sedante, en el cual se marchitan los sentimientos exaltados, dejando florecer tan solo la plácida amistad y la gratitud... En esta casa no hay mujeres... quiero decir, no hay más que tres esclavas, largas de edad y cortas de hermosura... ¡Descanso del espíritu; descanso de la idealidad, de aquel irritable genio, que, como el de la poesía, no enciende las llamas de su inspiración sino ante la belleza y la juventud!... Adiós, paz nemorosa de *Samsa*; adiós, aldea linda y quieta, de rumorosas aguas, de frescos naranjales... Bendiga Dios las apiñadas flores de tus almendros, perales y manzanos, para que críen abundante y dulce fruto... Adiós, viejas apacibles, medicina de los delirios de amor... Abur, abur...

Stchaidi, *últimos días de Nissan*. Gracias a Dios que encuentro lugar para escribir con relativo sosiego, y un cierto acomodo que tiene lejano parentesco con la comodidad. Fatigas y sustos enormes he pasado; impulsos de huracán me han traído hasta aquí; quebrantado está mi cuerpo de los golpes y vaivenes; quebrantado mi espíritu de las terribles emociones... Reanudo mi verídico relato diciendo que salimos de *Samsa* al anochecer, y que serían las diez de la noche cuando los delanteros de nuestra caravana se pararon, y dieron a nuestro amo esta voz de alarma: «Señor, no podemos seguir. Están aquí.» Los que allí estaban eran los españoles: se les conocía por el rugido seco de las interjecciones castellanas.

Celebraron consejo los guías y *El Nasiry*. Como voy entendiendo el árabe, pude fácilmente hacerme cargo de lo que decían. No podíamos encaminarnos al puente sin meternos entre las tropas españolas; habíamos de ir en busca del vado de *Bu Sfiha*, donde el paso es difícil, por venir los ríos muy crecidos a causa del deshielo... Oídas las diferentes opiniones, decidió el amo que pusiéramos *pecho al agua*, pues no había otro remedio, si no preferíamos volvernos a Tetuán y esperar a que pasase el nublado de guerra. Apechugamos, pues, con el vado, y ello fue a media noche, con ceguera de nuestros ojos, que a eso equivalía la oscuridad y temerosa hinchazón de las aguas; paso tan comprometido como el que intentó Faraón en el Mar Rojo persiguiendo a los israelitas, con la diferencia de que no nos ahogamos por milagro de Dios. A mi mula y a mí nos faltó poco para ser arrastrados por la onda; pero al fin salimos de aquel apuro tomando suelo en la otra orilla. El pobre animal mostraba con paraditas el contento de verse salvo de su naufragio.

Pero la desgracia no se cansaba de perseguirnos: en la orilla de salvación nos salieron al encuentro soldados de Isabel II que nos dieron el *quién vive*, y nos obligaron a tomar mayor vuelta para continuar hacia Poniente. *El Nasiry* bufaba de cólera tanto como yo tiritaba del frío y la mojadura. Pero había llegado la hora de la paciencia y de la conformidad con el Destino. Siguiendo por el camino curvo que al pie del monte*Beniber* nos conducía, por donde pensábamos hallar paso franco hacia el *Fondac*, anduvimos despacio todo el resto de la noche. Un mendigo desarrapado y viejo que se nos agregó, nos dijo que el *sbañul* tenía toda su tropa al otro lado del agua. En Lausie estaba *El Chaue* (entendí *Echagüe*); *Z'baalah* (*Zabala*) y Turón en el puente de *Bu-Sfiha; Chej El Dónel* y Prim en el monte de *Uadrás*, y en *Benider* se había plantado *Muley El Abbás* con su ejército moro, el cual era tan fuerte y aguerrido que allí los infieles fenecerían de una vez, sin que viviera uno solo para contarlo. ¿Y qué musulmán creyente podía dudar que ahora la venganza del Mogreb quedaría consumada, Tetuán redimida de su cautiverio, y los españoles lanzados al mar para que a nado o como pudiesen se fueran a su terruño?

Sorprendionos el día junto a las avanzadas del ejército marroquí. Alegrose mi amo de verse próximo a su amigo *Muley El Abbás*, que sin duda no nos pondría obstáculos para seguir nuestro camino. Descansamos; fraternizó *El Nasiry*, con aquella gente de variadas castas, y como yo, por mi traza judaica, era mirado con antipatía y recelo, mi protector y compatriota el hijo de Ansúrez hubo de decir que era yo su esclavo. No de otra manera podía designar la especial servidumbre a que están sometidos los hebreos de las comarcas interiores del Imperio. Para que estos desgraciados puedan burlar la muerte que a cada instante les amenaza, cada familia o individuo se pone al amparo de un señor musulmán, el cual, a cambio de la *guería* o capitación y de bajos servicios, es protegido con la eficacia suficiente para que nadie se meta con él. A los que en tal servidumbre viven se les llama *demmi*, que significa *individuo de un pueblo sometido*, y no se les da nombre alguno. A cada cual se le conoce por *el judío de Fulano*. Conforme a las instrucciones de *El Nasiry*, yo fui *su judío* desde que llegamos al campamento, y para desempeñar muy al vivo mi papel, me ocupaba en los menesteres más humildes: limpiar las mulas y darles pienso, fregar los platos, encender la lumbre para hacer nuestra comida... *Ibrahim* y los demás servidores del señor, aleccionados por éste, me trataban como a un perro; farsa que si por un lado me molestaba, por otro a gratitud me movía, pues con ella tenía bien garantizada mi pobre existencia.

Dejándonos en la tienda que un *Kaid de Anyera* nos proporcionó, *El Nasiry* fue a visitar a *Muley El Abbás*; mas hubo de volverse sin llegar a la tienda del príncipe, porque a mitad del camino le cerraron el paso los movimientos del tropel marroquí. El espantoso ruido de fusilería nos dijo que había comenzado una fiera batalla. Desde donde estaba yo, no se veía más que el cortinón de polvo extendido en los aires, tras un primer término de hombres a caballo que aguardaban como en reserva. Los gritos de los moros, que comúnmente no saben combatir sin lanzar a los aires chillería discorde, daban a mis oídos una descripción vaga de los accidentes de la pelea. El alejarse y el volver de la onda sonora parecía como el alternado sube y baja de los favores de la fortuna entre moros y cristianos. Sonaba de un modo el rumor de los graznidos cuando el Islam avanzaba, y de otro cuando retrocedía. Hostigado de la curiosidad, avancé entre la muchedumbre de caballos para echar un lejano vistazo a la refriega, pero a los pocos pasos retrocedí asustado de mí mismo. Caí en la cuenta de que la mayor falsedad del papel que yo representaba era mostrar interés por cosas tan opuestas a la esclavitud como son la guerra, el heroísmo, y cuanto se relaciona con los aspectos nobles de la vida. Un *demmi* o judío esclavo debía ser o parecer completamente idiota, cerrado de inteligencia, grosero y bajuno de sentimientos, so pena de que descargaran sobre él todas las iras del árabe orgulloso. Volvime a donde estaba, y en mi rostro puse la estúpida indiferencia de un animal a quien nada interesan ni nada dicen las grandezas humanas.

Pero transcurrido algún tiempo (no puedo precisar su medida), en aquella expectación del que escucha y no ve una próxima tragedia, no me valió mi fingida humildad, y a punto estuve de que me saliera muy cara la imperfecta comedia de mi esclavitud. Llegaron los primeros heridos retirados de la acción, unos por su pie, otros traídos en volandas, y al ver yo que arrojaban en tierra un mísero cuerpo agujereado de balazos por donde se le iba la sangre; al ver que aún tenía vida y que clamaba por conservarla pidiendo con desgarradores ayes auxilio y caridad, sentí que mi corazón cristiano hacia él se iba como las mariposas a la luz. Nunca lo hubiera hecho. Aún no había yo puesto mis manos sobre aquel muerto vivo, cuando el empujón de un brazo vigoroso me tiró hacia atrás; caí de manera poco noble, de espaldas, las cuatro extremidades en alto, y no bien toqué el duro suelo, vinieron sobre mí sin fin de patas moras, con babuchas o sin ellas, que me pisotearon y magullaron sin que yo pudiera valerme. Armas no tenía yo, que si las tuviera ¡vive Dios!, no me habrían pisado aquellos brutos sin que alguno me lo pagara con su vida. La mía estuvo en un tris, y mi dignidad fue más que ultrajada con tantas coces. Ya vi algún yatagán que venía contra mis entrañas y que el buen Ibrahim apartó con mano diligente... ¡Horrible condición la del judío esclavo en estas tierras, donde ni aun la dulce compasión se le consiente! Un perro puede aquí amar al hombre, y un esclavo no.

Arrimado a las mulas, como a seres benignos, me hallaba yo, reponiéndome del quebranto de mis pobres huesos, cuando volvió *El Nasiry*. En un aparte breve quise contarle mi desgraciado suceso; pero antes que yo entrase en materia, llevó la conversación a más grave asunto. Díjome que, en su paseo de vuelta, pudo apreciar que sobre los españoles llevaban ventaja los moros. Habían éstos entrado en la pelea con brío extraordinario, alentados por los árabes de *Hiaina*, que aquel día llegaron con guerrero entusiasmo, y dando el ejemplo de bravura, en todo el ejército encendieron el furor de la guerra santa. Añadió que desde el principio de la campaña no habían combatido los marroquíes con tanta fiereza militar y religiosa. Creyérase que el Profeta mismo había descendido a las filas desde la región celestial en que mora. Esto me dijo en lugar donde nadie podía escucharnos, y en él noté una extraña inquietud y desconcierto del ánimo por la inaudita novedad del vencimiento de los españoles. Poco después le vi en un grupo de berberiscos, congratulándose de lo bien que iba la batalla, y dando las gracias a Mahoma y Allah por la ya segura victoria. Admiré la soberana perfección de su fingimiento, y de él tomé modelo para instruirme y doctorarme en el estudio de mi figurada ignominia.

Mediodía era ya cuando el repecho donde estábamos se aclaró de gente, señal de que los moros ganaban terreno, metiéndose en las posiciones españolas del llano de *Bu-Sfiha*, llamado por nosotros *Buceja*. Cierto era que los perros del Islam iban ganando. He aquí que yo, apóstol humanitario y nada belicoso, sentía ganas de correr hacia los míos y ayudarles a dar a estos brutos una paliza tal que fueran todos a contarlo al paraíso de Mahoma. ¡Qué inmensa dicha poder cobrarles con furibundos pinchazos en el vientre la tremenda pateadura con que me habían ablandado los huesos!... En esto llegó una turba de los de *Hiaina*, graznando con feroz alegría. Algo pude comprender de la jerga que hablaban: «Los españoles eran arrollados... Casi no quedaba ya ninguno de aquellos gigantes que llaman *catalonios*... El campo estaba *alfombrado* de cuerpos cristianos... A Prim, que había salido echando bravatas, le habían abierto en canal dos veces. De otros generales se supo que eran ya cadáveres, y *Chej El Dónel* tenía rota la cabeza...»

Venían aquellos bárbaros en busca de agua, locos, abrasados por la sed... A una señal de *Ibrahim,* acudimos él y yo con cántaros llenos que en nuestra tienda teníamos. Yo di de beber al que con más furia ladraba; después a otro y a otro, todos feísimos, negros y de espantable catadura. ¿Creéis que me agradecieron el socorro que les di? No, por Dios: uno de ellos, portador de una vara que parecía de acero por lo dura y flexible, me apaleó con ella fieramente, y antes de que acabara, los demás no hallaban mejor modo de expresar su alegría que abofeteándome con saña y burla. Me obligaba mi esclavitud a poner en práctica la horrenda humildad ordenada por Jesucristo, que es ofrecer la mejilla izquierda después de bien aderezada de sopapos la derecha. Yo, con perdón de nuestro Redentor, no pude hacerlo, y ya tenía cogido por el pescuezo al verdugo de mi rostro para vengarme de él como pudiese, cuando un grito de *El Nasiry* me contuvo, y me aseguró con su afectada cólera la vida que yo ciegamente comprometía. Separándome con fuerte brazo del lugar de mi perdición, me dijo: «Quítate allá, *demmi...* Tú das de beber a las mulas, no a los hombres de Dios.»

VI

Y he aquí que, pasado aquel sofoco, nos cogió el amo a *Ibrahim* y a mí en la soledad interior de la tienda, para darnos esta orden apremiante: «Se confirma que los moros van ganando las posiciones de los cristianos, pues a cada instante se apartan más de aquí y se corren hacia *Bu-Sfiha.* Aprovechemos la clara y el despejo del terreno por esta parte para seguir nuestra marcha. Recoged todo, enjaezad las mulas, y echemos a correr sin decir nada por las veredas más altas, a ver si Allah, o el Zancarrón, o el mismo *Eblis* nos permiten llegar al paso del *Fondac* antes que cierre la noche.»

Tal como lo dijo lo hicimos, y a espaldas de las envalentonadas hordas de *Muley El Abbás* nos deslizamos por atajos próximos, sin que en nuestra salida pararan mientes los guerreros que allí quedaban. Tomamos desde la partida un vivo trote, huyendo de la cruel matanza; mas por alejarnos rápidamente no perdían nuestros oídos la sensación del inmenso ruido de la batalla, acrecido al avanzar de la tarde con el pavoroso estruendo de la artillería española. Mostrábase el cielo poco benigno con los combatientes, porque al frío seco que desde el amanecer soplaba, sucedió por la tarde lluvia pertinaz, a intervalos arreciada con tremendos chaparrones. Cuando nuestras valientes cabalgaduras atacaban la cuesta que sube a la divisoria de *Djibel Hiamar*, corrían por aquellos vericuetos las aguas con torrencial sonido, arrastrando piedras. El camino no merece tal nombre: no es más que un sendero del cual han sido artífices los cascos de las caballerías. Son aquí más ingenieros los animales que los hombres.

Momentos hubo en que la ascensión por la pendiente *Aaba-El-Fondak* era penosa, con su tantico de peligro. En cualquier país que no fuera Marruecos los caminantes habrían retrocedido, aplazando su viaje para mejor ocasión. Aquí no se asustan de nada que sea incomodidad, y aborrecen las carreteras de piso igual y sólido. ¡Y pensar que en nuestra España ha ocurrido lo mismo casi hasta nuestros días! Por vericuetos inaccesibles como los que yo he pasado al subir de Tetuán al *Fondac*, hacían sus grandes viajatas los españoles de generaciones no lejanas; así caminaban los mercaderes con sus acopios; así las hermandades y cofradías que transportaban reliquias o cuerpos de santos incorruptos; así los grandes reyes Isabel y Fernando, en solemne visita de sus estados, y así las comitivas de princesas que venían a casarse con algún Felipe o con algún Carlos de los que nos depararon las casas de Austria y de Borbón. Con estos recuerdos, yo me hacía la cuenta de que atravesaba las cordilleras de mi enriscada España, en alguna expedición política o comercial, entre Castillas...

Tan ceñudo se puso el cielo a media tarde, y tales cantarazos de lluvia descargó, que la impedimenta que llevábamos, cuatro acémilas con cofres de ropa, sacas de víveres y material de tienda de campaña, quedaron rezagadas por no poder vencer la pendiente con la pesadumbre de sus cargas. En lugar áspero donde la montaña nos deparó una oquedad rocosa, buen amparo contra el furioso aguacero, dispuso *El Nasiry* que hiciéramos alto, lo que las mulas y yo agradecimos sobremanera. Allí nos paramos y acogimos, no solo por resguardar nuestros rostros de los furibundos latigazos de la lluvia, sino por dar tiempo a que pudieran las retrasadas acémilas rebasar la pendiente y agregarse al cuerpo de la caravana. Tan inquieto estaba nuestro amo, que daba miedo ver su cara, el fruncimiento de sus cejas, y aquel mover y apretar de mandíbulas, cual si mascando estuviera una cosa muy amarga. En verdad, maldita gracia tenía que se nos perdieran una o más cargas del convoy con lo que llevábamos para nuestro sustento, amén del dinero y materia comercial de algún valor.

Por fin, a la media hora de angustiosa espera, vimos llegar a uno de los jayanes con la mula que conducía, chorreando agua los dos. Lo primero que dijo fue que otra carga venía detrás, a corta distancia, y que las dos restantes quedaban en los repechos más bajos aguardando a que cediera el temporal. Echó de su boca *El Nasiry* sin fin de maldiciones en lengua arábiga, y alguna en español neto de las más trepidantes; y cuando yo me permitía consolarle del contratiempo con vulgares razones, como la confianza en la Providencia y otras del orden anodino, el arriero soltó esta grave noticia que a todos nos dejó suspensos: «Señor, sabrás que la ventaja de los moros se ha trocado en derrota y palos. El cañoneo de los españoles ha traído a éstos la ganancia de la lid, y ahora, con permiso y ayuda de los malditos diablos, están barriendo como con escobas el campo que habían conquistado los creyentes.» Puso *El Nasiry* al oír esto la cara de compunción hipócrita que tiene para estos casos, y exclamó mirando al cielo tempestuoso: «Cúmplase la voluntad de Allah... Suframos, ¡ay!, el castigo que merecemos por nuestros pecados y la flojedad de nuestra fe. ¡Loor siempre al Clemente y Misericordioso!» Yo me puse también la máscara de una grande aflicción y dije *amén*, reconociendo así que por nuestros pecadillos consentía el Sumo Dios la tremenda paliza que los cristianos administraban a estos zopencos.

Trajo el segundo arriero la noticia de que se había iniciado la retirada de las tropas moras, corriendo hacia la montaña. El cañón español no cesaba de aventar las tribus del Mogreb. Era un espectáculo de horrible desolación... Así como la fin del mundo... Había resucitado Prim, saliendo de un montón de muertos, y con una quijada de caballo mataba cuantos moros cogía por delante. Los demonios hacían visajes horribles combatiendo en las filas cristianas, y Mahoma chillaba en los aires, con *tronío* y *llorío* que era como la ira de Dios en medio de las nubes... Nuevas exhortaciones de *El Nasiry* a la conformidad y paciencia. Ya podíamos ver bien claras las resultas de tanto pecar y de habernos descuidado en la oración y enfriado en la creencia. *Amén, amén...* En el sitio donde estábamos, que era como caverna de poca hondura, llegaba a nuestras orejas con intervalos el fragor de la artillería cristiana, según las idas y venidas del viento. Después de traer el espanto a nuestros oídos, lo alargaba para otra región, llevando a oídos distantes la misma sensación pavorosa. Dijo el segundo arriero que los moros en retirada avanzaban subiendo. Era una ola de mil colores mojados, un rebaño de miles de patas que huía del llano al monte, entre fango, bajo cortinas de agua, y acosado por el fuego.

Sabido esto por mi amo, fue más viva la expresión de su inquietud: le vimos atormentado por cruel duda; tan pronto tomaba una resolución, como de ella se arrepentía. Por fin, se arrancó a decirnos: «Aunque perdamos las dos acémilas que se han quedado atrás, debemos seguir hacia el *Fondac*... Con toda la prisa que se pueda... y allí, si la ola que viene tras de nosotros, y que hasta el *Fondac* no ha de parar, nos permite algún descanso, lo tomaremos. Si no, adelante siempre, y Allah nos guíe y nos socorra. En marcha todo el mundo.»

¡En marcha, huyendo de la ola y tomándole la delantera cuanto fuese posible! La parte del camino que nos faltaba para coger la divisoria del riscoso *Djibel Habib*, era la más fatigosa y endiablada. Entramos por un desfiladero angosto y torcido en innumerables vueltas y dobleces, siempre subiendo; a nuestra derecha, montes altísimos de donde se desgajaban torrentes de agua arrastrando piedras; a nuestra izquierda, vertiente de barrancadas que acaban en invisibles abismos... Iban las cabalgaduras una tras otra, pisando con singular cautela el suelo pedregoso y húmedo. Admiré en la mía el pasmoso instinto con que sorteaba las pendientes resbaladizas. A veces posaba su casco tan delicadamente como si bailara un minueto con las más remilgadas etiquetas que ilustran el arte de mover los pies. ¡Apreciable persona cuadrúpeda, o animal apersonado, manso, discreto, cumplidor exacto del más penoso deber, sin otra recompensa que un poco de cebada! Ya era noche oscura cuando franqueábamos la divisoria; llegamos a un punto en que los abismos que antes veíamos por la izquierda abrían sus negras bocas por la derecha. Cesó la lluvia, y el viento helado campaba por sus respetos en los caballetes del monte. Íbamos ya cuesta abajo. Las mulas, inducidas a mayor cuidado por la oscuridad, andaban con más lentitud, tanteando el suelo... Por fin, al cuarto de hora de descenso, vimos a la izquierda un cuadrado regular, construcción chata que blanqueaba en las tinieblas. Era el *Fondac*...

Era el indecente y destartalado parador, en que el *Majzen*, o Gobierno central, atiende al descanso y refacción de viajantes y caballerías. La estructura y disposición del edificio me recordó los corrales que dan abrigo a los rebaños de toros o de ovejas en las sierras y descampados de nuestra Península. Cuatro paredes en rectángulo, no muy altas; en la del frente una puerta; en el centro un patio claustrado de tejavanas; a los lados de la puerta dos estancias donde vive el administrador, funcionario del Estado; basura, montones de paja, oscuridad de noche, frío y polvo siempre, componen el desmantelado edificio. Concluyen de arreglarlo y le dan la última mano de pintoresca barbarie las turbas que por horas o por días lo habitan. Cuando nos apeamos frente a la puerta, vi que en el fondo del corral pestañeaba la luz de un candilejo; la luz se fue acercando, trayendo detrás de sí a un árabe caduco y medio cegato que saludó a *El Nasiry* como a un antiguo conocimiento. Al entrar, vimos sombrajos de caballerías y algunos bultos de moros tumbados en el suelo.

Ordenó mi amo que se diese un pienso a nuestros animales sin quitarles las monturas, pues habíamos de partir al instante; pidió al guardián café caliente, entramos en uno de los cuartuchos laterales, amueblados exclusivamente con paja, para que cada cual, según los modos o costumbres de su indolencia, se tumbase y estirase. Tan inquieto y abrasado en zozobras estaba mi amo, que cuando el vejete nos trajo el café, servido en vasos humeantes, no se cuidó de catarlo. Yo sí lo hice porque me sentía transido y desmayado. *El Nasiry*, según me dijo, apartar no podía de su mente la idea y la imagen de aquella ola del Mogreb derrotado y huido. Hacia donde estábamos vendría la ola, pues no había más camino de fuga que el que seguíamos, ni en dicho camino más reposo que el maldito *Fondac*.

De improviso, estando él y yo en estos pensamientos y melancolías, oímos ruido al exterior, que no era del viento, sino de caballerías galopantes, y de voces al parecer humanas o de diablos que hablaran a estilo de los hombres. No pudo contenerse *El Nasiry* y salió, salimos a la puerta. Lo que llegaba era la ola, sus primeras espumas salpicantes. Dos moros se apearon: venían manchados de sangre y lodo, pintadas en el rostro la ira, la ansiedad, la desesperación; sus caballos negros blanqueaban del sudor, y apenas podían valerse ya, mal sostenidos por sus remos temblorosos. Apenas se apearon los dos primeros jinetes de la ola, vimos llegar a otros dos, y como al medio minuto, seis más en caballos derrengados ya del furioso correr, los vientres heridos y rasgados por las espuelas... Quisimos volver a nuestro albergue y asegurarnos contra la invasión; mas la curiosidad de ver la ola engrandeciéndose a medida que avanzaba, nos detuvo en la puerta. Los primeros que a pie llegaron fueron tres, con resoplido de peatones que ganan el premio en la carrera; tras ellos aparecieron cuatro; luego, de golpe, como unos veinte, seguidos de tres a caballo: uno de estos jinetes venía mal herido y medio muerto. Antes de que lo bajaran del caballo, se cayó él como un fardo, y al rebotar en el suelo, dio señal de agónica vida en voces roncas... Aterrados entramos mi amo y yo en el corral, y al punto nos obligó a salir de nuevo un gran vocerío, clamor inmenso, como si todos los gemidos del dolor humano se tradujeran al lenguaje de la mar brava revolcándose en la playa pedregosa. Era la plenitud del ejército en dispersión, que a lo alto del monte llegaba ya con el imponente hervir de su cólera despechada, y la espuma de las maldiciones que escupía contra la tierra y el cielo.

VII

Ya no había salvación; nos ahogamos en la onda de salvaje humanidad, empujada del pánico, del hambre y de toda suerte de locura... Ya no podíamos andar por dentro ni por fuera del inmundo corralón, sino con esfuerzo y braceo de nadadores, abriendo hueco entre la carne sudorosa. El aliento de la masa humana nos asfixiaba; el rumor de cólera y rabia nos enloquecía. Ya mi amo y yo, forcejeando en el interior, no encontrábamos a los criados moros, ni las caballerías, ni el café que habíamos dejado a medio tomar; ya íbamos y veníamos llevados de la onda; ya, por los gritos que proferían tantas bocas feroces de blancos dientes, y por la expresión terrorífica de tantos rostros negros y blancos, bruñidos del sudor, llegábamos a creer que también nosotros veníamos huidos del combate, y que traíamos en nuestras almas la furiosa rabia de la derrota.

Quiso *El Nasiry* congraciarse con los que más cerca teníamos en aquel penoso braceo en medio de la onda, y algo les dijo de la batalla y de lo mal que se había portado Allah con sus fieles creyentes. Los que le oían respondieron con voces famélicas más que patrióticas: tenían hambre, y querían repararse con algún alimento hasta que pudieran llegar a sus casas en remotos aduares. Otros vociferaron contra O'Donnell y Prim, renovando la ridícula leyenda del pacto entre españoles y demonios. Ya tenían los moros sometidos a los cristianos; ya el campo de éstos era *una alfombra de cadáveres*, cuando se desgajó el cielo vomitando diablos; resucitaron los cristianos muertos, y el Mogreb vencedor fue vencido por máquina sobrenatural... En la fuga, los heridos que traían fueron abandonados en el monte, donde los cuervos se encargarían de comérselos tranquilamente. ¡Felices los muertos porque subirían al paraíso de frescas aguas cristalinas!

Logramos al fin topar con *Ibrahim*. Éste nos dijo que antes que él pudiera evitarlo le habían quitado y abierto el fardo de una de las acémilas, el cual, como era cosa de condumio, pasó en un santiamén a las bocas voraces y a los estómagos hambrientos. No se incomodó *El Nasiry* al oírlo; antes bien mostrose conforme con el despojo, asegurando que a su intención caritativa se habían anticipado los ladrones... En tan apretada situación estábamos, sin poder entrar ni salir, ni recoger lo nuestro, ni escaparnos de tanta confusión y laberinto, cuando llegaron a nuestros oídos voces muy distintas de las desesperadas voces de la onda. Al mismo tiempo se arremolinaron los que llenaban el ancho corral, abrieron paso, y pude ver a un negro *bokari* que látigo en mano apartaba a un lado y otro la bárbara plebe, sacudiendo sin compasión sobre los estrujados cuerpos. Tuve la desgracia de que el látigo de aquel sayón me cogiera de lado a lado la cara, haciendo saltar de mi cabeza el bonetillo que la cubría. Lastimado de tal injuria, oí decir claramente al zurrador que diéramos paso y fácil entrada en el corralón al poderoso señor *tal* y *tal*, que venía de parte del Sultán para tratar guerra y paces.

Abriose al fin en la masa cavidad suficiente para que entrase un morazo montado en mula de tan alto aparejo, que el hombre parecía cabalgante en una torre. Tras él entraron cuatro más, caballeros en airosos corceles, y le seguía una escolta que en su mayor parte hubo de quedarse fuera. Con tal cuña, ya estábamos los de dentro en punto de ahogarnos de verdad. La suerte fue que el del zurriago, antes que su altísimo señor se apease, trató de despejar el local gritando: «fuera, fuera, canalla: dejad hueco al señor...» También a mí me tocó buena parte de esta nueva zurribanda. En fin, salió la chusma del corral, a borbotones o chorros, como el agua de sucio estanque al cual se abren las compuertas, y desde este punto ya respiramos y nos esponjamos, y yo pude hacerme cargo, por el escozor de mi piel, de los desastrosos efectos del látigo.

Pero como es invariable ley humana que vengan siempre enlazadas y cogidas del brazo las bienandanzas y las desdichas, sucedió en aquel caso que tras el peligro de ahogarnos en la ola de los vencidos, vino la suerte y buena coyuntura de que mi amo *El Nasiry* y aquel pomposo sujeto, emisario del Sultán, fuesen amigos. No hay que decir cuánto me alegré de verles saludarse y hacerse graciosas zalemas, celebrando su encuentro. Entraron luego los dos en el primer aposento donde estuvimos, y recostáronse en la paja muelle, único diván y revolcadero de personas que allí existía. Quedeme yo en el corral, entre caballos y mulas, y hasta la madrugada, cuando ya salíamos de aquel infierno del *Fondac*, no pude saber quién era el caballero del blanco alquicel tan bien escoltado de moros elegantes.

Dos o tres veces me recitó *El Nasiry* el rosario de los nombres de aquel señor, los que apunto cuidadosamente para que ninguno se me escape de la hebra en que van engarzados. Llámase el *Kaid Abu Abdal-lah, Mohammed Sen Dris Ben Hammam El Ferrari*. Según cuenta, Su Majestad el *Sultán Sidi Mohammed Ben Adderrahman*, viendo el mal cariz que tomaba la guerra, le llamó, y dándole sesenta mil ducados con que remediar al ejército, ordenole que al campamento se trasladase, y examinara el estado de ánimo y disciplina de las tropas, para ver si convenía proseguir la campaña o rematarla de plano con las más ventajosas paces que se pudieran obtener. Iba, pues, *El Ferrari* a tomar el pulso al enfermo, y por cierto que le encontraba dando las boqueadas, menos necesitado de medicinas que de los últimos

Sacramentos. Sin duda el buen señor se haría cargo, por la desolación que allí veía y por lo que debió de contarle mi amo, de la soberbia tunda que aquella misma tarde había sufrido *El Mogreb*, y de la necesidad de acudir pronto al descanso de la paz, que el marroquí desea, y al español no le vendrá mal.

La oportuna llegada de aquel fantasmón fue venturosa para nuestra caravana, porque, despejado el patio, pudo mi amo recoger lo que quedaba de lo suyo y disponer que partiéramos inmediatamente. Esperanzas no teníamos ya de que pareciesen las dos acémilas que nos arrebató la ola en medio de la cuesta. La que desvalijada fue en el *Fondac* quedó en menos de un tercio de las vituallas que transportaba. Solo permanecía completa la que llevaba el material de la tienda, ropa y algo de plata. Con pérdidas tantas, ya podía dar gracias a Dios nuestro amo *El Nasiry* por haber salvado las vidas de todos en aquel terrestre naufragio. Reunidos los sirvientes para la marcha, aún tuvimos que aguantar casi a oscuras dos chubascos más sobre los ya sufridos. El uno fue la plática larguísima del señor moro *El Ferrari*, uno de los hombres más habladores que he visto en mi vida. Por su caudal oratorio, le creímos enviado de Mahoma para implantar en el*Mogreb* el sistema parlamentario. El otro chaparrón nos lo proporcionó un *Kaid* de Fez, que vino en las últimas aguas de la ola y que resultó, como el otro, amigo de mi amo. Traía toda la rabia y resquemores de la derrota; pero también una honrada sinceridad digna de las mayores alabanzas. Hartándose del café rico con que obsequió a todos *El Ferrari*, dijo que los españoles habían hecho un esfuerzo grande para vencer, y que estaban cansados; pero que no había medio de luchar con ellos mientras el *Mogreb* no tuviese una mediana organización militar, y trenes de Artillería con personal entendido que la manejara y sirviera, así en el llano como en los pasos de montaña.

Urgía, pues, según *Ben Hair*, que así llamaban al de Fez, negociar una paz decente, para que volvieran los cristianos a su casa, y recogidos los moros en su solar, pensaran luego en adestrarse y prevenirse por si aquéllos volvían con nuevas pretensiones de conquista. Tal como hoy están las cosas, no puede el moro resistir las embestidas del cristiano, pues si perversa es la religión de éste como inspirada del Infierno, tiene en cambio artillería magnífica con la cual se remedia de la desventaja de su religión. La musulmana, que es única religión verdadera, no excluye los cañones, ni se opone al uso y buen gobierno de estas terribles máquinas; que bien claro nos dice el Profeta en su santo libro: «Sé ferviente en la oración, y Allah pondrá en tus manos el rayo con que podrás aniquilar al incrédulo.» Con la voz *rayo* significó Mahoma piezas de grueso y mediano calibre de los mejores sistemas que los mismos incrédulos inventan y perfeccionan para guerrear unos con otros... Dichas estas cosas atinadas, tan del gusto de todo buen musulmán, nos dio cuenta minuciosa de la batalla, refiriendo los designios, los movimientos, las astucias y ardides de ambos combatientes, historia que no reproduzco porque no me tachen de prolijo y fastidioso. Nada olvidó *Ben Hair* de la pericia de Ros, Echagüe y Zabala, de la bravura temeraria de Prim, del tino y dirección admirable de O'Donnell. Reconocía las grandes dotes de sus enemigos, y los encomiaba sin quitar a los suyos su parte de heroísmo y de conocimiento, con lo que nos hicimos cargo los oyentes de la belicosa acción a que los moros dan el nombre de *Bu-Sfiha*, y los españoles el de *Uad Ras*, o más propiamente *Uadrás*.

Contaré ahora las oscuras tragedias mías y mis personales batallas, que no serían conocidas de ningún cristiano si yo no las escribiese aquí para desahogo mío y recreo del bonísimo Beramendi. Sabed, oh lectores fingidos y sin razón inventados por mi pluma, sabed que, dispuesta la partida, me ordenó mi amo, en la puerta misma del *Fondac*, que diese de beber a las mulas. Obedecí; llevé mis bestias al costado exterior del edificio, por el Este, donde están el pozo y abrevadero, y cuando quise sacar agua, vi dos espingardas arrimadas al brocal, y sobre él un espadón unido al tahalí. Con todo respeto cogí las armas para colocarlas en otro lado... ¡Cristo padre! Nunca tal hubiera hecho. Aún no había puesto mi mano pecadora en aquellos instrumentos que sin duda eran sagrados, cuando una fiera con trazas de hombre saltó de en medio de la oscuridad, como tigre que acecha en el matorral, y dándome un fuerte manotazo, al que acompañaron las voces de *ladrón*, *perro* y no sé qué más, me derribó al suelo. Apenas caído, salieron no sé si tres o cuatro bestias humanas, y me levantaron en vilo sin que yo pudiera defenderme ni desasirme de tantas brutales manos que me cogían... Reuniéronse al instante muchos más, en número que a mí me pareció legión de demonios, y con griterío infernal, en habla riffeña, me pasearon en alto, éste me coge, éste me suelta, de todos golpeado, zarandeado y escarnecido... A mis voces acudieron *Ibrahim* y otro de los servidores de *El Nasiry*; mas nada podían dos hombres piadosos contra quince o veinte desalmados, que solo tenían de humanidad el habla y la figura, y aun sobre éstas habría mucho que decir...

Pues nada menos querían aquellos monstruos que tirarme a una cisterna que a poca distancia del pozo abre su siniestra cavidad entre rocas. Yo no sabía que existiera aquel abismo hasta el momento en que, suspendido sobre él por las manos de mis verdugos, vi su temerosa hondura, y en el fondo un espejo de agua inmóvil, que reproducía el cielo, y en él la media cara de la Luna que aquella noche entre celaje y celaje nos alumbraba. Fue un instante no más, dos segundos o tres de terror y angustia indefinibles. No caí al hondo, donde habría perecido, porque mi desesperación se agarraba con ferocidad a los cuellos, a los brazos de los mismos que querían arrojarme, porque hice presa con los dientes en alguna oreja, en algún trapo de turbante, y porque, al fin, mi noble amo acudió a mi vocerío angustioso y al veloz llamamiento de *Ibrahim*. Salvado fui de milagro, y esto lo debí a los astros del cielo más que a *El Nasiry* y a *El Ferrari*, que resultaron, por lo que voy a decir, instrumento providencial del prodigio de mi salvación.

Pues sucedió que mi amo y el noble mensajero del Sultán habían salido a la puerta a percatarse del firmamento, del cariz de la Luna, de la dirección del rabo de la *Osa*, que los árabes llaman *Aldebb al Akbar*, de las alturas a que estaban sobre el horizonte otros grupos de estrellas, de la situación de *Júpiter* o *Marte* (no sé cuál) con respecto a las figuras zodiacales. Era *El Ferrari*, según supe después, muy experto en la astronomía empírica, y no pasaba noche sin que examinara los espacios siderales, no solo por gusto de la contemplación de lo infinito, sino por atisbar los signos que relacionan el cielo y sus aspectos con los destinos humanos. Estaba, pues, *El Ferrari* dando a mi amo lección astronómica o astrológica, ayudado de un palo con que iba señalando cada familia estelar, y su sagaz conocimiento marcaba las señales anunciadoras de la paz entre España y el Mogreb, cuando llegaron a los dos señores mis gritos angustiosos y las voces de

Ibrahim. Corrió primero *El Nasiry* a donde yo clamaba, pendiente sobre el abismo, mi vida separada de mi muerte por el espacio de un segundo, y quitándole a su amigo el palo con que a las estrellas apuntaba, con él dio en las espaldas de mis verdugos, echándoles por delante furibundas imprecaciones. A esto debí la vida... Y yo pregunto ahora: «¿qué hubiera sido del pobre Juan, si en el momento de salir yo con las mulas para darles de beber, no hubieran salido también los señores al campo raso, para escudriñar con miras mágicas los espléndidos signos del firmamento?» Por eso he dicho que las estrellas me salvaron... Algo tiene la magia cuando me vi obligado a bendecirla. ¿Cómo no, si de ella estuvieron pendientes mi vida y la paz del Mogreb?

VIII

Y que no tardé poco, ¡Dios me valga!, en reponerme de aquel espanto. No se vuelve de los bordes de la muerte sin que quede nuestra ánima suspensa y aterrada por algún tiempo. Miraba la media cara de la Luna en el cielo, jugando al escondite entre celajes, y su claridad me daba horror, como cuando la vi en el fondo de la cisterna, llamándome a terrible agonía en las dormidas aguas. Diéronme a beber café, que me reparó con su calor el estómago y todo el organismo. Vi con gratitud el rostro amigable de *El Nasiry*, a la luz del candil que nos alumbraba en la estancia guarnecida de pajas hediondas; vi también el de *El Ferrari*, advirtiendo entonces que el buen señor es tuerto, y maravillándome de que con un ojo solo pueda escudriñar los espacios celestiales, y leer en ellos los oscuros enigmas de la Humanidad.

Pero nada me dio tanto gusto como ver y oír que ambos señores se despedían uno del otro, señal de que partíamos de aquel *Fondac* que, si no era ya mi Infierno, había sido mi Purgatorio, del cual salía mi alma bien purgada y limpia de cuantos pecados en la blanca Tetuán cometí. Siglos se me hacían los minutos que aún tardamos en apartarnos del horrible parador. Mentira me pareció que perdía de vista la casa inmunda, el pozo, la horrible cisterna y sus aguas dormidas, que fueron espejo en que me asomé y vi la eternidad. Adiós, *Fondac* lúgubre... ¡Que no me muera yo sin recibir la noticia de que te ha reducido a escombros un terremoto, o a cenizas un rayo del cielo!... Tan batanado, tan dolorido estaba mi cuerpo del diluvio de golpes y porrazos, tan agobiado de ansiedad y terror mi espíritu, que difícilmente podía tenerme en la silla. Desde *Samsa* no había dormido, ni en mi cuerpo había entrado más alimento que algunos sorbos de café... A cada instante encontrábamos grupos de moros que regresaban a sus aldeas después de la batalla, unos con la espingarda al hombro, otros inermes, todos andrajosos y escuálidos, con la tristeza pintada en el rostro. Al pasar junto a ellos, creía yo que me miraban con ira, como queriendo repetir en mí los pasados ultrajes. Yo dije a *El Nasiry:* «Menos temo en esta montuosa soledad a los chacales y hienas que a los hombres. Lleguemos pronto a donde yo encuentre descanso y paz.» Mi buen amo me tranquilizó con dulces palabras.

El alba sonrosada nos aclaró el camino a la hora y media de salir del *Fondac.* Bajamos por despeñada cuesta; dejamos a la izquierda los caminos de *Arsila* y *Alkazar-Kebir.* El paso descendente de la mula, como tanteo de peldaños de desigual altura, me molestaba lo indecible, desguazándome todo el esqueleto... Vadeamos multitud de arroyos que bajaban turbulentos, batiendo en la carrera sus aguas achocolatadas. Y aquel paso entre pedregales no tenía fin. Ansiaba yo llegar al llano, que veía bajo las pisadas de mi mula; pero el llano no quería dejarse pisar, y burlaba la ansiedad de mis ojos hundiéndose más a cada paso que dábamos hacia él... Por fin, dormitando yo sobre la mula, llegamos a un lugar donde se hizo alto. Allí descansé un poco; me revolqué en el suelo, como los burros cuando se les libra de la albarda; comimos algo, y otra vez al tormento de la montura y del andar cadencioso. Llano adelante, vimos los montes que arriba se quedaban arrogantísimos con turbante de nubarrones. Contemplándolos tan hermosos, les eché mi despedida con la firme intención de no volver a pasar por ellos. Nada digno de contarse me aconteció en el resto del día, hasta que llegamos a esta aldea situada en medio de un extenso prado, donde se resolvió pasar la noche y reposar las molidas osamentas.

En *Stchaidi,* donde escribo, hallamos un amigo y cliente de *El Nasiry,* que no nos permitió armar la tienda, ganoso de aposentarnos en sus admirables chozas con techo de paja, las cuales eran mejores que algunas casas de Tetuán. Debió de decirle mi amo quién era yo y la razón del tapujo hebreo que llevaba, porque *Bu S'liman*, que tal es el nombre de aquel simpático y amable moro, me aposentó en un cuarto muy bueno, a flor de tierra sí, pero desahogado y limpio. La puerta era tan chica, que tenía yo que entrar a gatas. En un costado de la estancia me armaron cama blanda en horizontal nicho guarnecido de azulejos, y para mayor sorpresa mía pusiéronme una mesilla de ocho patas con utensilios de escribir, lo cual significaba que me tomaron por poeta o literato. No fue superior, pero sí abundante, la comida que nos sirvieron en otra choza más grande que la mía, rodeada de higueras, tártagos y mimosas. Reparé yo mi estómago, y luego me metí en el nicho, de donde por mi gusto no hubiera salido en tres días. Dormí menos de lo que me pedía el cuerpo; pero como *El Nasiry* resolvió prolongar la estadía para tratar con *Bu S'liman* y otros moros de un negocio de ganado, tuve tiempo de escribir dos o tres horas, y de coger después el sueño, empalmando sabrosamente la segunda tarde con la segunda mañana. ¡Ay, qué contentas quedaron mis carnes, y con qué devoción dieron gracias a Dios mis huesos atormentados!

Tánger, *fines de marzo*. Aquel *Bu S'liman* que nos hospedó en *Stchaidi*, es alto, rubio, entrado en los sesenta años, saludable y fuerte, con solo un achaque de la vista que le obliga al uso de antiparras de vidrios oscuros y gordos montados en cuerno. Dos chicos que nos servían de comer mostraban también en sus ojos la pitaña, mal endémico sin duda en aquel terreno pantanoso. Mujeres vi a lo lejos en chozas distantes, gordas, con tapujo de tela grosera y blanca, dejando ver las piernas coloradas de ancho tobillo. Unas lavaban ropa, y otras la tendían en retamas... No sé por qué me pareció renegado el tal *Bu S'liman*. No hablaba o hablar no quería lengua española; pero bien pude apreciar que la entiende. Al despedirnos, me hizo no pocas reverencias, singular contraste con las vejaciones que en las etapas anteriores del viaje sufrí... Tal vez el muy guasón de *El Nasiry* le ha dicho que soy algún rico personaje español disfrazado, o cercano pariente de Isabel II, que vengo a tomar nota de las grandes riquezas naturales del Imperio y de la suave condición de sus habitantes.

Con el descanso del cuerpo volvieron a mi ser la perdida inteligencia y la perdida fluidez del discurso. Así, cuando caminábamos hacia Tánger, por las lomas de suelo arenoso, entablamos mi amo y yo conversación amena, que de uno en otro tema nos hacía olvidar sabrosamente la tediosa longitud de la marcha. Tuve yo especial gusto en hacer recuerdo y enumeración detallada de los ultrajes que recibí en el campamento y en el *Fondac*, pintando con vivos colores el gran peligro en que vi mi existencia.

—En rigor, no debí yo acudir a salvarte —dijo *El Nasiry*, socarrón—, porque hallándote tan desesperado por la infidelidad de la blanca *Yohar*, más me hubieras agradecido el dejarte morir que el defenderte la vida. Los despechados de amor suelen en España curarse de su pena con un tiro en la sien o puñalada en el corazón, y otros hay que a la guerra van a que los maten. No debes, pues, alegrarte de tu salvación, sino sentirla. Mejor estarías ahora en el fondo de la cisterna del *Fondac*.

—No, no, amigo*Nasiry*, que aunque la traición de *Yohar* me destrozó el alma, y quedé muy afligido y dado a los demonios, no era tanto que apreciase mi vida en menos que el amor de la judía blanca. Necedad habría sido dejarme ir al Infierno o al Purgatorio, mientras *Papo Acevedo* se quedaba riéndose de mí... En el *Fondac*, entretuve mi mente algunos ratos con la blancura y suavidad de la piel de *Yohar*; pero si mil cosas dulces y amargas pensé de ella, no me pasó por las mientes ni por el corazón el deseo de volver a tomarla si el maldito *Papo* quisiera devolvérmela.

—Naturalmente —replicó mi amo y amigo—; que la caballerosidad y el honor, en los cuales veo yo como alambres o palitroques que componen la armadura de tu persona para mantenerla tiesa; el honor, digo, y la fanfarrona caballerosidad, no harían pocos remilgos si tú volvieras a tomar a la blanca paloma después de papujada por su segundo dueño el *sephardim*. ¡Buenos se pondrían tus antepasados si faltaras así al decoro y te pasaras por debajo de la pata los timbres gloriosos!...

—Abre los oídos, *El Nasiry* —dije yo—, para que me oigas bien lo que quiero contarte. Déjame que sea franco y que me vuelva atrás de lo que aquella tarde desembuché tocante al honor y la caballería. No tengo inconveniente en asegurarte que los vejámenes y atropellos que he sufrido me han hecho bajar la cresta de mi orgullo. Bien claramente veo que no somos nada, y que no existen otros males verdaderos más que el perder la vida, ser matado en plena juventud. Y si quieres que llegue a los extremos de la sinceridad, abre más los oídos y entérate de que cuanto te dije para rechazar los dineros de *Riomesta* y de *Papo*, debes tenerlo por no salido de mis labios... Pues siendo yo pobre como las ratas, y viéndome sin mujer y sin ningún medio de ganar la vida, ¿qué menos puedo hacer que tomar lo que me den, agradeciéndolo, si no a ellos, a ti, que has sido el promovedor de este donativo? Dame, pues, el socorro que para mi huida previnieron aquellos hermanos de Judas Iscariote.

—Eso sí que no haré —replicó *El Nasiry*, extremando su guasa hasta los mayores disimulos—, porque me lastimaste echando sobre mí, con palabras amañadas, la nota de entrometido y tercero; lo que me llegó tanto al alma, que ni te perdono tu lenguaje insolente, ni te doy los dineros, que ahora quedan para mí. Ya me advirtieron *Papo* y *Riomesta*, al entregarme la bolsita, que si en ti notaba repugnancia de coger dinero de judíos, me quedase yo con la bolsa y te abandonara con desprecio a tu pobreza enfatuada.

—Pues yo te juro, *El Nasiry*, por la salvación de mi alma, que no siento ya la menor repugnancia de tomar esos ochavos de plata y oro, ni creo que se ha de manchar mi mano al cogerlos.

—No, no, que ahora me salen a mí el honor y la caballería de un rincón donde los tiene guardados mi alma española, y aunque salen con algo de polilla y olor de cosa descompuesta, traen bastante poder para decirte que te fastidies por haberme ofendido... Tan caballero soy como tú, y poco va de Marruecos a España.

—Tú harás lo que quieras, *El Nasiry* —le dije poniéndome al tono de su marrullería—. La gratitud me hace tu esclavo. Si es tu gusto guardarte la bolsita que *Riomesta* y *Papo* te dieron para mí, hazlo en buen hora. Pero si acaso mudaras de voluntad y se te metiera entre ceja y ceja que yo tome la bolsa, venciendo para ello mi repugnancia, aquí me tienes dispuesto a satisfacer tus deseos, encerrando bajo siete llaves los escrúpulos que te lastimaron. Así lo juro, y te lo firmaré con mi sangre si fuere menester. En nuestra tierra dicen: *cuando pasan rábanos, comprarlos*... ¿Has olvidado este refrán?

—De sabiduría tomada de los rábanos, solo recuerdo aquella que dice que no debemos tomarlos por las hojas.

Interrumpió nuestro coloquio la vista de Tánger que de improviso a nuestros ojos hubo de presentarse en una vuelta del camino. Quedé yo suspenso ante la ciudad mora, toda blanca, recostada en una colina verde; pero mucho más me sorprendió y recreó la imponente faja de mar azul que vi súbitamente surgir entre el cielo y la tierra. Era el *Estrecho*, que en aquel momento me pareció el *Ancho*, por creer yo que había más agua de lo regular entre los dos continentes, y que debían estar menos separados *Mogreb El Andalus* y *Mogreb-El-Aksá*. El aire diáfano aproximaba los contornos distantes. Señalando la costa frontera, *El Nasiry* me dijo: «Allí tienes la tierra de la caballería y del honor. ¿Ves aquel caserío que blanquea en la orilla del mar? Es Tarifa, donde Guzmán llamado el Bueno... ya sabes... Corre la vista hacia la izquierda, y verás blanquear otro pueblo. Es Conil... Más acá verás un cabo... Es Trafalgar, donde los ingleses... ya sabes...»

¡Hermoso espectáculo!... ¡Confusión grande de los ojos y de la mente!... ¡En tan corto espacio, cuánta Historia!

IX

Tánger, *abril (rija de nuevo el almanaque cristiano)*. Ya estoy en la ciudad marroquí del Estrecho, la más arrimada a la civilización europea, aunque solo reciba de ella sensaciones de vista y olor que no llegan al alma... Pero dejo esto para mejor ocasión, que en la presente debo contar mi llegada, mi instalación en la morada de *El Nasiry*. Quedaron las caballerías en una casa próxima a la puerta por donde entramos, y el hijo de Ansúrez, seguido tan solo de *Ibrahim* y un servidor, se dirigió a su vivienda por empinadas calles que conducen al alto en que está la Alcazaba. Nos apeamos junto a una puerta humilde; hízose cargo de las mulas *Ibrahim*, y el amo y yo entramos a un patio ni grande ni bonito, sin adorno de tracería ni frescura de plantas. Salió a recibirnos la esclava *Maimuna* y con ella se internó *El Nasiry*, ordenándome que en aquel patio le esperase. Un ratito estuve allí solo y aburrido, hasta que vi venir al amo, que, llevándome al portal y metiéndose conmigo en un desmantelado aposento donde no había cama, ni sillas, ni mueble alguno, ni más descanso que el de un poyo con el revoco desconchado, me habló de este modo: «Esta casa, alquilada para poco tiempo, no tiene comodidad para mi familia ni para mis huéspedes.

La dejaremos en cuanto la paz nos permita volver a mi casa de Tetuán. Mi hospitalidad, como ves, es bastante mezquina; pero confórmate hijo, pues no hay otra cosa. Adecentaremos este cuartucho con alfombras y tapices, y el poyo, guarnecido de buenas mantas, te servirá de lecho. Se te pondrá una mesilla o cualquier trebejo donde puedas escribir; se te proveerá de tintero y papelorio... Comerás conmigo alguna vez en aquella estancia que ves al otro lado del patio, con puerta labrada de alfarjía, o comerás aquí solito, servido por *Maimuna*. Baño tendrás también cuando lo pidas... Dispensa, hijo, que no sea más espléndido; pero ya ves... Soy aquí ave de paso, y no he podido encontrar mejor nido.»

Haciendo gala de la humildad y gratitud que me correspondían, le dije que su hospitalidad, con solo ofrecerme un techo y un pedazo de pan, era mucho más de lo que yo merezco. Y él entonces, sentándose en el poyo junto a mí, me soltó lo más interesante y pertinente del sermón que preparado traía. Aquí lo copio: «No porque mi hospitalidad sea mísera, impropia de mi posición, dejaré de suplicarte que correspondas tú al amparo que te ofrezco. No estará bien que, dándote yo asilo, saques tú ahora las mañas españolas y cristianas, burlando la confianza que pongo en ti. Olvida que eres *de la otra banda*, de que yo también lo fui, y dame palabra de respetar los hábitos morunos, que yo guardo y reverencio desde que los adopté con libre voluntad. Te lo diré más claro, Juan: aquí hay mujeres; yo tengo mis mujeres, y los moros las guardamos del apetito y de la vista de los extraños. Ya sabes que esto es así, y no me pondrás en el caso de enseñártelo de otro modo. Recogidas están las hembras en la parte de la casa que se las destina, y allá viven solas, sin más salida y desahogo que la azotea, en donde por las tardes se solazan. Estando tú aquí, las obligaré a mayor escondite, prohibiéndolas que asomen las narices a este patio, y aun que curioseen en las celosías altas que desde aquí ves, y por cuyos huequecillos puedes ser visto. Si a ellas las guardo, a ti con mayor rigor te amonesto para que en ninguna manera traspases la puerta por donde entrar me viste; tampoco esta otra del ángulo derecho, donde hay una escalerilla que sube al piso alto. Mucho cuidado, Juan. Cada país tiene sus dogmas, y yo, al acomodarme a la vida mora, he abrazado esta religión de las costumbres, y antes me dejaré morir que faltar a ella o consentir las faltas de los demás en mi propia casa. Tenlo entendido... y no te digo más.»

—¡Oh!, *El Nasiry* —exclamé con dignidad—. ¿Cabe en ti la sospecha de que yo cometa acción tan vil? ¡Burlar yo tu hospitalidad! ¡Abusar de tu confianza! ¿Por quién me tomas, *El Nasiry*, o Gonzalo Ansúrez, para hablar en cristiano?

—¡Ah!... No dudo, no dudo de tu honradez... Pero... por si acaso, Juan, por si acaso, te hago las advertencias que has oído, pues nadie hay en el mundo que esté libre de una mala tentación... Desconfiados somos los que profesamos la fe de Allah, ley de pura desconfianza... y cartuchera en el cañón.

—Como toda ley que gobierna el alma: prohibiciones y más prohibiciones, lo que pone a los fieles en el trance de infringir alguna vez que otra... Pero éste es un caso de honor, de amistad y de compañerismo. Ten de mí la seguridad que tendrías de un hermano.

—Sí que la tengo; pero me pongo en guardia, y así es mayor mi seguridad. No olvido, Juan, que tus amigos españoles te llaman *Confusio*, con lo que indican que está en tu naturaleza el confundir las cosas, sin que sepas remediarlo... Puede suceder que un día te levantes con los sentidos trastornados, y sin darte cuenta confundas lo cristiano con lo moro... y recaigas en la gran confusión española, que es respetar lo ajeno si se trata de dinero o alhajas, y no respetarlo si se llama mujer. Para el español no hay ley de tuyo y mío cuando se encapricha por una hembra suelta o atada, con dueño o sin él... Podías tú, con muchísima honradez, irte del seguro, y por eso te aviso que estoy a la mira... Y punto final, que para los dos basta con lo dicho.

Reiteradas mis protestas de fidelidad, volvió mi amo a sus quehaceres en el interior de la casa, y yo, tendiéndome en el poyo sobre la blandura de tapiz y mantas que me trajo la diligente *Maimuna*, me entregué al descanso con la quietud y descuido de quien tiene asegurada la pitanza y un techo. Al siguiente día, diome la esclava el café y pan que necesitaba para mi desayuno, y luego vino *Ibrahim* con un traje español que para mí había comprado a un ropavejero judío. Grima sentí al ver el odioso pantalón, un levitín de paño y un chaleco rameado, que me parecieron prendas de malísimo corte, en mediano uso todavía, no mal apañadas de zurcidos y arreglos. Trabajo me costó meter mi cuerpo en aquellos andrajos de la civilización, tan diferentes de los airosos trajes árabe y hebreo a que se habían hecho mi rostro y mis carnes; pero al fin me vestí a la europea, que tal era el deseo de mi protector. En la cabeza, no disponiendo aún de sombrero adecuado, me puse un fez, y di con mi cuerpo en la calle, ansioso ya de ver la ciudad a que me habían traído mis africanas aventuras.

Si gana Tetuán a Tánger por el misterioso laberinto de sus calles y por la grandeza y frescura de los montes y vegas que la circundan, ventaja lleva este pueblo al otro por la majestad del mar, en cuya orilla está edificado, y por la diligencia de tanto comercio y del entrar y salir de mercancías. Incansable y curioso recorrí toda la población, dominándola de un extremo a otro. Vi el *Zoco grande*, concurrido de tantos mercaderes y de la pobretería pintoresca de *derviches*, juglares, mendigos y fascinadores de serpientes; admiré el *Marchan* con lindas casas europeas; descendí por la calle principal al *Zoco chico*, hervidero de judíos, de españoles y de otros europeos que han traído las modas haraganas de cafés y cantinas; seguí hasta el puerto, donde vi los cárabos y faluchos que hacen la navegación del Estrecho, y algún vapor de Marsella o Gibraltar; vi la Aduana opulenta con tantísimos ganapanes afanados en el mete y saca de fardos y cajones; salime luego por la puerta que da paso a la playa; corrí por las arenas de ésta, viendo la cáfila interminable de moros campesinos que llegan diariamente al mercado seguidos del burro y la familia, con cargas míseras de carbón o de leña, y por allí anduve largo rato considerando cuán intensa y lacerante es la pobreza de este pueblo marroquí, y qué poco alivio recibe de la civilización europea, por la castiza inflexibilidad y resistencia del carácter berberisco. La valla de su religión le separará siempre del resto del mundo, aun cuando todo el mundo viniese a ocupar su suelo. Así vemos que, con raras excepciones, pobreza y barbarie se mantienen aquí tan dueñas de la vida como en los pueblos y aduares de tierra adentro, al pie del huraño Atlas.

De vuelta a mi morada humilde, invitado fui a la mesa de mi protector, que en realidad no era mesa, sino una baja tarima, junto a la cual él y yo en el santo suelo nos sentamos, a usanza mora, entre cojines blandos. Nos servían*Ibrahim* y *Maimuna*, tomando los platos de unas manos blancas o morenas, que detrás de una cortina se parecían, con el espacio y tiempo precisos para dar y coger loza, y sin que más allá de las manos pudiéramos distinguir ningún pedacito de brazo ni menos de rostro. Comimos estofado de carnero con tanto aroma de especias, que más regalaba el olfato que el gusto; unas como albóndigas ensartadas en palitos, todo ello con el indispensable *kusk-sú* o *alcuzcuz*, que amañábamos en pelotillas. Siguieron los pasteles dulces llamados *el macrod*, y otras especies de almíbares o mermeladas empalagosas. Hacían los dedos de tenedores y cucharas, suciedad que pronto se remediaba con el lavar de manos en perfumosas aguas. Luego nos dieron té, más moro que chinesco, con hojitas de yerbabuena flotantes en la infusión abrasadora. Trajo *Ibrahim* las pipas o fumaderas, que yo acepté porque no eran del maldito*Kif*, sino de buen tabaco de Gibraltar; y en esto se reclinó*El Nasiry* sobre el cojín que tenía por el lado derecho, y fumando y sonriendo, con un tonillo agridulce y socarronas pausas, me dijo:

—Mientras comíamos, observaba yo que tu curiosidad no tenía descanso. Te traían sin sosiego las manos que veías en aquella puerta soltando y cogiendo platos... Por ser esta casa tan menguada, que en ella falta espacio para todo, has visto esas manos; que si la casa fuera como la de Tetuán, ni sombra de tales manos verías... Y vete curando de esas mañas fisgoneras, buen *Confusio*, pues nada absolutamente has de ver, y cuanto menos mires, más tranquilo estarás.

—Mi curiosidad por las manos que se aparecían y ocultaban —le respondí—, no tiene nada de maliciosa. Tú me has contado que posees tres mujeres, y que la preferida, la verdadera esposa, se llama *Puerta de Dios*.

—Así es: en árabe su nombre es *Bab-el-lah*.

—Sin la pretensión de ver a tu esposa, pues solo el pretenderlo sería impertinencia grave, yo te digo que deseo tu felicidad y la de esa señora, como la de tus esclavas, que son también tus mujeres...

—La una es *Quentza*, la otra *Erhimo*. Ni a estas dos, ni a *Bab-el-lah*, has de verlas por mucho que aguces el filo de tu curiosidad. Yo te hablé de ellas porque con alguien había de desahogar mi alma en los días de ausencia. Yo amo a mi familia, y mis mujeres y mis hijos me absorben todos los pensamientos cuando estoy lejos de casa.

Después de una pausa en que los dos mirábamos silenciosos los giros del humo de nuestras pipas, mi protector y amigo me dijo que si nunca podría yo ver a sus mujeres, no tenía inconveniente en mostrarme sus hijos. Poco después aparecieron, traídos por *Maimuna*, un niño como de cinco años y una niña como de siete, tan lucidos y graciosos que quedé absorto contemplándolos. A uno y otra acaricié, extremando mis afectos en la niña, llamada *Luz-il-lah*, y recreándome en el gran parecido que le encontré con su hermosa tía. La pureza de facciones, el divino conjunto del rostro, la proporción y medida de todas las partes del cuerpo, igualmente se mostraban en la hija y en la nieta de Ansúrez. El niño era también muy lindo, de color moreno aceitunado, esbelto de talle, los ojos ávidos de penetración, con un brillo que me recordaba los de Vicentito Halconero. A la chiquilla le caía tan bien el trajecito de mora, que no podía yo imaginarla vestida de otra manera. Llevaba un caftán finísimo listado de amarillo, faja colorada, aros de oro en las orejitas, y en la cabeza un bonete de terciopelo rojo; los pies desnudos en babuchas con la punta encorvada. *Alí Ben Sur* llevaba la menor cantidad de ropa, luciendo así su varonil gallardía. No me hartaba de besarlos, y hablé con ellos todo lo que pude, valiéndome del poquito árabe que yo sé y del corto número de voces españolas que ellos conocen. Su padre, alelado de orgullo, y cayéndosele la baba, repetía la cariñosa queja de todos los padres, así moros como cristianos: «Ah, son muy malos... No se les puede sujetar... Todo el día están alborotando... Me vuelven loco...»

Contemplando con mayor arrobamiento el rostro de la encantadora niña, dije a *El Nasiry*: «En tu *Luz-il-lah* veo todos los rasgos de la noble raza de Ansúrez. Veo algo más: otra raza escogida, superior. O mucho me engaño, o la madre de esta niña es una mujer espléndida, hermosísima.» Y *El Nasiry*, poniendo los ojos en blanco para dar toda la expresión posible al encomio, me respondió: «Tan hermosa es, Juan, que no parece criatura mortal, sino ángel del Cielo. No hay en ninguna lengua palabras con qué describir y cantar tanta belleza. Como poeta que eres, podrás imaginarla;

verla nunca podrás.» Y dicho esto, con musulmán gesto ordenó a los niños que se retirasen.

X

Bien sea porque las prohibiciones reiteradas de *El Nasiry* me movieran a mayor deseo de lo prohibido, bien porque la holganza diera más espacio a mi curiosidad, ello es que yo quería violar el secreto de aquel oculto mujerío, no por quitarle nada a mi protector y amigo, ni por meterme a seductor de moras, sino por verlas, nada más que por verlas, y dar a mis ojos el sabroso espectáculo de tan interesante aspecto del vivir musulmán. Singularmente aguijaba mi curiosidad aquella *Puerta de Dios*, belleza única y soberana, al decir de su dueño, la cual no tenía semejante más que entre los ángeles y serafines. Ánimas benditas, ¿cómo sería aquella *Bab-el-lah*? ¿No me depararía Dios la ventura de ver y apreciar una de sus creaciones más admirables? Bastaríame con una rápida visión de tan sobrehumana belleza, la cual por su perfecta y divina forma no habría de despertar en mí ni el más leve destello de lo que llamaba don Quijote *incitativo melindre*.

En estas ideas y deseos estuve todo el día siguiente al del comistraje con *El Nasiry*. Hallándome fastidiado en mi ratonera y habiendo escrito ya todo lo que tenía que escribir, salí a pasearme al patio con más gusto del que me daban los paseos y vueltas por la ciudad, donde poco había que me cautivase, pues todo lo tenía bien visto y examinado. Ocasión es ésta de decir que de mi fastidio era responsable mi protector, pues en Tánger me retenía sin otra razón que no haber llegado el vapor que debía llevarme a Cádiz. Otros vapores anclaban en el puerto; pero iban a Gibraltar o a Marsella, y *El Nasiry* no quería embarcarme sino para puerto español. Y entre tanto que así me tenía prisionero sin ofrecerme ningún solaz en su casa ni fuera de ella, no me daba los dineros de *Papoy Riomesta*, que sin duda me habrían servido para que yo buscase algún regocijo en la ciudad. «No te doy la bolsa —me decía—, porque la vaciarás estúpidamente aquí, y no hemos de pedir al marido y al padre de *Yohar* que te la llenen otra vez.» Sin blanca me aburría en mis paseos por Tánger. Nunca me llevaba *El Nasiry* a la carrera de sus negocios, ni tenía yo ningún amigo judío ni cristiano de quien acompañarme.

Pues como decía, salí a pasearme al patio silencioso, sin que ninguna distracción encontrase en mi ir y venir de animal enjaulado. Mas no sucedió lo mismo a la tarde siguiente, porque me dio por mirar a las altas celosías, y la realidad o mi deseo me hicieron ver sombras o bultos que tras los huequecillos se movían. Mi fantasía loca fingió en algún instante que asomaban por el enrejado los fulgurantes ojos de *Bab-el-lah*; mas en realidad nada que a humanos ojos se pareciese distinguieron los míos. Lo que sí puedo asegurar es que, más avanzada la tarde, oí cuchicheos, voces arábigas que desmenuzadas e incomprensibles salían por aquel tamiz. No quise yo ser menos que las escondidas moras, y a sus risas correspondí con lo que me pareció más propio: exclamaciones de sorpresa, posturas airosas, miradas interrogativas que partirían los corazones más duros... Pero aquel inocente juego tuvo pronto su fin: oí la voz bronca de *Maimuna*, y poco después, tras de las celosías no había cuchicheos ni sombrajos; las mujeres con su guardiana y los chiquillos se habían subido a la azotea. Quedé yo consolado de mi fastidio y con esperanzas de nuevos sucesos que abrieran camino para una sabrosa aventura.

Por la noche, después de cenar con *El Nasiry*, que nada me dijo de mis telégrafos con las moritas, señal de que nada supo, me acosté mecido por mi imaginación en vagorosas ilusiones, y soñé que en mí se reproducía la historia del Cautivo contada por Cervantes en el *Quijote*. En el patio de mi hospedaje vi el *baño* de Argel, donde me tenía prisionero el bárbaro renegado *Azan bajá*, y por las celosías vi asomar la caña con que la misteriosa *Lela Mariem* me manifestaba ser yo el preferido entre los demás cautivos; vi los movimientos y signos de la caña, y ésta, por fin, me entregaba un papel con amorosos requerimientos escritos en lengua arábiga... El día me despabiló y encendió más en mis románticos deseos, y cuando me lancé a mi vagar vertiginoso por las calles, pensaba en la posibilidad de una aventura gallarda, y me decía: «De fijo, lo primero que ha de preguntarme Beramendi será si he logrado penetrar en un harem y ser dueño de sus poéticos arcanos. Lo menos que pensará el buen señor es que he logrado quebrantar la misteriosa clausura, sobornando eunucos o cortándoles la cabeza, y que en un dos por tres he arrebatado lindamente a la odalisca más hermosa para traerla a mi amor, primero, después a la fe de Cristo nuestro Redentor... Muy desairado será para mí desengañar al marqués, y declararle que ni he visto harenes más que por el forro, ni he violentado sus puertas, ni menos he sacado ninguna odalisca como no sea en sueños.»

Llegó por fin la tarde, que era la más propicia ocasión de mis travesuras, porque siempre, de tres a siete, estaba ausente El *Nasiry*. Antes de salir al patio, me puse en acecho de los más significantes rumores que vinieran de las celosías; algunos oí, que me parecieron de animada conversación; salí de mi camarín, anduve con cautela por el patio, miré a lo alto, no sin esperanza de ver asomar la caña de *Lela Mariem*, y de pronto hirió mis oídos un grande estrépito de pasos, golpes, carreras, chillidos de mujeres y llanto de chiquillos. ¡Terrible trapatiesta se armaba en el harem! Sin duda las moritas se tiraban de los pelos, o se azotaban con furia las sonrosadas carnes. ¡Qué ocasión más bonita para subir a ponerlas en paz! Tanto arreció el tumulto que me alarmé de veras, llegando a creer que había fuego en las habitaciones altas... Sí: fuego debía de ser... ¡fuego chillaban las espantadas voces! Movido de un sentimiento humanitario, sin pensar más que en la salvación de mis semejantes, y libre mi espíritu de aquel melindre del serrallo y sus odaliscas, corrí a la escalerilla del rincón, cuyo ingreso está defendido por una puerta; empujé ésta sin acordarme de la prohibición de *El Nasiry*; entré, subí, salté los primeros peldaños, y aún no había llegado a la mitad de la empinada escalera, de un tramo solo, fatigoso y largo, cuando bajó con veloz descenso, a trompicones, la esclava *Maimuna*, viniendo a chocar contra mí. Si no la sujetaran mis brazos cuidando de guardar mi equilibrio, habríamos bajado los dos de cabezas.

En el brevísimo instante de mi violento abrazo con *Maimuna*, vi en lo más alto de la escalera una mujer de gigantesca estatura, negra como el ébano, de hocico largo y labios bozales. Apenas pude apreciar en su poca ropa una tela listada de rojo y blanco; en su cabeza la pincelada chillona de un pañuelo encarnado; en otra parte brillo de aretes, de ajorcas, de no sé qué áureos metales; vi sus largas piernas desnudas; vi el bulto enorme de sus pechos... y viendo esto y algo más con brevedad de relámpago, oí la voz de la negra giganta increpando a *Maimuna*, y oí también la réplica de ésta. Me bastó el poco árabe que sé para entender el diálogo airado entre la mujer de hocico de mona y la vieja esclava. Recriminaba la de arriba con el dejo de quien ha pegado antes de recriminar. Parecía decir: «Puedo más que tú, bribona, ya lo has visto, y te deshago de un puñetazo. Atrévete conmigo... ¿Crees que me dejo pegar como estas pobres tontas?» Y dijo la esclava: «Guárdate, *Bab-el-lah*, que ya sabrá *El Nasiry* tus maldades... Guárdate, *Bab-el-lah*.»

No me dio tiempo la vieja para pensar ni decir cosa alguna, porque, como digo, bajamos los dos hechos una pelota. Aún pude ver, en un segundo relámpago más breve que el primero, otro bulto de mora que rápidamente pasó tras de la negra. Distinguí solo un caftán listado de verde y blanco... No vi si era blanca o morena la que lo llevaba; oí sollozos, una retahíla de denuestos contra *Maimuna*... Ésta me empujó, apenas llegamos al fin de la escalera, y desfogando en mí su cólera, lanzome al patio diciendo: «¿Tú, *Yahia*, qué tienes que ver en esto? Guárdate si *El Nasiry* sabe que has visto... ¡Si sabe... pobre ratón *Yahia*! Escóndete, vete a la calle.» Antes que yo pudiera responderle, corrió al comedor bajo, de donde salió al punto con un manojo de llaves. Cerró la puerta de la escalerilla y se fue hacia el segundo patio, gruñendo y echando maldiciones. Su cara era un muestrario de arañazos.

Por muchas razones estaba yo turbado y lelo; pero mi mayor confusión provenía del descubrimiento y hallazgo de la divina *Bab-el-lah*, la cual no podía ser otra que la ferocísima negra que yo había visto, verdadera mula en dos pies. Dos veces habíala llamado por su nombre la esclava. No podía dudar que era ella, la predilecta de *El Nasiry*, ni que en éste debía yo ver el primero y más salado guasón del mundo. Imposible que aquella giganta jimiosa fuera madre de la linda criatura *Luz-il-lah*, quien sin duda nació de otra predilecta anterior, o de una esclava blanca... Pensado esto, me puse a reconstruir lógicamente el gran alboroto mujeril en cuyo final intervine a tontas y a locas, y de mi mental trabajo resultó esta hipótesis razonable. *Maimuna* es *jarifa*: llaman así a las esclavas viejas de probada lealtad, a quienes el moro confía el gobierno y disciplina de sus mujeres, ya sean esposas, ya esclavas. Tiene la *jarifa* autoridad para dirigirlas en sus ocupaciones, que más bien son pasatiempos, en sus lavatorios y afeites; tiene poder para obligarlas a guardar la debida concordia, para castigarlas si riñen. Sin duda, *Maimuna* desempeñaba estas funciones asistida de un vergajo con que vapuleaba las carnes blandas de las odaliscas sin hacerles gran daño; seguramente las tres mujeres de *El Nasiry* no vivían en completa paz... Imaginaba yo que la horrenda *Puerta de Dios* formaba sola un bando poderoso contra las otras, para mí de estampa desconocida, y que común-mente se ponía de parte de *Maimuna* cuando ésta tiraba de vergajo. Pero también discurrí que como negra y favorita, podía proceder en sentido contrario, favoreciendo a las débiles contra la bárbara tiranía de la *jarifa*, no menos cruel que un cómitre de galera.

No necesito decir que desde que tal pensé, me interesaron vivamente las otras dos mancebas que imaginaba tiernas, blancas y graciosas, verda-deras flores de serrallo. Por mi desgracia, yo no podría ofrecerles mi protec-ción, ni aun siquiera verlas, pues el lance de aquella tarde apretaría más el encierro y sujeción de las pobres muchachas. Temblando estaba yo de que *El Nasiry* se diese por enterado de mi intento de subir al harem. Ya tenía yo preparada mi disculpa razonable: «Pensé que ardía la casa... ¿Cómo no acudir a sofocar el incendio?...» Pero mis temores se disiparon aquella noche frente al amo, que nada me dijo, señal de que no le habían contado el lance. Esto me alentó en mis románticos ensueños. Por la noche me escarbaban el corazón no sé qué punzaditas que traduje en esperanzas, y éstas se aproximaron enormemente a la realidad en la tarde siguiente, cuando, hallándome en mis soledades del patio, vi que por los huecos de la celosía asomaban tres blancos dedos, a punto que rasgaba los aires un siseo dulcísimo, como caricias que en mi oído hiciera la voz de los ángeles... La sorpresa y emoción me dejaron inmóvil y mudo.

No eran blancos, como he dicho, sino amarillos, los dedos que en la celosía me hablaban un lenguaje enloquecedor; la natural blancura desa-parece bajo el tinte que se dan las moras en manos y pies con una hierba llamada *el henna*... Púseme bajo la celosía, esperando alguna voz que me aclarase el oscuro lenguaje de los amarillos dedos, y vi que éstos se doblaban en la dirección de la puerta de la escalerilla. Corrí hacia la puerta... tuve buen cuidado de no dar golpes en ella ni hacer el menor ruido, pues lo que hubiera de pasar, forzosamente requería silencio absoluto. Apliqué mi oído a la cerradura y a las maderas; esperé largo rato. Ligera sacudida estremeció la puerta... luego sentí... No diré una voz, sino aliento que por el agujero de la llave salía gozoso en busca de mis oídos. No sentí lo que aquel aliento decía. Con audacia donjuanesca me lancé a iniciar el coloquio de intrigante amor: «¿Eres tú, hermosa *Quentza*?» pregunté con susurro. Y de dentro vino como un suspiro la respuesta: «No: soy *Erhimo*.»

XI

No sé qué habría dado yo en aquel instante por poseer el árabe, para expresar de corrido y sin ningún tropiezo todo lo que se me ocurría. Pero por mis pecados, ni yo era capaz de sostener conversación tan importante con secreteo al través de una puerta, ni de lo que decía *Erhimo* llegaba a mi entendimiento más que alguna que otra frase suelta: «*Bab-el-lah* mala, *Maimuna* mala... yo mucho padecer.»

No era esto poco. Como pude, evocando todo mi saber arábigo, logré decirle que abriese la puerta, y desde dentro vino una retahíla de la cual pude entresacar estas palabras: *llave... Dormida Maimuna... Miedo... Bab-el-lah despierta...* Yo traduje que aunque la esclava dormía, no osaba quitarle la llave, porque la negra, que es muy mala, estaba despierta... Propuse yo entonces que abriera por la noche. «De noche no... Miedo... *El Nasiry...*» fue su respuesta... En efecto: buena la armábamos si el amo nos sorprendía... «Mañana» dijo ella claramente, y yo repetí: «*mañana.*» Quería yo hablar a todo trance, y no pudiendo decir lo que debía, conforme a las circunstancias y al desarrollo lógico del diálogo, me lancé a la descarada emisión de lo que sabía, viniera o no a cuento.

Con esta idea, traje a mi feliz memoria un *Prontuario de la conversación hispano-árabe*, donde adquirí mis primeros conocimientos de esta hermosa lengua, y escogiendo ante todo una sarta de adjetivos y nombres usuales que en Tetuán me aprendí de memoria, y aplicándolos a mi interlocutora invisible, los fui metiendo con voz melosa por el agujero de la llave. Véanse estos ejemplos: «Eres *dulce, Erhimo*, como la *miel, gallarda* como la palmera, *azul* como el *cielo*; eres *rosa* y *clavellina*; eres *jardín de delicias*, y no hay *estrella* como tus *ojos.*» Luego, sin darme reposo, enjareté las cláusulas lisonjeras y amables que sabía: «A tu lado vuelan los instantes...» «Me alegro mucho de que estés buena con toda tu familia...» «¡Qué hermoso día hace!...» «Vámonos de paseo...» ¡Y era de noche!

No me salió mal la prueba de mi *Prontuario*, porque *Erhimo*, tomando por espontánea la frase última, me dijo con sollozo: «Yo pasear no... Soy esclava...» y luego siguió con una larga relación en que pude pescar palabras sueltas como: «*El Nasiry*... Allah... veneno... zapatero... Dinero... Dolor de muelas... libertad... Jumento... Ojo...» Nada en limpio saqué de tal galimatías; mas por no estar callado ni parecer que no entendía, solté esta frase, que era de las más fijas en mi memoria: «¿Estás segura de lo que dices?» Ella entonces habló de nuevo con más calor y viveza, como repitiendo y ampliando sus anteriores razones. Yo le solté otros conceptos de mi *Prontuario*: «Me sorprende el saberlo... ¡Cuánto me afligen tus desgracias!»

En resolución, el jugo que yo sacaba de nuestro coloquio era que *Erhimo* me pedía que la libertase, y naturalmente yo le daba a entender que no deseaba otra cosa. Firme en mi idea, le dije: «No ambiciono más que tu felicidad... Solo vivo para ti.» Bien clara llegó a mi intelecto la expresión de su gratitud: «¿Cómo pagarte tan gran beneficio?» ¡Al fin nos entendíamos! Ya me fueron fáciles las preguntas: «¿Cuándo, gacela...? ¿Estarás dispuesta, ensueño de los ángeles? ¿Dónde te espero?» Y ella me soltó nueva tarabilla con más presteza que antes. Por mucha atención y cuidado que puse, no cogí más que estos vocablos desengarzados del rosario de su charla: «Ojo... zapatero... Adiós... libertad... buen *Confusio*... Agradecimiento... veneno... *Maimuna*... Carta... puerta... Salida... Noche...» Y otra vez repitió, hasta tres veces: «Carta, noche, puerta.» No podía ser más claro: me escribiría una carta, la cual asomaría por debajo de la puerta, cuando la sosegada noche derramara su oscuridad en el patio. Dio suaves golpecitos en la madera, los cuales sentí como blanda caricia en mi corazón enamorado, y dijo hasta cinco veces *adiós*... Oí el dulce pisar de sus chancletas, retirándose escalones arriba.

Quedé yo embelesado y atónito del júbilo que me causaron la ilusión de amor y mi singular charla equívoca con *Erhimo*, dulcísimo coloquio, aun sin saber yo fijamente lo que habíamos dicho y tratado. Pero de la confusión del lenguaje sobresalía un hecho; y era que la mora, prendada de mi donosura, que contemplado había desde las altas rejas, quería que yo la sacase de su esclavitud, y conmigo la llevase a la civilización y a la Cristiandad. Esto me vanagloriaba, me volvía loco, y mis escrúpulos por traicionar la hospitalidad de *El Nasiry* se disiparon con la idea de que sacaba un alma de las tinieblas a la luz... Tan encendida estaba mi mente con mi cercano triunfo de enamorado y de catequista, que salí de la casa y me lancé al enredo de las calles morunas, para derramar en ellas mi alegría, mi ilusión, mi éxtasis... Molinillo era mi pensamiento imaginando con giro febril la hermosura de *Erhimo*. ¡Qué ojos oscuros, entornados, flechantes al resguardo de las grandes pestañas, decidores de mil secretos del amor de los ángeles y del de los humanos!... ¡qué risueña y regalada boquita!... ¡qué cabellos sedosos, negros, destinados a mayor encanto cuando los humedeciera el agua del bautismo!... ¡qué talle flexible y pegadizo, imitador de la serpiente en sus ondulaciones, y qué cuerpo, en fin, imitador de la gacela en su agilidad voladora! ¡Vaya unos andares y un revuelo de hurí, como las que cantan y retozan en el paraíso musulmán!... Pero no: ¡atrás Mahoma y sus ritos mentirosos! Reunía yo en mi pensamiento las dos esencias de amor y religión, y quería ser en una pieza el galán dichoso amado por *Erhimo*, y el sacerdote que vertiera en su cabeza el agua salvadora. ¡Doble triunfo y alegría dos veces inefable!

Llegada la noche, me metí en casa, donde tuve la suerte de cenar solo. Francamente, en tal noche me habrían sido penosas la presencia y mirada de *El Nasiry*. Entre la moral mahometana y la mía española no había concordia ni avenencia. Con solo pasar de una raza a otra, el mal se trocaba en bien y el pecado en virtud. Mejor era que no habláramos. Los hechos hablarían... Pues señor: en cuanto quedó anegada en sombras la casa, cerrada la puerta, *Ibrahim* recogido a lo hondo del segundo patio, y todo en silencio, ya no pensé más que en vigilar la puerta por cuyo hueco inferior, Oriente rastrero de mi dicha, había de aparecer el Sol de la anunciada carta... Pasaron horas de febril expectación. Mi ansiedad era juguete del tiempo, y éste un envidioso de las delicias de mi aventura. Como no tengo reloj, ni hay en aquel maldito pueblo torres de iglesia que con campanadas marquen las horas, no podía yo precisar el tiempo transcurrido: solo sabía que los minutos remedaban la longitud de los años. Acabadita mi auscultación de la puerta, esperando en ella rumor de pasos o siseo, volvía yo a lo mismo... Poco tiempo estaba lejos de las maderas que eran la síntesis de todo el Universo. Creía que si me alejaba por dos o tres segundos, haría esperar a *Erhimo*... Por fin, a una hora que sin duda era de las correspondientes a la madrugada, saltaron a mi oído los anhelados rumores. Fue susurro no más del aliento de la odalisca, que me dijo: «*Confusio*, toma la carta.» Sentí el roce del papel pasando de dentro afuera. Al mismo tiempo, la mora, adelgazando más su voz, me echó por el agujero de la llave un *adiós* seguido de expresiones medrosas, que traduje libremente de este modo: «No puedo estar aquí, buen *Confusio*: el menor ruido sería mi perdición. Lee la carta y haz lo que te digo...» Se retiró escalera arriba. Oí un paso blando de pie desnudo.

La desesperación que me acometió al volver a mi cuarto, no la comprenderás, ¡oh, lector mío!, si no te digo que me encontré sin luz y sin fósforos, por habérseme olvidado decir a *Ibrahim* que me dejase bujía y con qué encenderla. Forzosamente había de esperar a que la luz solar me alumbrase la lectura del divino mensaje, el cual era un papel escrito por todo un lado y la mitad de otro, doblado y sin cierre ni sobre. Me llené de paciencia, me tumbé vestido y dormí algunos ratos, sin soltar de mi mano el papel, que aún emboscaba en la oscuridad sus misteriosos caracteres. Despierto con la claridad matinal, advertí que la carta se componía de confusos garabatos escritos con tinta roja. ¡Nueva desesperación! Arábigos eran los caracteres, pero trazados por mano tan inexperta, que su interpretación habría sido un problema para cualquier práctico, para mí no digamos... No acertaré a expresar cuánto me estorbaba lo negro, diré mejor, lo rojo de aquellos trazos. Repasados tres o cuatro veces los torcidos renglones, creí descifrar estas voces: «burro, ojo, zapatero, libertad, etc...» En lo escrito, lo mismo que en el habla de la bella *Erhimo*, no pescaba yo más que algunos vocablos de los muchos que en aquel confuso mar nadaban, cual minúsculos, inquietos pececillos.

Pero yo buscaría un buen entendedor que lo tradujese y desentrañase, aunque los garfios, rabillos y puntos trazados por la mora fuesen obra del mismo diablo. Entretuve dos horas largas de la mañana en escribir todo lo pasado de mi aventura, mientras llegaba la parte de ella escondida aún en los senos del tiempo, y que sin duda habría de ser la más interesante. Terminando estaba ya mi trabajo del día, cuando me quitó la luz de la ventana una sombra que en ella se interpuso. Era *El Nasiry*, que me saludó en esta forma: «Allah sea contigo, amable *Confusio*. ¿Estás escribiendo? Pues acaba pronto, hijo, que hoy tenemos mucho que hablar... y que hacer.» Concluyo, pues así me lo manda el amo, diciendo que en este instante entra *El Nasiry*en mi aposento, y que en su rostro y además creo notar una cierta gravedad en él desusada, y ante la cual se pone en guardia mi espíritu, armándose de todas sus facultades agresoras y defensivas. Aunque al pronto su vista me causó algún temblor, luego me fortalecí. Ya no tiemblo; espero...

Adiós, amigos. Hasta otra, que será donde Dios quiera, o en el amenísimo Valle de Josafat.

Cádiz, *marzo*. ¿Pensáis que he venido acá con la ideal *Erhimo*? ¿Pensáis que me ha lanzado *El Nasiry*, tirándome como pelota de un lado a otro del Estrecho?... Esperad un poco; dejadme tomar el hilo de mi relato en el punto mismo en que el renegado Ansúrez me obligó a romperlo. Entró, como dije, y viéndome limpiar mis plumas, que por algún tiempo habrían de estar ociosas, me soltó este jicarazo: «Recoge tu equipaje y dispón tu persona, que ha llegado la hora de embarcarte. Llamo equipaje a tu ropa interior, lavada o por lavar, que puedes envolver en un pañuelo grande; a lo que traes sobre tu cuerpo, y a los papeles que has escrito, todo lo cual en corto tiempo puede ser prevenido. ¡Feliz el hombre que viaja con tanto alivio de bagaje como los pájaros!»

—¿Pero ha llegado el vapor? —exclamé no hallando mejor disimulo de mi perplejidad—. El vapor no ha llegado, *El Nasiry*.

—Ha llegado anoche, y partirá hoy a las doce, a menos que tú lo eches a pique llenándolo de malos pensamientos —afirmó el renegado con firmeza, que me desconcertó más de lo que yo estaba.

—¡A las doce! Pues aún falta mucho tiempo.

Y él, con autoridad incisiva que no dejaba lugar a protestas, me ordenó que hiciera mi menguado envoltorio, y le siguiese sin vacilación ni excusas. Y como para suavizar la aspereza de su despotismo, sacó la bolsa judaica, y la sopesó haciendo sonar las monedillas. No puedo negar que el metálico ruido desarmó un tanto mi resistencia. Perezoso, fui recogiendo y empaquetando mis cosas, mientras el renegado añadía razones que me movieron más a obedecerle. «Sabrás —me dijo— que tengo prisa por embarcarte,

67

porque esta tarde he de partir para Tetuán, ya de arrancada con toda mi familia.»

—¿Ya?... ¿A Tetuán? ¿Pues qué... hay ya paces entre España y Marruecos?

—Paz venturosa firmaron ayer O'Donnell y *Muley El Abbás*. Todo Tánger lo sabe, menos tú, que no vives en la realidad, sino en el mundo de los ensueños tontos y falaces... Es raro que el hombre que se llamó Predicante de la Paz, no se alegre ahora de verla declarada y ajustada por dos pueblos hermanos... hermanos digo, y no es para que te asustes y pongas esa cara de idiota... ¿Qué piensas? ¿Ahora sales con que quieres guerra, y que sigan rompiéndose el bautismo y la circuncisión Marruecos y España?

—No, no: guerra no quiero, sino paz. La paz es mi elemento... En la paz desarrolla mi espíritu sus... No sé cómo decirlo... Sus ideales doctrinas... Estoy contento de que no haya más guerra. Cuéntame... Pero no... Antes dime... Dime por qué te vas a Tetuán tan de improviso, con toda tu reata de chiquillos y mujeres.

—Hijo mío, estoy en el aprieto de llegar pronto a Tetuán, y un día más que tarde podría traerme desdicha grande. No cabe más dilación, ahora que la paz me abre el camino de mi casa... Pues sabrás, pobre *Confusio*, que tengo enferma gravemente a una de mis esclavas, la más cariñosa, buena y apacible. Meses ha fue aquejada de un humorcillo que primero se le manifestó en el oído, luego en el cuello. Este achaque menoscabó grandemente su hermosura, por causa del sarpullido y del olor nada grato. Terribles dolores en dientes y muelas le quitaban el sueño, y de resultas de ello, la magnífica dentadura, que era como ringlera de perlas, quedó deslucida por caérsele algunas piezas de las más visibles. Lo que ha sufrido la pobre no puedes imaginártelo... Apareció luego el humorcillo en las piernas, con lo que se deslució aquel cuerpo de estatua, aquella piel que superaba en tersura y suavidad, puedes creérmelo, al más fino raso y al terciopelo más pulido. Con ungüentos preparados de las curanderas que aquí tenemos, se logró atajar el humorcillo en partes del cuerpo bajo y alto, donde más se estragaba y descomponía la belleza. Pero de pronto, cátate que aparece el maleficio en el ojo izquierdo, cebándose en uno de aquellos dos soles de su cara, que solo con el del cielo podrían ser comparados, ¡ay!... En parte tan delicada, nada han podido los remedios de acá, y ya la tengo, si no irremediablemente tuerta, a punto de serlo para toda su vida, que es la mayor desolación que podrías imaginar en el vergel de aquel rostro de hurí.

Oí esta relación entre espantado y receloso, dudando si admitirla como verdadera, o si debía diputar a *El Nasiry* por el más redomado guasón de todo el orbe cristiano y mahometano.

XII

«Ya comprendo —le dije— tu impaciencia por llegar a Tetuán. Allí tienes a los médicos del Ejército español, entre los cuales los hay de muchísima ciencia, y de mano segura contra las peores enfermedades.»

—Has adivinado mi intención. A eso voy. Me han dicho que entre tales Físicos hay uno que de este mal del humor, y de otros más hondos e invisibles, entiende como nadie... Porque aún no sabes que el mayor mal de mi esclava no es el achaque del ojo, ni la piel afeada, ni el que haya huido de su boca aquel aliento de rosas y clavellinas; no es eso lo peor, *Confusio* amigo, sino que con el mucho padecer, y el no dormir y el condolerse de su hermosura perdida, se le ha escapado de la cabeza el juicio que antes tuvo y que por ningún medio podemos devolverle. Desde que llegamos aquí, ha dado en la más extraña manía que cabe en cerebro de mujer, y es pensar y decir que no la queremos, que la atormentamos, que el parche que le ponemos en el ojo está envenenado para que se quede tuerta más pronto, y, por fin, ha caído en la disparatada locura de pedir que la devuelva yo a su primer dueño, un amigo mío de Fez, llamado *El Jarráz (el zapatero)*, porque lo fue su padre. Este buen amigo me la vendió por poco dinero... Mejor será decir que me la cambió por un burro, o que fue un excelente burro garañón el precio de la bella morita... No se contenta *Erhimo* con clamar por el *zapatero*, sino que se pasa el día gritando, y se quiere matar; a toda persona que ve en este patio, aunque sea desconocida, la llama, y como puede le cuenta su desgracia, le manifiesta sus ganas de ser restituida al que me la vendió, y le pide auxilio para tan grande locura o desatino, pues el *zapatero* se ha muerto, y aunque viviese no la cuidaría con el esmero y paternal cariño que yo pongo en ella... Créeme, *Confusio*; estoy afligidísimo: yo miro a mis mujeres, no como esclavas a estilo moro, sino como a hijas de Dios, mis iguales en la dignidad y el amor, y esto, yo te lo juro, es lo que más fijo se me ha quedado en el alma de todo el cristianismo, que abandoné cuando de aquella tierra me vine, y cambié de ropa, de habla y de conciencia.

Dijo esto con sinceridad patética, o con un arte superior que fingía soberanamente la verdad; y en la duda de si debía creerle o no, me decidí por lo primero, rindiéndome a sus designios. Esto era, en mi humildísima posición, más cuerdo y más fácil que no plantarme contra él en terreno tan inseguro como el de un loco ensueño de aventura novelesca. Admití resueltamente lo que me dijo mi protector, y con gallardo arranque le mostré la carta de *Erhimo*, diciéndole: «Hazme el favor de descifrarme estos garabatos infernales que en el patio me encontré anoche.» Y él, echándose a reír, una vez cogido el papel, me contestó: «No necesito descifrarlos, porque ya sé lo que aquí se ha escrito. La pobre enferma no sabe escribir; pero *Quentza* sí sabe, que estuvo en la esclavitud de un maestro que fue el primer gramático y el más nombrado pendolista de Fez. *Erhimo* pidió a su compañera que le escribiese la carta; la otra no quería, por ser cosa vedada entre mujeres el toma y daca de cartitas con los de fuera. Pero yo le dije a *Quentza*: hazle el gusto y escríbele lo que te dicte, para que con la negativa no se le encienda más el odio que por su grave demencia nos ha tomado. Anoche se escondieron en la estancia para escribir: *Quentza* me lo ha contado. *Bab-el-lah*, que es toda prudencia y bondad, opinó también que no contrariáramos a la infeliz *Erhimo*, y de ella ha partido la idea de irnos pronto a Tetuán en busca del médico sabio que me ha de curar, si Allah lo permite, a esta prenda del alma.»

Antes de acabar de decirlo, *El Nasiry* rompió el papel en pedacitos, lo que yo vi como si desgarrara las hojas de un poema, no tan bello por lo ya escrito, como por lo que aún estaba por escribir. Arrojados al patio los fragmentos del papel, un vientecillo que entró por el portal dispersó con el mismo soplo juguetón las estrofas que yo compuse y las que aún estaban en la mente divina de la Musa.

Cogiome del brazo el hijo de Ansúrez, y me dejé llevar a la calle tranquilamente. *Ibrahim* fue delante con el encargo de comprar una maleta de mano en que llevar con más decoro mi ropita. Digo que iba yo tranquilo, pero no alegre, sino con tristeza mezclada de resignación; que no pudo quedar mi espíritu en mejor estado después de arrancarle de un tirón las alas con que quería largarse a dar una vuelta por los espacios de la poesía, lindantes con lo infinito... Pero bien sabía yo que nada nos alivia de los propios cuidados como el poner interés y conversación en los cuidados públicos; y con esta idea, calles abajo, pregunté a *El Nasiry* cómo y cuándo y en qué condiciones se había hecho la paz.

—Pues la primera condición de la paz es que los españoles se volverán a su casa, donde, si quieren guerra, pueden ejercitarse en la civil todo lo que gusten.

—Pero no se irá España de Marruecos sin llevarse algo, que alforjas ha traído, ¡vive Dios!, y gran mengua sería llevarlas vacías.

—No se lleva nada... Digo, sí: le dan un poquito de terreno pegado a Ceuta. Esta plaza es hoy para España una chuleta que no tiene más que el hueso. Necesario será pegar al hueso un poco de carne... También se lleva... Digo, se llevará, una linda playa del mar Océano, excelente para recoger conchitas y para la pesca de truchas de agua salada...

—Poco ganaría con esto, si no se llevara también a *Ojitos de Manantiales*.

—¡Ay!, no: *Ojitos* aquí se queda, rescatada por Marruecos, que compra su libertad con veinte millones de duros.

—¡Jesús, cuánto dinero!... ¿Pero cómo se va el español, si ya tiene a Tetuán por suya, y ha rotulado en lengua castellana todas las calles?

—Borraremos los rótulos después de entregar los veinte millones... También daremos a España un tratado de comercio.

—Poco es lo que sacamos de esta guerra, costosa en dinero y más costosa de sangre.

—Poco no, porque España ha conseguido lo que se proponía, que no era conquistar territorios, sino hacer una demostración de su poder militar. Todo el mundo ha podido ver que tenéis un gran Ejército pequeño.

—Gran desatino has dicho, *El Nasiry*, aplicando a un objeto calificaciones de sentido contrario. Si nuestro Ejército es pequeño, ¿cómo puede ser grande?

—Grandeza y pequeñez no aplico juntas, sino cada cualidad por distinto lado. Es grande vuestro Ejército, porque tiene generales entendidos que lo manden; tiene oficiales que conocen y practican con devoción religiosa los dogmas de valor, deber y disciplina; soldados tiene que son heroicos con inocencia y naturalidad, borregos para el amor de la patria, leones para su defensa; tiene, en fin, armas y pertrechos de superior calidad, todo bien discurrido y dispuesto por manos sabias y militares. Pero si por esto es grande, pequeño es por la cifra de sus hombres, la cual no le bastará contra cualquiera otro de los Reinos ambiciosos que hay en esos mundos, del Estrecho para allá.

Esto dijo *El Nasiry*, y sus ideas reproduzco vistiéndolas con un poco de ornato retórico. Luego siguió: «No digamos que se llevará España las alforjas sin más carga que el dinero. Se lleva también buen surtido de honor y caballería, cosas que entiendo yo van escaseando allá por el desmedido uso que de ellas se ha hecho. Lleva también el mayor acopio posible de militar autoridad, con que el buen O'Donnell pueda espantar y hacer el coco a los políticos que le estorban, o no le dejan hacer su gusto en el gobierno de una nación revuelta, engañada y desengañada de tantas coplas de libertad, constitución, y viva la Pepa... No, no deben irse descontentos los españoles con este botín, y de añadidura veinte millones, admitido que se los paguemos, aunque sea en chapas de cobre, más parecidas a cabezas de clavos viejos que a monedas de cristianos...»

En esta conversación amena recorrimos las torcidas calles hasta llegar al puerto. Nos metimos en la Aduana, de cuyo administrador y ministriles era amigo mi protector, y al cabo de otro rato invertido en saludos cortos y coloquios luengos acerca de la paz, llegó *Ibrahim* con mi maletita y el billete de mi pasaje en el vapor. Aún no había prisa para embarcarme. Llevome *El Nasiry* a un rincón solitario, donde nos brindaban cómodo asiento unos sacos de trigo, y sentados ambos, mi amigo sacó la encarnada bolsa de *Riomesta* y *Papo*, le dio unos toquecitos para que sonara el metal, y poniéndola al fin en mi mano *¡alleluia!*, me dijo: «Aquí tienes los cien duros que los *sinagogos* te dieron por el desempeño de la blanca *Yohar*. No es eso solo lo que llevas; pues tu amigo *El Nasiry* te da otros cien *borques*, que encontrarás también en la bolsa, descontado tan solo el precio del billete del vapor. No irás descontento con tus ciento noventa y cinco duros. Otros han hecho más que tú en África, y se llevan menos. Créeme que embarcando contigo un par de moras o una docena de judías, irías más pobre que vas.»

Cogiendo en mis manos la bolsita (mentira me pareció), eché de mi boca cuantas palabras y conceptos me parecieron pertinentes para expresar la gratitud, sin cuidarme de adornarlas, pues no era menester, con ningún artificio. Claramente vi ya en Gonzalo Ansúrez un buen amigo, cuyos sentimientos cristianos y generosos en aquel caso se mostraban. No me pidió cuenta de mis diabluras en el patio, que sin duda conocía, ni me riñó por haber intentado sonsacarle a la doliente *Erhimo*. Fue liberal, fue magnánimo, y para que veáis cuánto me estimaba y en qué opinión tan alta me tenía, copio lo que momentos antes de mi partida me dijo, y lo que me aconsejó y recomendó con paternal solicitud. Fue de este modo: «Bien claro ves, *Confusio* amigo, que te has hecho lugar en mi corazón, a pesar de tus ligerezas y del poco brío con que atiendes a refrenar tus liviandades. Careces de voluntad firme para poner tus acciones en la regla debida, y dejándote llevar de la imaginación loca, faltas a la amistad y al honor. A pesar de esto, yo te estimo por tu ingenio, y por tu buen corazón te perdono tus travesuras. Vuelves ahora a España, donde has de vivir, o de un empleo, que ha venido a ser el arbitrio de los más, o de tu trabajo, que será el mejor arbitrio. Dime, pues, a qué piensas dedicarte, porque si es tu ánimo agostar tu inteligencia en una oficina, valdría más que aquí te quedaras para toda la vida. En caso de que pienses consagrarte a una carrera noble, profesión u oficio liberal, dime cuál es, para que yo te aconseje según el entender mío, que, aunque te parezca corto, es largo de agudeza y de esa gramática que llamáis parda.»

—Pues sabrás —le respondí— que mis gustos y todo mi ser me llaman a las ocupaciones espirituales, y me alejan de lo material y positivo. No sé si me entenderás... Soy enemigo de la violencia: no hay que hablarme, pues, de que sea yo militar. Detesto los enredos curiales y la prestidigitación leguleya: nunca seré abogado ni escribano, ni juez. La Medicina y Farmacia no entran en mí, creyente en la Naturaleza, que así trae los males como los quita. Artes de ingeniero no me seducen, porque ellas tienen su fundamento en las Matemáticas, que no he podido entender nunca. Marina me repugna, porque nada me causa tanto pavor como el oleaje de las aguas y el vaivén de los barcos. Comercio no entra en mí, porque se basa en los números, y en un calcular frío de ganancias y pérdidas que no se aviene a mi entendimiento. A mercader quise meterme cuando discurría los medios de mantener el lujo de *Yodar*; pero ello fue un comercio de pura fantasía y de navegación aérea, que me habría lanzado al abismo. *Papo Acevedo* entiende de comercio más que yo: por eso se llevó a*Yohar...* Pues no me queda más que una carrera, oficio y profesión noble que colme mis anhelos entre todas las que conozco: ¿no adivinas cuál es? ¿No entiendes que, o no seré nunca nada, o seré hombre de religión que lleve las almas al bien, los corazones a la virtud; no ves, en fin, que he de ser sacerdote si quiero ser algo?

—Por un lado —me contestó *El Nasiry*poniéndose la máscara guasona—, veo tu aptitud para esa carrera; por otro, veo todo lo contrario. Si los curas no estuvieran en el mundo más que para predicar, serías tú el primero de todos. Pero si están para dar ejemplo, que es el sermón mudo de mayor eficacia, me parece, querido *Confusio*, que no sirves, no sirves...

—Ya te haré comprender que sirvo. Por de pronto, sábete que a mí me han dicho lo que Castelar: «Hazte cura y arrastrarás a las muchedumbres para llevarlas a donde quieras...» Me siento predicador, *El Nasiry*; reconozco en mí la virtud convincente y avasalladora que ha sido la fuerza de todo apostolado... Me siento también confesor, templador de almas, con el arte psicológico para dar a las conciencias su tranquilidad, y restablecer la moral perturbada... Conozco los dogmas; sé explanar los misterios; entiendo los ritos y sé apreciar su belleza; soy teólogo, soy litúrgico, soy también algo canonista. ¿Qué me falta?

—Pues te falta...

—A eso voy. Déjame hablar. Al decir que algo me falta, debiste decir que algo me sobra.

—Eso, eso.

—No estás en lo razonable con la sobra ni con la falta, pues lo que tú crees sobrante, no es tal, sino que está muy en su lugar. Te diré que no solo creo compatible el sacerdocio con el cariño de mujer, sino que lo creo necesario, indispensable. Ahí está el *quid*, amigo *Nasiry*... Ni el celibato ni el uso constante de la negra sotana, manteo y teja, dan al sacerdote mayor dignidad y veneración más alta. Al contrario, toda esa negrura de fuera y de dentro, le aleja de los corazones... De lo que resulta que lo sobrante, según tú, no sobra, sino que está en su punto, como te dije, y que es locura enmendar la plana a la santa Naturaleza.

—Bien, hijo mío, bien... No dudo que seas religioso y gran predicador; pero dudo que puedas reformar lo que por designio de la Iglesia o del mismo Dios, según decís, es como es; y así lo has encontrado, *Confusio*, y así lo tendrás que dejar.

—Yo no reformo a nadie; a mí me reformaré si puedo, o me dejaré como estoy.

Algo más iba a decir; pero un tremendo silbido que venía del vapor puso fin a mi conversación con *El Nasiry* y a mi vida africana. Los dos nos levantamos, y con igual emoción nos dimos los brazos. Sacó después de su pecho mi amigo un voluminoso pliego, que me confió, encargándome que a su padre lo entregara. Contenía carta para éste y para otras personas de su nunca olvidada familia. Le prometí ponerlo, en manos del propio Jerónimo Ansúrez... Repetimos nuestros afectos, en él y en mí salidos del corazón, y prometiéndole yo escribirle mis andanzas en tierra española, asegurándome él que siempre me recordaría con gozo, nos separamos, y fui llevado a la lancha por el procedimiento de embarque más peregrino y chusco que han visto humanos ojos. Un fornido moro me cogió en vilo, y metiéndose en el agua hasta llegar a donde flotaba el bote, allí me dejó sin la más leve mojadura... Otros pasajeros, antes y después de mí, entraron del mismo modo en el reino de Neptuno... Vi a *El Nasiry* y a *Ibrahim* que desde tierra me saludaban. Adiós, simpático amigo, compañero fiel; adiós Tánger; adiós Mogreb, desvanecimiento de ilusiones... Aquí va la pobre hoja desprendida del árbol de la poesía... África me suelta... Europa me toma.

XIII

Madrid, *marzo*. Dejadme que omita las desabridas incidencias de los dos días que pasé en Cádiz, donde ya no encontré ni familia ni amigos, que a tal soledad me ha traído el rigor de ausencias y muertes; ni el cansado viaje que emprendí en ferrocarril para seguirlo luego en perezosa diligencia hasta más acá de la Argamasilla y tierras quijotiles, donde vuelve a remolcarnos la negra máquina, y nos trae a la comarca polvorosa en que se asientan los dos grandes pueblos de Getafe y Madrid. Omito también el contaros cuán melancólico fue mi dilatado viaje, con equipo corto y carga excesiva de añoranzas. En el traqueteo de coches arrastrados de caballos o de veloz locomotora, los recuerdos agobiaban mi mente, o en ella se sucedían por turno, cuando no entraban en tropel, fatigándome con la intensa reproducción de la realidad. ¡Oh dulce *Yohar* blanquísima, oh soñada y nunca vista *Erhimo*, oh misterios del África musulmana y judía, oh tormentos, injurias y riesgos de morir! Todo se renovó en mi mente, así como la gallarda amistad de *El Nasiry*, espejo de caballeros renegados.

La despoetización, el desplome ruinoso de mis ilusorias aventuras, entristeció soberanamente mi ánimo; pero éste no quería rendirse, y como caballo de raza trataba de enderezarse después de su resbalón y caída. Digo esto porque a mitad del camino, sobre las desvanecidas imágenes de *Erhimo* no vista y de *Yodar* inconstante, empezó a destacarse y tomar cuerpo mental la imagen de Lucila, ilusión que, disipada en África, en Europa iba recobrando su brillo. A medida que yo avanzaba por estas tierras pardas, se me presentaba más clara y hermosa, dentro del magín, la figura y persona de la ideal mujer, viuda de Halconero y madre del interesante niño Vicente. Era esto como si lo cierto recobrara el puesto que le había quitado lo dudoso y fugaz.

Y recuerdo que al pasar por la nobilísima villa de Tembleque, y por el no menos ilustre lugar de Quero, que rodean saladas lagunas, mi mente y mis sentidos apreciaron toda la majestad de la hija de Ansúrez, su exquisita belleza, el hechizo de su voz, las soberanas virtudes que subliman su persona... Y ya en el paso entre Valdemoro y Pinto, lugares famosos por sus alborozantes vinos, iba mi pensamiento tan recalentado en la mental contemplación de la sin par señora, que ya se me hacían siglos los minutos que tardara en rendirle toda mi voluntad... Llegué por fin a Madrid, vencido el cansancio por la ilusión risueña de reanudar mis amistades, y de reparar el olvido de tantas cosas y personas agradables o bellas. Desde la estación a mi casa, que era mi hospedaje antiguo en la calle de Milaneses, hirió mi vista el repugnante espectáculo de los sombreros de copa, lo que me acibaró el gusto de la llegada. Vi tantos y tan feos, que jamás cosa alguna del mundo me hirió la retina con mayor desagrado. Los hombres que aquel ridículo armatoste cargaban, pareciéronme agobiados de tristeza; las mujeres, enjauladas de medio cuerpo abajo en los miriñaques, se me figuraron muñecas fúnebres... Anochecía; los faroleros encendían el gas, y a la claridad amarilla, personas y tiendas, las altas casas y el empedrado suelo, los coches y su desapacible ruido sobre las piedras o adoquines, llenaban mi alma de antipatía... Completaron mi enojo los carteles pegados en las esquinas, los aguadores y los corchetes, los vendedores de romances y los ciegos siniestros que piden con la terrible amenaza de un violín o guitarra.

En mi casa entré con mi pobre y flaca maleta. Creyó la patrona que yo le traía unas babuchas bordadas de oro. No fue mal chasco el que se llevó, viendo que solo la obsequié con un saquito de hierbas olorosas (recuerdo amigable introducido en mi maleta por el buen *Ibrahim*); mas no quiso tomarlas hasta que se las metí por los ojos, encareciéndolas como prodigiosa droga medicinal y cosmética, de grandísima virtud para el disimulo de la vejez y prolongación de la vida. Pedí cena y cama; dormí, que buena falta me hacía, y mis primeros propósitos al siguiente día fueron presentarme al marqués de Beramendi, y procurarme ropa más airosa y flamante con que visitar a los Ansúrez. Ya eran las diez cuando llamaba yo a la puerta de mi Mecenas. Tales burlas de mi facha hizo mi noble amigo, que me avergonzó. Más me habría valido regresar a Madrid con el trajecito moro que me arregló *Mazaltob* y que dejé en mi tugurio del *Mellah* (calle de Numancia).

Pero, en fin, ello es que, aparte del cómico efecto de mi traje, adquirido en el Rastro tangerino, Beramendi me recibió con grande agasajo y afabilidad, y en las dos horas que permanecí en su casa, no se hartaba de oír las explicaciones que a sus preguntas sobre la vida africana le daba yo, tan incansable en el discurso como él en su curiosidad. Díjome que la historia personal que en Tetuán empecé a escribirle, le encantaba; elogió benévolo la relación de mis desventuras al ser abandonado de la blanca judía, y se regocijó de mi salida con *El Nasiry*, y del incidente de la bolsa, que primero rechacé puntilloso y luego admití agradecido. Interesantes halló los lances apurados del *Fondac*, que a punto estuvieron de ser tragedia; y al recibir de mi mano lo escrito en Tánger, por no haber correo que antes de mi propia repatriación lo trajese, prometió leerlo aquella misma noche. Más que la Historia seca de los públicos acontecimientos, le cautivan las referencias de andanzas particulares, y en ellas ve el colorido de la Historia general, la cual, sin este matiz de sangre, de fuego anímico, no es más que un trazo negro que así fatiga la vista como la memoria.

Pero lo que de su charlar festivo y cariñoso me cautivó más fue que me anunciase el propósito de enviarme a una segunda expedición informatoria y descriptiva, por su cuenta y riesgo, obligándome yo a escribirle cuanto me ocurriese y darle noticia de cosas o personas determinadas, para lo cual llevaría un guión de las materias que serían objeto de mis pesquisas. No comprendí yo la índole de la misión que mi amigo quería confiarme; y como le preguntase con cierta inquietud y repugnancia si era cosa de guerra, díjome que era más bien cosa de paz, o más claro, de diplomacia. No satisfizo por el pronto mi curiosidad, limitándose a decirme que solo me concedía dos días de descanso, y que me preparase para partir por los caminos y lugares que se me designaran. Estas órdenes de ausencia pronta me contrariaron un poco, pues yo deseaba quedarme en Madrid algún tiempo, y así lo manifesté a mi amigo. Tenía que ver a los Ansúrez, para quienes traigo un pliego de *El Nasiry*; érame preciso, por imperiosa necesidad de mi espíritu, visitar a Lucila, reanudar con ella un melindre de amor interrumpido por mi viaje a Marruecos, o mejor dicho, consolidar una inteligencia de corazones, que solo se había manifestado con vagos efluvios traídos y llevados de rostro en rostro por el mirar, y de alma en alma por palabritas eutrapélicas. Al oír esto, soltó la risa el marqués con no menos burla de mí que al mofarse de mi ropa, y añadió que de la cabeza me arrancase aquella ilusión, pues ya Lucila había perdido todo su encanto y despojádose de toda poesía.

«Pues qué —pregunté yo con ansiedad no disimulada—, ¿se le ha caído el pelo, le lloran los ojos, ha perdido los dientes, o padece algún achaque por donde le haya venido mal olor de boca?»

«No es nada de eso —me respondió mi Mecenas—, que de su hermosura no hay nada que decir: se conserva tan guapota y sugestiva como cuando Dios le hizo el favor de enviudarla; pero si no le ha salido grano maligno en el rostro, le ha salido un novio respetable y antipático, con el cual ha hecho trato honesto de casarse en cuanto pase el plazo que marca la sociedad al dolor de las viudas.» Y yo al oír esto, exclamé «¡Jesús!» no pudiendo decir más, porque mi estupor y disgusto no me daban voces para expresar de momento lo que sentí. Era ya sistemática perrería de mi Destino que ninguna ilusión se me lograse, y que todos mis castillos de amor cayesen por el suelo. ¡Y en aquel castillo lucilesco confiaba yo para guarecerme de las inclemencias de mi juventud, como definitivo y sólido refugio para lo restante de mis días!

«Consuélate, buen *Confusio* —me dijo mi patrono—, que aún eres joven y hallarás el refugio que deseas y mereces. Ya no es Lucila la gallarda representación del sentimiento heroico y popular; ya la maléfica influencia de un pretendiente empalagoso ha trastornado aquel espíritu, ha demolido lo más bello que en él había para levantar un vulgarísimo edificio... ¿de qué dirás?»

—¿De qué? Dígamelo pronto, por Cristo.

—Pues ahora no le da por las glorias militares... Todo eso pasó sin dejar rastro... Ahora, pásmate... le da por lo administrativo. Vencedor nuestro Ejército en África y dueño de Tetuán, el fuego de la leyenda es ya ceniza de la Historia. ¿No sabes que ha venido de fuera una moda horrible, una tromba, un huracán, una cosa pedestre y asoladora que se llama *Economía Política*? ¿No sabes que ahora el buen tono está en ser uno *economista*, y en predicar el fárrago de las ideas *económicas*? Pues este virus, como diría mi señor suegro, ha dañado el alma candorosa y esencialmente hispana de aquella ideal mujer. Una frasecilla que ahora está de moda, y que tiene su lugar en todo cerebro baldío, ha sido el hielo que ha esterilizado aquella soberana inteligencia. ¿No adivinas cuál es la mortífera frase? Pues es ésta: *Menos política y más administración...* ¡Ya ves qué desastre! Sin duda el entendimiento de Lucila habría permanecido refractario a tales tonterías, si no hubiera caído en la flaqueza de ese noviazgo. El corruptor de la celtíbera es un hombre de más de cuarenta años, llamado don Ángel Cordero, viudo también, dueño y cultivador de tierras en Aldea del Fresno y Cadalso de los Vidrios, y tan ferviente devoto de la *Economía Política*, que a comprar volúmenes de esta ciencia del Limbo dedica buena parte de sus rentas. Ha leído cuanto españoles y franceses escribieron de la monserga económica, y trastornado con tal pestilencia, como Don Quijote con la de los libros caballerescos, no ha parado hasta inficionar a Lucila.

—No obstante, señor marqués —dije yo, viendo en las razones de mi amigo, más que un discreto pensar, una sutil aberración humorística—, yo veré a Lucila, yo me informaré del estado de su ánimo...

—¡Si no podrás verla! Hace un mes que reside en la Villa del Prado. ¿Y allí qué hace? Pues quemar sus lindas pestañas llevando con minuciosa exactitud las cuentas de trigo, cebada y paja, de jornales, de cuanto constituye el toma y daca de una gran propiedad rústica. El bruto del novio, el desaborido economista, está también por allá, en un predio y caserío lindantes con los de Halconero, y es quien la instruye en todas esas cábalas; y para acabar de volverla loca, le ha enseñado la diabólica máquina de contar que llaman *Partida doble*.

—¿Y Vicentito?... —dije yo asiéndome a un afecto que sin duda no me será robado por la intrusa Administración.

—Te recomiendo que dejes a un lado niños que no sean tuyos, y que no fundes tus cálculos en nada concerniente a la infancia, pues ya sabes lo que resulta de acostarse con ella. Reconoce, amigo *Confusio*... y bien sabe Dios con cuánto gusto te doy este apodo que te colgó el castrense; reconoce que la dama celtíbera y su niño han perdido aquel encanto y seducción de otros días. No pienses más en ellos... y lánzate solo a los campos de la vida, que aún te reservan sus tesoros.

—Francamente, señor marqués —indiqué con cierta cortedad—, de lo que usted me cuenta, lo que peor y más lamentable me parece es el novio que le ha salido a esa linda mujer. Pero las aficiones de ella al orden de cuentas y a mirar por los intereses suyos y de sus hijos, no me desagradan... Al contrario... ¿Querrá usted creer que cuando venía yo dando tumbos por esa Mancha, sin apartar de Lucila mi pensamiento; cuando yo acariciaba en mi alma el amor de ella como reposo y cristalización de mi vida, me sentía también un poquito administrativo? Como que la administración es el descanso, es la paz, es el reparo que pone la prosaica Aritmética a las demasías del Heroísmo.

—¡Tú administrativo! No, *Confusio*, no me harás creer tal disparate. Comprendo al enamorado, que en un rapto de demencia, apechuga con la *Partida doble*, si ve que la mujer de sus sueños anda entre números. Pero tú no harás eso; tú eres *Confusio*, y tu misión es vivir, ver tierras, pueblos, y humanidad próxima y lejana; probar todas las pasiones, sufrir todos los infortunios y gustar alegrías inefables. Tu misión es ésta, *Confusio* amigo, y por ser tuya esta misión y no mía, te envidio, quisiera ser como tú, pobre, aventurero, hijo de tus obras, soberanamente libre.

XIV

No necesitó el buen Fajardo extremar los recursos de su mágico talento para que yo me sometiese a cuanto de mí deseaba, sin meterme a discutir sus designios ni a indagar las causas que movían su conducta. Ofrecile desempeñar cuantas misiones diplomáticas o de cualquier género quisiera confiarme, y solo puse la objeción del corto tiempo que para mi descanso en Madrid me concedía; alegué, en apoyo de este deseo, la necesidad de ver a Jerónimo Ansúrez, para quien el renegado me dio un pliego que debía yo entregar en propia mano.

«No está en Madrid Jerónimo —me dijo Beramendi—, ni le verás aquí mientras su hija permanezca en la Villa del Prado engolfada en sus cuentas. Yo sé de qué tratan las cartas de Gonzalo, que traes para su padre y su hermana, y a decírtelo voy, para que veas que no me oculta el celtíbero ningún secreto de su familia. Uno de los hijos de Jerónimo, llamado Gil, *Egidius*, según el sagaz investigador*Maese Ventura Miedes*, ha salido aficionado a la vida bandolera. En tierras de la baja Cataluña y del Maestrazgo ha dado no poco que hacer a la Guardia Civil, asaltando masías o acechando caminantes desprevenidos, ya solo, ya en cuadrilla con otros vagabundos y ladrones. Afortunado en algunas de estas malandanzas, fue desgraciado en otras, viéndose tan perdido, que de la libertad de sus atrevimientos vino a parar a la cárcel, y de aquí al presidio de Tarragona, de donde le habría sacado el verdugo si él con artificios increíbles no se escapara para volver a su vida criminal en los montes de Gandesa. Después se ha sabido que, valido Gil de disfraces ingeniosos, anda por los pueblos de las bocas del Ebro, engañando a las gentes sencillas con un comercio que al menor tropiezo puede llevarle otra vez al presidio. En estas barrabasadas de Gil o *Egidius*, ve Jerónimo la deshonra de su familia, al fin rescatada de la miseria y del oprobio por la unión de Lucila con Halconero; y no pudiendo persuadir a ese pillastre a cambiar de vida, ha escrito del particular a su hijo Gonzalo para que vea si con halagos podrá éste inclinarle a que se vaya con él a tierras de moros, donde ha de ser más fácil que aquí someterle y llevarle a una buena conducta. Más que ver a Gil en un patíbulo, quiere Jerónimo verle moro y circunciso. De esto han tratado en largas epístolas el celtíbero y el renegado, y en el pliego que tú traes vendrá seguramente el plan de Gonzalo para llevarle con astucias o promesas al delicioso país berberisco, donde por los duros medios mahometanos será domado ese tunante... Puedes dejarme el pliego, que será puesto en manos de Ansúrez en cuanto aporte por acá, y vete sin cuidado, que yo quedo en Madrid encargado de este negocio.»

—Bueno, señor —le dije accediendo a cuanto me proponía—. En sus manos pongo el pliego de Gonzalo Ansúrez... Haga usted lo que quiera con los papeles, que yo me desentiendo absolutamente de estos particulares.

—Vengan los papeles... y ahora... Fíjate bien en lo que te digo. Es muy variada y compleja la familia de los Ansúrez. Por los lugares que has de visitar cuando salgas a la comisión que te encargo, anda ese tuno de Gil o *Egidius*. Si con él te encuentras, ten mucho cuidado, Juan, que podrá engañarte y meterte en un gran enredo que dé contigo y con él en la cárcel. Ya sabes que todos los individuos de esa familia, de ese índice histórico, de ese resumen étnico, son de una agudeza formidable. El ingenio y la simpatía personal los asisten, así para el mal como para el bien. Guárdate de ese Ansúrez andariego, que es, entre ellos, el verdaderamente peligroso. Y por hoy, nada más te digo sino que descanses, y vuelvas mañana bien preparado del entendimiento y de los oídos.

Puntual acudí a la mañana siguiente, ya mejoradito de ropa, que adquirí a bajo precio en un bazar de elegancias económicas, y las primeras palabras del marqués fueron para felicitarme graciosamente por mis aventuras en la casa de *El Nasiry*, que acababa de leer en las cartas que yo mismo he traído. Mucho le ha regocijado mi tentativa de asaltar el harem y de llevarme a *Erhimo*, así como la solución discreta que el agudísimo renegado supo dar a mi travesura. En cuanto a la apreciación del hecho, los puntos de vista del marqués pareciéronme harto ligeros. Sostiene que lo de los malos humores de *Erhimo*, y lo de su ojo tuerto, su mal olor de boca y sus accesos de locura, no fueron más que un sutil artificio de *El*

Nasiry para desilusionarme y resolver pacífica y donosamente una cuestión tan grave. En ello se reveló el hombre de extraordinaria marrullería y de artes de gobierno, pues si hubiera yo conseguido mi objeto, sabe Dios cuáles habrían sido las consecuencias. Probablemente habrían acabado en Tánger mis pobres días.

Según Beramendi, la mora, de quien no pude ver más que los dedos amarillos, era realmente el prodigio de hermosura solo comparable a los ángeles del paraíso mahometano. Cansada la odalisca de su esclavitud, me había elegido a mí por su caballero libertador... Al decir *rojo*, no quiso expresar que estuviese tuerta, sino recomendarme que anduviera yo muy listo y con *mucho ojo* y donaire para libertarla. Los árabes emplean figuras en sus más usuales formas de lenguaje... Y con la voz *jumento* quiso decir que tuviera yo preparado este humilde animal para que la salida de la prófuga no fuera notada... Y me ordenaba que tomase yo las trazas de *zapatero* remendón con el mismo objeto de fingir insignificancia y modestia. Sin duda, *El Nasiry* supo el contenido de la carta por delación de *Quentza*, y tramó el engaño con que me había desarmado del caballeresco empaque de mi aventura.

Aunque no acabaron de convencerme las razones y crítica del marqués, sentí renacer en mí la penita de mi desengaño amoroso. Pero mi ilustre amigo acudió a consolarme, sosteniendo que debo estar muy agradecido a *El Nasiry* por su conducta discreta y humana. Habíase mostrado magnánimo y paternal, evitándome un conflicto de solución violenta, y quizás trágica... Naturalmente, admití el consuelo reparador, y lo pasado, pasado. El presente continuaba ofreciéndose a mis ojos rodeado de tinieblas y misterio. Digo est, porque antes que termináramos el marqués y yo la conversación que copio, entró un tal *Sebo*, ex polizonte y servidor clandestino de mi noble amigo en sus recónditas excursiones por el subsuelo político. Traía el tal una maleta casi nueva o a medio uso, harto más capaz y decente que la mía de Tánger. Díjome el marqués que aquel valijón sería mi compañero en la caminata que iba yo a emprender. Si me agradaba llevar tan buen acomodo para mi ropa, luego, cuando levantó *Sebo* la tapa de la maleta y vi lo que contenía, el estupor me hizo prorrumpir en exclamaciones disonantes. Vi ropas de cura, bonete, breviario, viejos librotes, la *Summa* y los *Lugares Teológicos*. Riéndose de mi asombro, me rogó el marqués que me probase la sotana, para ver si caía bien a mi estatura y talle. Así lo hice, riéndonos todos, que era lo procedente en la extraña y por mí no entendida metamorfosis que se me preparaba. A mi casa llevarían la maleta para meter en ella mi ropa de paisano, en la cual no debía faltar un traje de color enteramente igual al de los ataúdes.

Pues, señor, ya veríamos en qué paraba aquella farsa, y cuáles eran el propósito y fines de mi noble protector, en cuyo humorismo claramente se advertían vislumbres de extravagancia. Marchose el feísimo y ordinario *Sebo*, y a poco entró un joven muy simpático y bien vestido, a quien todo Madrid llama familiarmente *Manolo Tarfe*. Yo le había conocido en aquella misma casa poco antes de mi partida para Cádiz y Ceuta, y no tuvo necesidad Beramendi de presentarme a él. Comprendí que entre los dos estaba el juego y se escondía la clave de aquella conspiración o mundana intriga. Lo primero que me dijo Tarfe fue que me afeitase toda la cara, limpiándomela del bigote y de las barbillas ralas con que adornada la tengo en la presente edad histórica... Ya no hay duda de que me disfrazan de clérigo para esa misión que me va pareciendo una humorada carnavalesca. ¿Qué será? Por Dios que rabio de curiosidad, y que doy gustoso mis barbas por salir de esta incertidumbre.

Ante mí hablaron de política Tarfe y Beramendi. Ambos son partidarios frenéticos de O'Donnell; quieren que éste, al volver de África victorioso, se revista de la mayor autoridad, y tome aliento para una dominación estable, implantándonos aquí una imitacioncita del Imperio francés, segundo de este nombre. No hay ahora en España más fuerza que la Unión Liberal, *sincretismo*, como algunos dicen, que es la última palabra de la ciencia política, fuerza que ha de ser liberal para las ideas y despótica para las acciones, conciliadora del progreso y la tradición, con proyectismo largo de obras públicas y de fomento material, enseñando siempre la estaca para que el país obedezca y olvide las bullangas. La Unión Liberal quiere ilustración y silencio; quiere mejorar a España de comida y ropa, manteniéndola en el encantamento de las glorias militares. De lo que dijeron colegí que confían en el porvenir, y que su ídolo, don Leopoldo, tiene cuerda política para mucho tiempo; pero algún recelo dejaron entrever, algún misterio se esconde en las altas esferas, que a mis dos amigos trae inquietos y cavilosos.

No pude enterarme bien de los motivos de esta inquietud, porque Tarfe ponía frenos a su palabra, como no queriendo expresarse con claridad delante de mí. No obstante su discreción, bien dejaba comprender que *estamos sobre un volcán* (así solemos designar el próximo estallido de una conflagración); que este volcán no es revolucionario al modo democrático y popular, sino que alimentan su fuego poderes muy altos... ¿Pero a qué devanarme los sesos por descifrar el enigma, si poco había de tardar la satisfacción de mi curiosidad? Beramendi, cuando me despedí, me ordenó volver a la noche, para ponerme en autos de lo que debo hacer, y darme sus instrucciones con la prolijidad que exige asunto tan delicado.

Acudí puntualmente, y el criado me notificó que el señor marqués había salido a un asunto urgente, y me suplicaba que le esperase. Por dicha mía, fui recibido por la señora marquesa, que me acortó el plazo de espera con una graciosa y amena plática. Es mujer tan amable y discreta, que, oyéndola, no repara uno en la poca gracia de su talle y rostro. «Pues verá usted, Santiuste —me dijo haciéndome sentar a su lado—. Yo me alegro de que Pepe haya tenido que salir, porque así puedo darle a usted mi parte de instrucciones. Yo también conspiro; yo también me entretengo en mis trabajitos de zapa. ¿A usted no le han dicho aún Pepe y Manolo que anda por debajo del suelo que pisamos una tremenda conjuración? Pues yo se lo digo para que tiemble un poquito. Yo, si he de hablar a usted con franqueza, no he temblado ni pizca cuando lo he sabido. ¿Quién conspira? Los absolutistas. ¿Quién los mueve? Pepe y Manolo, que son los descubridores de tal enredo, me aseguran que los hilos de la conjura los mueven dos grandes familias hermanas, la una fuera de la Península, la otra en nuestra propia casa, y llamo así a *Palacio*, porque *Palacio* es la Nación... por el lado solariego y heráldico. ¿No tiembla usted?»

—No, señora: ni el más ligero temblor me sacude los nervios... Me asombro, sí, de que ahora no se azoten las dos ramas, sino que se injerten y se unan. ¿Contra quién? Contra España y la Libertad, ¿no es eso?

—No sé qué contestarle, amigo Santiuste; porque como no creo en ese fragmento de historia inédita que han descubierto Pepe y Manolo, tampoco sé contra quién vienen las dos ramas unidas... Me figuro que es contra la Unión Liberal, contra el justo medio, etc., etc. Usted lo entenderá mejor que yo. Lo que veo con claridad... y con mucho disgusto, créame usted, es que Pepe, con estas cosas, está medio loco. Es hombre que, a poquito que se exalte, recae en una dolencia que llama *efusión popular, efusión estética*... Nada, tonterías... pasión de ánimo, entusiasmo ardiente por cosas que maldito lo que le interesan... Su cerebro es muy delicado, propenso a la congestión de ideas. Gracias que me tiene a mí para el alivio de sus manías y aligerarle la carga excesiva de sus cavilaciones. Soy el sangrador de su pensamiento.

—Sangradora, médica, inteligencia de primer orden. Yo me permito una pregunta: ¿está usted plenamente convencida de que es absurdo y fantástico lo que han descubierto el marqués y Manolo Tarfe?

—Le diré a usted con toda franqueza que me he reído con los cuentos de la tal conspiración, como con una comedia de esas que son obras maestras en el arte de los disparates... Me he reído, me he reído... pero al fin, tanto me dicen, y tales razones me dan, que he concluido por ponerme seria. Si no afirmo que las dos ramas estén de acuerdo para darle un papirotazo a la Constitución, tampoco me atrevo a negarlo... En la duda, espero con un poquito de temor y con otro poquito de tentación de risa.

—Pues si usted teme, aunque sea riendo, pensemos que es verdad, y confiemos en el hombre del día, don Leopoldo O'Donnell...

—Ayer le ha escrito Pepe contándole estos líos, y dándole prisa para que arregle pronto los asuntos moros, y acá se venga con su Ejército... Pero me temo que O'Donnell lo tome también a risa, y que al venir se encuentre en el trono de España a un Rey con quien no contaba: Su Majestad Carlos VI.

No pude contenerme; solté una risa franca, infantil, y contagiada de mi buen humor la ilustre señora, los dos concluimos en sonoras carcajadas sin poder articular palabra alguna. La primera que pudo pronunciar algo inteligible fue María Ignacia, que dijo: «Temblemos, señor de Santiuste, que el caso no es para menos, y temblando podremos recobrar la seriedad.»

—Creo, como usted —dije yo—, que esta comedia es el supremo arte de los disparates graciosos... Y en comedia tan chusca voy yo a desempeñar un papel de clérigo: ya me han traído la ropa.

—Las cosas que inventa mi buen marido, no se le ocurren a nadie. Menos mal si con estas tonterías se distrae... Y a propósito: oiga usted mis instrucciones, y sígalas al pie de la letra... Pero entienda que las instrucciones mías son reservadas, y que de esto no debe usted darse por entendido con Pepe... Irá usted, según creo, a un país que está preparado para levantarse en armas al grito de *Carlos VI Rey*. No se meta usted donde haya jaleo de tiros y bayonetazos, ni nos describa batallas sangrientas, sobre todo si en ellas ganan los facciosos. Mucho cuidado con esto, Santiuste, porque Pepe, cuando le hablan de triunfos del absolutismo, se me pone tan perdido de la cabeza y tan arrebatado del temperamento, que me veo y me deseo para traerle a la tranquilidad. Siempre que haya encuentros y agarradas feroces, con heridos y muertos, tenga usted cuidado de decirle que ganan los liberales... Fíjese bien, Santiuste: que ganan los liberales... Si a mal no lo toma usted, le recomendaré que hable poquito de las salvajadas de la guerra civil. Cuéntenos las guerras y batallas de usted mismo, sus aventuras, cuitas o calamidades; descríbanos costumbres no conocidas, sucesos que se aparten de lo vulgar, escenas pintorescas, como lo que le pasó a usted en el *Fondac*; píntenos personas ridículas o hermosas, la blancura de *Yodar*, la fealdad negra de *Bab-el-lah*, las hechicerías de *Mazaltob*... Esto le encanta extraordinariamente a mi marido. Anoche pasamos un rato delicioso leyendo el pasaje de la invisible odalisca*Erhimo*, y luego, hasta muy tarde, estuvimos discutiendo si*El Nasiry* le engañó a usted o no con aquella salida de que la esclava es tuerta y le huele mal la boca... Pepe sostiene que hubo engaño y que *Erhimo* es una preciosidad; yo estoy por la contraria: creo que no hubo trampa, que *Erhimo* es tuerta y sucia, y que fue una gran suerte para usted la imposibilidad de libertarla.

XV

No seguimos, porque entró Beramendi. Su discreta esposa nos dejó solos, después de decirle que ya me había informado de la terrible conspiración, y que habíamos temblado y reído de aquel arcano tremebundo y jocoso. De mal temple venía el marqués, sin duda porque acababan de darle informes nuevos, alarmantes. Ampliando lo que yo por su esposa sabía, díjome que el actual plan del absolutismo no es un risible sainete, sino un drama con gran arte compuesto. No se trata de quitarle la corona a Isabel II, sino de *cuajar el pacto de familia*, aprobado ya, según dicen, por una parte y otra. La rama femenina accede a bajar del trono, con tal de ver restaurado el poder absoluto, puesta en la cumbre la fe católica, y la Libertad en la situación que tiene el diablo a los pies de San Miguel. Desde que la Revolución de julio del 54 aterrorizó a la familia reinante, andan los de acá y los de allá en tratos y contubernios. Dicen, y no les falta razón, que conviene sacrificar algo para no perderlo todo. El Rey Francisco y don Carlos Luis, heredero de los derechos de Carlos V, han tirado de pluma grandemente en estos años, y de su continuada correspondencia furtiva ha salido al fin el amasijo. Don Carlos Luis, conde de Montemolín, subirá al trono con la denominación de Carlos VI... La actual reina Doña Isabel y su esposo se avendrán a una jubilación decorosa, conservando título y honores de Reyes... El hijo de Montemolín se casará con la Infanta Isabel, y subirá al trono cuando cumpla veinticinco años... Isabel y Carlos reinarán juntos con igual derecho majestático, y se titularán Segundos Reyes Católicos...

«Esto es lo fundamental —añadió Beramendi—. De los principios políticos que han de ser alma de este cuerpo, no tenemos noticia exacta. Presumimos que caerá hecha cisco la Constitución, y que se hará un llamamiento a todos los beatos furibundos para que vayan preparando la traída de la Inquisición y demás zarandajas... ¡Y que no han tenido poco arte para organizar el movimiento! Existe, aunque esto te parezca mentira, una *Comisión regia suprema*, organismo hipócrita que se ajusta dentro de las piezas del organismo visible del Estado. Esta Comisión, compuesta de personas afectas al *Pacto de familia*, se ha dado buena maña para meter en todas las Capitanías generales individuos que trabajan en la sombra, y que han extendido por España una red de voluntades absolutistas. Tiene ya la red tal extensión, que no sé lo que aquí pasará si O'Donnell y su Ejército no vuelven acá de un brinco. Confían los montemolinistas en que don Leopoldo tiene quehaceres en África para un rato, y activan su organización... Bien se ve que quieren aprovechar esta soledad de tropa, las Capitanías generales en cuadro, las plazas desguarnecidas... Lo peor, querido *Confusio*, es que si no miente el público secreteo, también en el Ejército de África hay militares de todas graduaciones a quienes ha comprometido para el alzamiento la maldita *Comisión regia suprema*. No quiero pronunciar ningún nombre ni dañar a ninguna reputación, mientras no sepa la verdad. Dudo ya de todo, y no aseguro ni niego la incorruptibilidad de nadie... Vendrán los hechos, y todo se aclarará... La Historia que cuchichea me fatiga, me enloquece. Venga de una vez la Historia que grita, aunque nos traiga desengaños y catástrofes.»

—No pongamos tanta atención en la Historia inédita —le dije yo—, en el caudal corriente de las conversaciones de hombres ociosos, porque gastando nuestro corazón y nuestra mente en idear y sentir con intensidad y en falso, derrochamos un tesoro anímico, sin sacar de ello más que los pies fríos y la cabeza caliente... Y pues tengo yo que ir a donde están encendiendo la hoguera facciosa, dígame ya qué tengo que hacer. Si efectivamente he de hacerme pasar por clérigo, sepa yo qué clase de órdenes debo figurar en mí, pues como sean más de las menores, en gran compromiso he de verme.

—Vas a un país revoltoso, nidal de fanatismo y *partidaje*, donde encontrarás infinidad de clérigos que habrán limpiado ya las armas para lanzarse a pelear por Carlos VI. Conviene que con los curas pacíficos, así como con los valentones, hagas buenas migas. Llevarás cartas de recomendación muy eficaces. Con esto y con hacerte tú el apocado y el santito, dando a conocer tus sabidurías de cosas dogmáticas y litúrgicas, andarás por todo el país sublevado sin que nadie te moleste, y observarás, y recogerás gran conocimiento, que me irás contando por escrito, cuándo y dónde puedas. Hablemos ahora del nombre que te he puesto, y que va ya expresado en las cartas de recomendación. Yo creo que el *Confusio* te va bien para segundo apellido. Quédate con el nombre de pila, añadiéndole un patronímico cualquiera, y llámate *Juan Pérez de Confusio*. ¿Qué te parece?

—Como el *Confusio* no les suene a mentira o artificio, paréceme que no está mal mi nuevo nombre, y que da cierto eco de personalidad erudita y casi filosófica.

—Verás cómo no te faltan lances peregrinos, quizás conquistas más afortunadas que las de Marruecos. Aplica toda tu atención y el sortilegio de tus gracias a las amas de cura, que por allá entiendo que las hay muy guapas. Si pescas alguna, puede serte de mucha utilidad para el estudio esotérico de nuestras guerras civiles... Las cartas que llevas han de abrirte holgados caminos. A más de las que yo te daré, Manolo Tarfe te está preparando algunas que te causarán asombro cuando las veas. Hoy está en Aranjuez. ¿Sabes a qué ha ido? A conseguir que te recomiende una monjita de San Pascual, parienta suya. Manolo es de la piel del diablo para estas cosas. En ellas está como el pez en el agua, y cuando le toma el gusto a la intriga, se embriaga con las dificultades, y acaba por realizar verdaderos prodigios. Con decirte que pretende sacarle a sor Patrocinio una carta para no sé qué Provincial o Prepósito de allá, está dicho todo. Nada, hijo, que irás bien favorecido y hasta popeado de monjitas y con olor de santidad... No te quejes. Quisiera yo ser tú, y andar en esos trotes... Mañana, ya dispuesto, limpio de barbas, te vienes a recibir las cartas y nuestras últimas advertencias, que por la tarde sin falta has de salir. ¡Dichoso tú mil veces! Tú vives en España, tú la tratas íntimamente, tú gozas de ella y en ella engendras los hijos de tu fantasía...

Afeitadito, con todo el aire de un motilón ordenado de menores, me presenté al día siguiente en la casa de mi protector, donde ya me aguardaba el saladísimo Tarfe con las cartas que había conseguido en San Pascual, de Aranjuez. Una le fue dada por su prima doña Margarita de Barcones, monja profesa; otra llevaba la respetable firma de don Mateo Valera, administrador del Real Sitio, y la tercera ¡ay!, la tercera traía todo el olorcillo de un sagrado mensaje. Habíala escrito la mano divina y llagada de la Madre reverenda. Iba dirigida al venerable Vicario de Ulldecona, varón docto y bien calificado de virtudes, carlista por los cuatro costados, con brillante hoja de servicios en la anterior guerra civil, que ilustró con ruidosas hazañas. De mí decía la carta lindezas que debo agradecer, aun considerándolas dictadas de la travesura de Tarfe. Yo soy, según la carta, un joven de buena familia, aplicadito desde mi tierna infancia a la piedad primero, a los estudios religiosos después. Descuellan en mí las virtudes de humildad y castidad, las cuales, con el adorno de mi sabiduría, me hacen amable, y dueño de la simpatía de cuantos me tratan. ¡No me pusieron poco hueco los elogios que hacía de mí la santa Madre!... Mis nobles amigos me recomiendan con la seriedad más socarrona que procure hacerme digno del concepto que merezco, y me exhortan a seguir la senda de aplicación y honestidad por donde llegaré a coger la breva eclesiástica que Dios reserva a sus elegidos. En la carta de la Madre, así como en las otras que Tarfe me ha traído, se dice que voy a completar mis estudios en el Seminario Tarraconense, al paso que tomo posesión de una capellanía heredada de mis ilustres antecesores... Bueno, señor. Adelante con la farsa, y Dios me saque vivo y sano del laberinto en que quieren meterme estos exaltados caballeros.

Pasé un rato delicioso oyendo a Tarfe la descripción del interesante convento de San Pascual, de Aranjuez, cuya importancia histórica quedará bien patente con decir que a él tienen que acudir Narváez y O'Donnell cuando desean el Poder o temen perderlo. Las manos guerreras que han blandido la espada heroica, agarran un cirio y acompañan, con devota flojera de miembros y ojos caídos, las procesiones que alrededor del claustro limpio y oloroso se organizan un día sí y otro no para solaz del Rey don Francisco de Asís. Según Tarfe, la enseñanza de señoritas tiene en aquella casa una organización perfecta, según el moderno estilo francés, sin que falte el adorno de piano y bailecito conforme a etiqueta. La beatísima Patrocinio será lo que se quiera; pero de tonta no tiene un pelo. La placidez y blancura de su rostro mueven a confianza y piedad. En un aposento dispuesto con cierto artificio teatral y amorosas oscuridades que inducen al misterio y la ilusión, tiene la Madre su divino *Cristo de la Palabra*, el cual, en instantes de pío recogimiento, dice todo lo que debe oír y entender el candoroso espíritu de la reina. Ya está cansado el buen Señor de recomendar a todos los individuos de las dos ramas borbónicas que hagan las paces y vivan como hermanos; no se ha mordido la lengua para decir que por ningún caso sea reconocido el Reino de Italia, y que se pongan todos los obstáculos a la desamortización y venta de bienes de la Iglesia. O'Donnell y Narváez, a cuyos oídos llegan más o menos pronto los buenos consejos del Santísimo Cristo, no saben a qué santo encomendarse para dejar contentos a todos, Trono y Pueblo, Altar y Tribuna.

Recorrió y examinó Tarfe todo el convento (que allí la clausura no rige con los poderosos), y lo que más maravillado le dejó, despertando en él envidia del ameno vivir de aquellas santas señoras, fue la magnífica pajarera que allí tienen éstas para su recreo. No hay en todas las Españas colección de pájaros tan variada y nutrida. Su Majestad el Rey no repara en gastos para reunir allí las avecillas más bonitas, las más exóticas, las de plumaje vistoso y las de canoro pico. ¡Vaya con el museíto ornitológico! ¡Y que no se embelesa poco la Madre con los tiernos hijuelos que a falta de otros le depara su valimiento! Monjas y educandas se esmeran en instruir a las especies habladoras, familiarizándolas con las formas corrientes del lenguaje. Cuenta Tarfe, y porque él nos lo ha dicho lo creemos, que en la sección de loros hay uno tan bien enseñado, que dice *Jesús* cuando Sor Patrocinio estornuda.

Escribo en mi casa el final de esta larga epístola, para dejarla con su debido remate antes de lanzarme por el camino de mis desconocidas andanzas. Concluyo diciendo que como el tiempo apremia y tengo que prepararme para la partida, dejé la morada de Beramendi. Éste me dio sus últimas instrucciones en cuatro plieguecillos de papel bien aprovechados de letra, y me encargó muy encarecidamente que por el camino me aprenda de memoria el texto de los pliegos, y luego los rompa. A los libros de Teología que llevo, agregó un tomo del *Concilio de Trento, El Genio del Cristianismo* y la *Vida de Jesús del padre Rivadeneyra*. Ha insistido en que no debo escribir con la idea de que sea él mi único lector: conviene que mis relatos vayan mentalmente dirigidos a mayor público y a la misma Posteridad, que nunca podría decir: «de aquella agua no beberé.» Sin pensarlo, vengo yo aderezando mis cartas como si hubieran de ser gustadas por innumerables lectores. Ahora lo haré con más determinado propósito, alentado por mi Mecenas, el cual me recomienda una y otra vez que, por miedo a una publicidad remota, no recorte ni desfigure la narración de mis sucesos y trapisondas personales. Está muy bien: como me llamo *Confusio*, que así lo haré.

Me ha marcado el marqués este itinerario: saldré en la diligencia de Guadalajara y Zaragoza, siguiendo en ella de un tirón hasta Alcolea del Pinar. En este pueblo, un amigo y colono de mi protector cuidará de encaminarme a Molina de Aragón; traspasaré después la Sierra Menera para entrar en la provincia de Teruel. Las observaciones que haga por el camino me indicarán si debo dirigirme a la noble Alcañiz o a la vetusta Morella. En una o en otra comarca ha de estar la mayor rescoldera del volcán por donde voy a pasearme. Quedo en libertad de escoger la ruta conveniente, según lo que oiga y vea por esos endiablados pueblos. Dineros llevo cuantos pueda necesitar, pasaporte en regla, y cartas para señores sacerdotes o caballeros pudientes, que mirarán por mí si me veo en algún peligro. Yo nada temo; confío en mi buena estrella, y en salir con donaire de cualquier mal paso en que mi curiosidad o mi arrebatado temperamento me metiesen.

Arreglo mis asuntos con la patrona; doy la última mano a la ordenada estiba de mi ropa y libros en la maleta; me da el corazón una o más punzaditas al acordarme de Lucila y Vicente, a quienes no veré más... Me acuerdo también de *El Nasiry*, y hago voto de decirle algún día cuatro frescas si descubro que me engañó poniendo lacras y pestilencia sobre el invisible rostro de la hermosa*Erhimo*... Entra Beramendi en mi modesto cuarto; me da prisa. Escribo rápidamente el final de ésta, y se la entrego para que la lea y archive... Adiós, Madrid mío. Ahí te queda un suspiro del pobre *Confusio*.

XVI

Foz Calanda, *abril*. ¡Ay qué pueblos, qué posadas, qué caballerías, qué arrieros de Dios y qué caminos del diablo! He recorrido con mala sombra una de las comarcas más características de la guerra de facciones. La humanidad, lo mismo que la geografía, se me han representado como expresión viva de la bárbara epopeya cabrerista... Dudo si el país por donde voy hizo la campaña, o es obra y hechura de ella. Ruinas y desolación veo por todas partes, veredas de guerrilleros, emboscadas de asesinos, burladeros naturales para la sorpresa y la traición... Más acá de un pueblo que llaman *Cosa*, estuve a punto de perecer ahogado, vadeando un río nombrado*Pancrudo*; y al venir de Montalbán a Gargallo, faltó poco para que me despeñara en una sima, por cuyo borde serpentea el camino pedregoso. Las lomas y cerros, de un conglomerado rojizo, eran como sangrienta visión que me seguía tomándome las vueltas. Entre Alcorisa y este lugar donde escribo, se me cambió en próspera la adversa suerte, porque acompañado vine por un cura viejo y bondadoso que, emparejando su jamelgo con el mío, me entretuvo por todo el camino con su conversación amena. Mi buena facha, mi lenguaje modoso debieron de cautivarle, porque no esperó a que yo le mostrara las cartas que llevo, para ofrecerme, como párroco de este pueblo, campechana hospitalidad en su casa.

Y aquí me tenéis bien alojado y bien comido en esta vivienda modesta, mas no desprovista de sabrosas vituallas; vedme tratado hidalgamente por el cura, que es un bendito, y asistido hasta con mimo por dos amas viejas, corcovaditas... El sitio y las personas me recordaron los tranquilos días de Samsa, en las inmediaciones de Tetuán... Aquí recibo los primeros rumores del anunciado alzamiento que motiva mi viaje, noticias que al cura y a mí nos han parecido fantásticas. Mi buen párroco no es menos pacífico que yo ni menos aborrecedor de la guerra... Como digo, las noticias traían todo el cariz de un tremendo embuste. Ved la muestra: El Rey Carlos VI había desembarcado en los Alfaques con un poderoso ejército. ¿De dónde venía? De la isla de Ibiza o de islas de Italia: a punto fijo no se sabe. Al desembarcar en tierra española se pronunció Tortosa... Ya iba el Rey camino de Zaragoza, engrosando a cada paso su ejército, pues todas las tropas de Isabel se agregaban a las de su primo...

Con recelo de que tal notición fuera verdad, un ejemplo más de la verosimilitud de lo absurdo en nuestra patria, me dormí aquella noche, arrullado de mi cansancio, y a la mañana siguiente, cuando una de las viejas me trajo el chocolate, entró don Miguel Castralbo, que tal es el nombre de mi huésped, y me dijo: «Ya van llegando vientos de verdad, que desvanecen las mentiras que oímos anoche, señor de *Confusio*. Parece cierto que ha llegado el Montemolín con tropas sublevadas de no sé qué islas; pero no ha tenido, al parecer, recibimiento feliz, porque los mozos que de estos pueblos salieron armados para guerrear en la facción, vuelven a toda prisa. He visto a algunos; les he preguntado, y no dicen más sino que vuelven y corren para acá, porque han visto que a la carrera volvían los de Calanda y Alcañiz. Por allá deben de soplar aires de miedo... Mientras fijamente no se sepa lo que ocurre, yo que usted, señor de *Confusio*, no me movería de ésta su casa, donde puede estarse todo el tiempo que le pida su cansancio.» Las amas, que ya empezaban a tomarme ley, apoyaron con chillones encarecimientos esta exhortación a la holganza; di las gracias, y echándomelas de muy valiente, les aseguré que, aunque hubiera de pasar por el cráter de un volcán en erupción, seguiría mi camino sin vacilar... Discutimos; no me convencieron... Partí.

Alcañiz, *abril*. En Calanda y aquí he visto confirmadas la dispersión y retroceso de los que iban al juego de la guerra civil. Alojado estoy en un decente parador, y por la ventana de mi cuarto, que da a la plaza, veo el lindo frontispicio del Ayuntamiento. Me encanta este rincón monumental casi tanto como las dos mozas que me sirven, la una tirando a lo gótico, la otra a lo ático... Nada, que me gusta este pueblo, en el cual he admirado bellas iglesias románicas y del Renacimiento, amén del mujerío, que es de orden compuesto, quiero decir, de la hermosa mesticidad celtíbera y moruna... Los compañeros de mesa me han informado del levantamiento carlino, calificándolo de fracaso tan escandaloso y grotesco, como ha sido insensata y absurda la intentona. Dijo uno que Montemolín había venido de Mallorca con la guarnición sublevada de aquella isla; otro aseguró que vino de Marsella; un tercero puso las cosas en su lugar, refiriendo que de Baleares llegó el general Ortega, cabeza visible del alzamiento, con las tropas de su mando, las cuales al punto de tocar tierra se llamaron andana y dejáronle solo... Pronunciamiento más desatinado no se había visto, ni operación militar que más se pareciese a una correría de traviesos muchachos.

Como liberal habló uno de los huéspedes, desatándose en injurias contra los montemolinistas y sus auxiliares por haber hecho tal barrabasada cuando tenemos en África casi todo el Ejército. Alzáronse al oír esto voces que apoyaban al preopinante, otras que lo contradecían, y del extremo de la mesa soltó un bárbaro la bomba de que algunos de los generales de África estaban comprometidos, entre ellos Prim. ¡Jesús, la que se armó cuando el nombre del héroe sonó en medio del tumulto! El que parecía liberal dijo al otro que mentía: mediaron tonantes vocablos de cólera; levantáronse uno y otro, y venciendo a saltos el espacio que los separaba, agarráronse de manos y tiráronse de pelos... A separarlos corrimos los demás; yo fui de los más presurosos en poner paz, lo que me costó un rasguño, varios pisotones, y en el brazo izquierdo un golpe que me hizo ver las estrellas.

Ulldecona, *abril.* El hilo que solté en el comedor de Alcañiz, lo recojo ahora para proseguir desde aquel punto la relación de mi viaje y aventuras, que hasta los últimos días, en lo que ahora voy a contar, no ofrecen sino sucesos comunes indignos de ser escritos. Salí de Alcañiz con marcada variante de mi rumbo presupuesto, porque las muchachas bonitas, gótica la una, ática la otra, que servían en la posada, me aconsejaron que no tomara el camino de Valdetormo y Calaceite, directo a Gandesa y Tarragona, porque allí corría el riesgo de que me salieran, si no facciosos, bandidos que en aquellos caminos y puertos hacen de las suyas. Demostrándome más interés que el que yo merecía por el simple hecho de alabarles la hermosura, me señalaron como más práctico y seguro, aunque más largo, el camino que, cortando tierras del Maestrazgo, va a salir por la Cenia a las tierras bajas del Ebro. Así lo hice, y llegado sin tropiezo de ladrones a donde ahora me encuentro, no puedo decir si el consejo de las lindas mozas a mi ventura o a mi perdición me ha conducido.

Toda la noche anduve en una tartana que iba nada menos que a Vinaroz, y llevaba, a más de mi persona, dos monjas de una Orden para mí desconocida, viejas y adustas, y un señor de edad provecta, con trazas y rudeza de hombre de mar. Ni ellas ni él hablaban más que catalán cerrado, que yo no entendía, y todos mis esfuerzos para entablar conversación me resultaron inútiles, viéndome condenado a un hosco silencio que me hacía más molestos los tumbos y sacudidas espantosas de aquel vehículo del diablo. Aun entre sí, no eran comunicativos mis compañeros de suplicio, pues las monjas no hacían más que rezar, y el marino, si es que lo era, compartía el tiempo entre las modorras con ásperos ronquidos y las maldiciones seguidas de toses y carraspeos. Nunca tuve ni padecí travesía tan mala y tediosa.

En vano traté de congraciarme con las monjas, haciéndoles comprender mi carácter sacerdotal, ya con algún latinajo, seguido de exhortación a la paciencia, todo sin venir a cuento, ya procurando que el gesto y el mirar expresaran mi estado y mansedumbre; pero ni por ésas. No he visto seres más huraños y recelosos. Sin duda son religiosas de clausura que, al ir de trasiego de un convento a otro, van espantadas por el mundo, como el ganado lanar cuando lo hacen pasar por las calles de una población...

Mi terrible encierro con semejantes fieras tuvo su fin en un caserío de cuyo nombre me alegro de no acordarme, pues en él mis desventuras no hicieron más que cambiar de forma. ¡Qué tal sería el pueblecito, que me vi y me deseé para encontrar algo parecido a un colchón donde tender mis huesos por unas cuantas horas, y algún alimento con que engañar el hambre! Habíanme dicho que allí abundaban las tartanas de alquiler; pero ninguna pude hallar, ni aun ofreciendo pago doble y triple de lo acostumbrado. ¿Dónde diablos estaban las tartanas? Una vieja cejijunta, displicente y con ojos de sibila, me dijo que los coches se habían ido a los juncales del Ebro, y allí se los había tragado el fango.

Al cabo de mil diligencias y pasos fatigosos, me sacó de mis apuros un trajinante con quien ajusté dos caballerías, una para mí y otra para él como escudero y portador de mi maleta. Y heme otra vez en camino, a media tarde ya, sufriendo la bofetada continua de un viento que de cara nos azotaba cruelmente. Ambas caballerías venían cansadísimas de anteriores trabajos, sin pienso, y para curarlas de su pereza no había otra medicina que los palos. Mi jaco era de tan aviesa condición, que en algunos repechos del camino no andaba ni adelante ni atrás... Fue mi viajecito más triste y desesperante al entrar la noche; el viento no amainaba; los caballos vengaban en mí la ruindad de su amo; a éste hubiera dado yo los palos que las pobres bestias recibían; eché de menos la tartana de la noche anterior, y acordándome de las monjas, me las figuré graciosas y amables: tal era mi furor en aquella desgraciada travesía. Para mayor enojo mío, el maldito jayán escudero se había vuelto mudo. Hacíale yo preguntas, que bien respondidas habrían dado algún alivio a mi dolorosa impaciencia. ¿Tardaremos mucho? ¿Cuánto hay de aquí a la Cenia? ¿Qué caserío es éste?... Pues el muy bestia, resguardándose con la blandura de su manta el pecho, pescuezo y boca, o no decía nada, o me soltaba un ronco mugido, como un mastín con más ganas de morder que de ladrar.

Deploraba yo además la soledad, el no encontrar arrieros ni caminantes; y tanto silencio y monotonía, sin oír otra voz que la del viento ni ver caras de personas, me desesperaba... «¿Pero dónde estamos? ¡Qué país tan desolado y triste!» A esto, mi escudero no decía más que *muú*, y en mí se acentuaban las ganas de pegarle un tiro... Grande alegría me causó de improviso ver una luz lejana. ¿Estaría en aquella luz el paso de la barca? *Muú...* ¿Era luz de un farol, luz de un hacho? *Muú...* Los caballos, contagiados de mi impaciente gozo, avivaron un tanto su perezoso andar... Nos acercábamos a la luz, y la luz hacia nosotros venía presurosa... Por fin, me vi frente a unos cuantos hombres que gritaron ¡alto! La luz era una antorcha resinosa, los hombres un hato de bárbaros insolentes. Vestían el traje catalán con faja colorada, y en vez de barretina llevaban pañuelo liado a la cabeza, a estilo valenciano más que aragonés. Todos iban armados con escopetas, trabucos o pistolas. Mi primera impresión fue que había caído en poder de bandidos. Luego, oyendo sus preguntas atropelladas, me creí frente a una de esas terribles organizaciones político-militares que llamamos *partidas*.

Mi escaso conocimiento del catalán me bastó para entender las preguntas que me hicieron aquellos brutos: «¿De dónde vienen ustedes? Sepamos quiénes son... ¿A dónde van? ¿Han dejado atrás fuerzas del Ejército? ¿Viene Guardia civil?» Contestaba *muú* mi escudero, y yo, con mejor tono y cortesía, expresé la verdad. No debí de convencerles... Desconfiaban de mí. Con malos modos me mandaron que me apease. Uno me tocó todo el cuerpo, preguntándome si llevaba pistolas. Díjeles que, como sacerdote que soy, no llevo armas ni para nada las necesito. Hablaron de registrar mi maleta, y no me opuse: al contrario, abriéranla cuando quisieran, y verían en ella tan solo mi ropa, mis libros de religión, y las cartas que llevo para diferentes personas del clero y la nobleza, todas muy calificadas... El que parecía sargento de tan desaliñada tropa me mandó con grosero despotismo *arrear* a pie, y obedecí silencioso, emprendiendo la marcha rodeado de aquellos gandules. Delante iba el que alumbraba. La antorcha, con la furia del viento que desgreñaba la llama y consumía las hebras de fuego deshaciéndolas en chispas, perdió su fuerza y su luz; el viento devoró las últimas ráfagas, dejándonos a oscuras. Seguí yo andando a trompicones, sin saber dónde ponía los pies. A mi lado iba el sargento o lo que fuese; detrás mi escudero; uno de la partida llevaba de la brida los dos rocines, que agradecieron mucho que se les aliviara de nuestro peso... Nadie pronunciaba palabra, como no fuera para decirme brutalmente que arreara cuando el temor de caerme en un hoyo o de tropezar en una piedra obligábame a moderar el paso.

Y en aquella procesión lúgubre, me acordé de las instrucciones consignadas en los pliegos de Beramendi, leídos cien veces por mí entre Madrid y Guadalajara, y después de bien aprendidos, rotos y dados al viento. Descollaba en mi memoria un sustancioso parrafillo, que así decía: «Si llevas muchas probabilidades de ser obsequiado de curas, favorecido por sus amas, y de que todos se rindan a tu talento y simpatía, también las llevas de caer en manos de guerrilleros feroces, que te fusilen por primera providencia. En este caso, mi querido *Confusio*, sabrás morir como cristiano caballero y como sacerdote, apartando con desprecio tus ojos de las vanidades humanas, y volviéndolos a la vida perdurable, donde hallarás el premio de tus virtudes.»

XVII

«¡Ay de mí! ¡Pues tendría gracia —pensé yo en el oscuro camino— que estos animales me pegasen cuatro tiros!...» Pensándolo, vi luces rastreras, como de farolitos llevados a mano... Se movían delante de nosotros, con lenta derivación hacia la izquierda... Este mismo rumbo tomamos siguiendo un recodo del camino... Cuando estuvimos cerca distinguí un grande y negro caserón, y varios hombres que con sus propias sombras se confundían. Del grupo se destacó un corpacho. Le vi llegarse a mí. Era un sujeto de muy aventajada estatura, cincuentón, y vestía con más decencia que los otros. «Este tío —pensé yo— será el capitán de la partida. Su facha es de persona de calidad, aunque el gorro de pieles que trae calado hasta las orejas le da cierto aspecto de ferocidad montuna.» De sus hombros pendía suelto de mangas un capote. Toda su ropa era negra, y el pantalón gris colán; llevaba botas de alta caña. Apenas llegó frente a mí, repitió las preguntas de los otros con voz tan bronca y adusta, que temblé al oírla, y me dije: «Este tío me va a dar un disgusto.» Reiteré mi respuesta: que yo no sabía si venían o no detrás de nosotros tropas del Gobierno. «Pues un batallón salió esta mañana de San Mateo —dijo el talludo y truculento señor—. ¿Dónde están esas tropas? ¿Han ido a Vinaroz?... Si saben ustedes el camino que han tomado y no quieren decirlo, a uno y otro les participo que lo pasarán mal...» Y otra cosa: «La Guardia civil de los puestos de Chert y Ballestá, ¿dónde se ha ido? ¿Por ventura supo que estamos aquí y nos cogió miedo?» Yo declaré no saber nada, y poniendo en mi acento toda mi sinceridad, esperaba que mi inocencia quedaría bien clara. El que yo creía sargento habló en voz queda con el cabecilla. Y éste ordenó que se nos registrase detenidamente. Entramos todos en el caserón, y el hombracho iba tras de mí rezongando con ira y mofa: «Ha dicho que es sacerdote... Ya lo veremos. Y trae cartitas de recomendación... Las veremos, sí, señor, las veremos, y ojalá sean para quien yo me figuro.»

Metidos en un cuarto estrecho, donde vi una mesa manchada de vino, porrones medio vacíos, cortezas de pan, una silla de paja con el asiento casi deshecho, y un banco desvencijado como los que hay en ínfimas tabernas de aldea, se procedió al registro de mi maleta, el cual fue por extremo detenido y escrupuloso. El cabecilla presidía la operación en pie, junto a mí, y no quitaba ojo de lo que iban sacando los registradores. Éstos eran dos, y dos brutos más habían entrado para mi custodia. Desdoblaban la ropa, y en las prendas que tenían bolsillos no había hueco ni pliegue que no escudriñaran. Los libros eran cogidos por el jefe, que al leer las portadas con cierto énfasis, revelaba más sorpresa que pedantería. Cuando salió de entre otros papeles mi pasaporte, le echó con avidez la garra, y leído por dos veces, dijo entre burlón y receloso: «¡Qué apellido tan raro éste de *Confusio*!... Es la primera vez que veo un cristiano que así se llame.» Yo le advertí humildemente que la familia de los Pérez de *Confusio* es muy conocida en Medinasidonia y otros pueblos de la provincia de Cádiz. Antes de que pudiera oírme, vio las cartas de recomendación, y cogido el no pequeño rimero de ellas, las fue examinando, y a cada nombre que leía, soltaba de su boca una breve expresión de asombro, acompañada de un mohín de labios o chasquido de lengua. Las expresiones eran: «¡Anda!... ¿Pues y ésta?... ¡Vaya, vaya!... Bien, bien...» Al llegar a una que despertó su interés más que las otras, rápidamente la desdobló y con ansiosa lectura enterose de su contenido, pasándola de la cruz a la fecha. Después, sin mirarme, volviose a los bárbaros, que, una vez vaciada la maleta, golpeaban el fondo y costados por si el sonido les denunciaba trampa o secreto, y con imperiosa voz les dijo en catalán: «Ea, basta ya: ¿no veis que no hay nada? ¡Pues no sois poco sobones!... Digo que basta... Idos afuera.» Salieron los hombres atropellándose, que ya sabían cómo las gastaba su jefe; cerró éste la puerta, y llegándose a mí, me indicó con ademán cortés que me sentase... Obedecí al momento. No me dio tiempo a pensar nada de aquel extraño cambio de voz y maneras, y antes de sentarse frente a mí, me habló en castellano neto de este modo: «Al ver esa carta para el Vicario de Ulldecona, me picó tanto la curiosidad, que...»

—Puede usted leerlas todas si gusta —le contesté, correspondiendo a sus buenos modos con los míos.

—No... gracias, señor de *Confusio*... Pues ha de saber usted que el Vicario de Ulldecona soy yo.

Prorrumpí en exclamaciones de sorpresa, y atropelladamente me congratulé de la felicísima casualidad que me deparaba el Acaso, o por hablar mejor, la Providencia. ¡Quién había de decirme...! «Vea usted, señor Vicario, cómo las situaciones más desfavorables, o si se quiere más oscuras y pavorosas, se iluminan de improviso por el divino rayo de la verdad.»

—Exacto: usted me temía, y ahora un rayo de verdad nos hace amigos... Pero no me llame usted señor Vicario, que en esta diócesis no está en uso tal denominación. Soy el Arcipreste de Ulldecona. Más de una vez he dicho a la *Madre*, cuando he tenido que escribirle, que no me llame Vicario, sino Arcipreste; pero no se acuerda, no se acuerda... Y ante todo, ¿cómo está la *Madre*?

—Tan buena... Fresca como una rosa, y sin perder nada de aquel despejo, que es, digo yo, uno de los dones más maravillosos que debe al Señor.

No me pareció muy vivo el interés del Arcipreste por la bendita y llagada monja. Su pregunta no había sido más que fórmula fácil de rudimentaria cortesía. Al instante varió de conversación. Refregándose la frente con una mano, después con otra, como quien quiere aligerar su pensamiento de preocupaciones y cuidados opresores, me dijo: «Se habrá usted enterado de lo que aquí pasa...»

—Sí, algo sé. En Alcañiz oí noticias confusas, incompletas... Desembarco de tropas en los Alfaques.

—En San Carlos de la Rápita desembarcó la locura. Venía guiada por la necedad, y a recibirla salió la ceguera. ¡Ja, ja!... ¡Y nos habían hecho creer que todo lo tenían muy bien dispuesto... que Francia estaba en el ajo... que Madrid se pronunciaba, que *Palacio* se pronunciaba, y que Prim en

África se pronunciaba!... ¡Majaderos, canallas, mentecatos!... Lo que aquí se pronuncia es el sentido común, que no quiere ser español, y se va; la vergüenza, que se va; el arranque y las ternillas de hombre, que tampoco quieren estar en esta tierra gobernada por mujeres. Bien merecido les está el fracaso, por fiarse de Ortega, por fiarse de los de Madrid, por fiarse de...

Hizo breve pausa, comiéndose el final de la frase... Clavó sus ojos en mis ojos, y posando su mano en la mía, me dijo: «Pues hemos de ser amigos, contésteme pronto a lo que le pregunto: ¿a más de la carta que he leído, no tiene para mí un mensaje verbal de la *Madre* o de otras personas?»

—No, señor Arcipreste.

—Y para otros señores eclesiásticos o seglares, ¿no trae recadito de palabra, debajo del disimulo de las cartas de recomendación?

—Aseguro a usted —respondí con desahogada sinceridad— que no traigo más que lo que ha visto.

—Por las Ánimas del Purgatorio, o hay confianza o no hay confianza... Usted teme... Aún no se le ha pasado el susto de esta sorpresa... Serénese y dígame la verdad.

—La verdad he dicho. Soy un seminarista oscuro, alejado de toda intriga, y aquí vengo no más que al negocio particular de mi capellanía y a mis estudios.

—Así será... Perdóneme. Me pasó por el magín la idea de que nos traía usted instrucciones... que ya no serían instrucciones, sino cataplasmas tardías de los que en Madrid calentaron este movimiento y luego se han quedado fríos, zurrándose de miedo... Pensé que usted venía para decirnos: «Perdonen por hoy, que otra vez será.» Veo que se asombra de oírme... Voy creyendo que está completamente en ayunas de todo lo que pasa aquí y en Madrid, y en Francia y más allá de Francia. Si es usted un ángel, nada más tengo que decirle sino que le aproveche su inocencia.

—Un ángel soy, no vacilo en decirlo, en todo eso que a usted tanto le afana.

—¿Y no sabe que contábamos con el apoyo de ese zascandil, de ese peine...?

—¿Quién, señor?

—Es usted, en efecto, el más puro de los serafines si no sabe que nos ofreció protección, y no ha cumplido, ese buscarruidos, ese... No quiero llamarle por su nombre... *El marido de la Eugenia*...

—¡Napoleón III!

—Así lo llaman los que creen en el imperio francés... ¡Farsa, mujerío indecente!... Pues en Madrid, digamos en *Palacio*, se habrán echado atrás, por influencia de la Inglaterra. ¿No cree usted lo mismo?

—Yo, señor Arcipreste, nada entiendo de esas cosas.

—¿Pero no saben que Inglaterra protege al Progreso y a la Masonería, porque así se lo manda el Protestantismo? Los progresistas cuentan con el apoyo de Inglaterra, protectora de la Unión Liberal, de O'Donnell, de Prim, y de este maldito Dulce, que manda en Cataluña... La Inglaterra se ha metido donde no la llamaban, y *Palacio* se ha zurrado de miedo. La familia reinante usurpadora había entrado ya por el aro, aviniéndose al arreglo y transacción de los derechos de unos y otros Borbones; acordada estaba ya la forma y modo de establecer la gran Monarquía católica, perpetua y definitiva... y ved aquí que los reinantes de Madrid dicen *yo no juego*, y se vuelven atrás, dejando a los leales en la estacada... Ello habrá sido por metimiento de la Inglaterra... Pues espérense un poco, que ya recibirán su merecido. Con el apoyo y el dinero inglés, los progresistas y O'Donnell y toda esa taifa darán cuenta del Trono... Créalo usted, señor *Confusio*: hemos de ver a *la Isabel* emigrada y sin un real, teniendo que lavar la ropa de *la Eugenia* para ganarse un triste cocido... No se ría, ángel, que eso lo verá usted, que es un joven, y yo también, que ya voy para viejo... porque irá deprisa, muy deprisa, la descomposición y ruina de las cosas.

Se puso en pie con viveza juvenil, y abrió la puerta para llamar a su gente. «¡Eh, canalla, venid aquí!» Apenas entró la turba de gaznápiros, el Arcipreste dijo al que me había registrado la maleta: «Pon todo conforme estaba. ¡Eh!, colocar cada cosa en su sitio... ¡Cuidado, bruto!...» Y a otros: «Tú, Gasparó, llevarás a casa la maleta. Tú, Rufulet, coge un farol y alúmbranos.» Y a mí: «Señor *Confusio*, despache a su espolique y véngase conmigo.» Salimos... Andando entre bardales, por un caminejo de cuyos peligrosos altibajos me defendía la ondulante claridad del farol delantero, dije al que ya consideraba como amigo: «Señor Arcipreste, ignoro dónde estoy. ¿Es esto Ulldecona?»

—No, señor: esto es Rosell de la Cenia. Tengo aquí una masada, donde suelo venir a pasarme algunos días de campo con mi familia o parte de ella. El lunes me vine acá... quería descansar de los berrinches de estos días, por el desembarco de necios y locos... y de paso, dar gusto a las aficiones, al deber que uno tiene de no perder ripio... ¿Usted me entiende? Me traje unos cuantos escopeteros con idea de acechar el paso de la Guardia civil... Parece que olieron mi presencia, y se fueron por otro lado. Fácil nos hubiera sido merendarnos a los guardias, y lo mismo digo de la tropa, no siendo mucha.

Yo callé. Volví a sentir miedo del hombre en cuyo poder estaba... Pero me dejé llevar de él confiadamente, pensando que la mejor regla de conducta en toda vida de aventuras es entregarnos a la desconocida voluntad del Destino, o de su hermana la Providencia. Sin hablar cosa de interés, pues no lo tuvieron las breves observaciones acerca de la molestia del viento y de la oscuridad de la noche, recorrimos en unos veinte minutos el camino que nos llevó a la masada, y en ésta, saludados de perros y recibidos por un viejo y dos mujeres, entramos en el caserón campesino, que al primer vistazo me pareció alegre, holgón, cómodo y bien abastecido para un vivir regalado. Del portal ancho, lleno de aperos, pasé a una gran estancia, donde vi una escalera de fábrica, que a los pisos superiores en dos tramos conducía; al fondo, otra pieza que era la cocina, con resplandor de fogata y excitantes olores de comida, y a derecha mano, un aposento blanco y espacioso con mesa ya puesta para tres personas. Allí nos metimos, y el señor Arcipreste, desembarazado de la gorra de piel y del capotón, se me presentó en toda su gallardía simpática. Era un hombre alto, sanguíneo, vigoroso, de perfecta escultura esquelética y muscular, arrogante de actitud, ardiente la mirada, garboso el gesto. Iluminado de lleno el rostro por la luz de una buena lámpara, su edad me pareció de más de cincuenta años, o de sesenta desmentidos por una salud venturosa. Era su color encendido, su nariz enérgica, su boca desconfiada, el cabello espeso, cortado al rape, y blanquecino por las sienes, la dentadura recia y blanca.

A la mujer de mediana edad que recogió el capote y montera, le ordenó que nos diese pronto de cenar, añadiendo: «Para este caballero y para mí solos.» Su voz y su acento sonaban a dominante autoridad sin altanería. Otra mujer, de apacible madurez, puso la mesa, en que advertí blancura de manteles y fineza de loza que me causaron sumo agrado. ¡Y con el ama presente, ya eran dos las que yo veía! La tercera apareció después trayéndonos una sopa calduda, hirviente, con huevos, capaz de matar el hambre con solo la rica fragancia que despedía. Mi apetito era monstruoso, como de náufrago perdido en una isla desierta. Pedí permiso al Arcipreste para caer sobre la sopa con devorantes ansias, y me lo concedió risueño, asegurándome que él haría lo mismo... Y comiendo, no perdía yo la cuenta de las amas que veía, ni dejaba de observar el rostro de la tercera, que era bonita, aunque demasiado pálida, con cierto aire y mohín lacrimoso de Virgen de los Dolores, de buena talla, pero ya deslucidita de pintura y barniz.

De mis disimuladas observaciones me distrajo el señor Arcipreste, dándome noticias de su persona, antecedentes y circunstancias. «Por mi habla —me dijo— habrá usted conocido que no soy catalán. Hablo castellano, sí señor; he mamado esta lengua de los mismos pechos que Cervantes, el portento de la literatura, porque nací como él, en Alcalá de Henares, y allí me crié y viví hasta que, ya mocetón hecho, me llevaron mis padres a Híjar, tierra de Teruel. Ésta es mi patria efectiva, pues en ella fui hombre y recibí las órdenes sagradas, desempeñando varios curatos buenos, hasta que me trajo a este Arciprestazgo, diez años ha, mi amigo don Isidro Losa, de quien me viene mi conocimiento con la madre Patrocinio. Mi nombre es Juan Ruiz; añado a este primer apellido el de mi madre, que es *Hondón*, por lo cual unos me dicen mosén Hondón, y aquí, entre mis feligreses, se ha hecho moda, por aquello de abreviar y dar gusto a la lengua, llamarme *Don Juanondón*.»

En esto vi que con el ama que empezó a servirnos entraba otra. ¡Ya eran cuatro, Señor! Y no era lo peor que fuesen cuatro, sino que la última, o sea la cuarta, era más joven, por lo menos más lozana que la parecida a la Virgen de los Dolores, y seguramente más bonita: una rubia ideal, de azules ojos, cara como las rosas, no muy alta de cuerpo, pero éste muy bien modelado en sus partes todas, y con admirable distribución de carnes en sus contornos y bultos, resultando de tales armonías una combinación feliz de la agilidad y el buen desarrollo. Allí se juntaban las dos bellezas fundamentales: la gracia y la salud.

XVIII

Habían acudido al comedor las dos amas, sobrinas o lo que fuesen, porque eran necesarias a nuestro servicio. La joven de dorados cabellos mudaba los platos; la jamona, que era de buen ver, como un ocaso de dorada tibieza, descuartizaba unos pollos que pronto habíamos de comer. Los movimientos de una y otra no se me escapaban, aun poniendo las apariencias de mi atención en don Juan Ruiz, que así proseguía contando su novelesca historia: «En mi curato de Híjar, y antes en los de Albalate y Samper de Calanda, me hice querer de mis feligreses. Siempre fui bueno para ellos: a los pudientes respeté, y a los pobres favorecí cuanto pude. Estalla en esto la guerra, y... Nada, que mi voluntad, lo mismo que mi convencimiento, me llevaron a la causa de don Carlos... Fue un arrebato del corazón, ¡rediez! Me tiraba el campo de batalla. Yo era gran cazador... Me sacaba de quicio la guerra, que es cazar hombres con hombres... Combatí en la partida de Quílez: yo era el ojo y el caletre de la partida, yo su pie derecho, por mi conocimiento del país y de las vueltas de montes, las distancias, alturas, atascos y torrenteras... Pues hice bravamente toda la campaña. Pregúntenle a Ramón Cabrera si cumplí o no cumplí... Supe mandar, supe obedecer, supe dar recompensa y castigo... Maté cristinos y urbanos, copé columnas, desbaraté batallones, y aunque usted se asuste, ángel, fusilé prisioneros, no uno ni dos... No hay que asustarse... Fusilé y aterroricé porque así me lo dictaba la ley de guerra... Tiene el soldado su conciencia muy distinta de la conciencia del cura... Nada tiene que ver una conciencia con otra... Las vidas no suponen nada... Por delante de las vidas ha de ir la Causa... y Dios, que es la Causa de las Causas, mira por lo suyo...»

Esto decía acabando de comerse un pollito, pues era hombre de buen diente y mejor estómago. Yo tampoco lo hacía mal. Pidió el Arcipreste vino blanco; acudió la rubia con la botella, y cuando lo escanciaba en los vasos (que allí no vi funcionar el castizo porrón) oí su voz, que me sonó a gorjeo delicioso. El catalán hablado por mujer es una de las más bellas músicas de la boca humana. Así me ha parecido siempre, y más aún en aquella placentera noche... La jamona sirvió después un plato de pescado, y al recomendármelo el Arcipreste como exquisito manjar, me dijo que dispensara la cortedad de la cena. ¡Cortedad, y tras el pescado trajo la rubia un plato de carnaza, y después *ali-oli*! ¿Señor, qué casa era aquélla?... Como yo alabase la sustanciosa y abundante mesa, don Juan Ruiz añadió a su relación histórica este dato interesante:

«¡Bendito sea Dios que me ha concedido un buen vivir! Sabrá el señor *Confusio*, que allá por el 41, un pariente mío por parte de madre, solterón y gran propietario en Belchite, murió... Natural fue que cascara el buen señor, pues ya pasaba de los ochenta... Me quería tanto, y era tan ferviente admirador de mis hazañas en la guerra, que me dejó por heredero de toda su hacienda, que no era grano de anís. Vea por qué vivo bien y doy buen trato a los amigos... También debe saber que no soy tacaño ni guardador; no me excedo ni tampoco escatimo, y cerca de mí no hay pobre que no sea remediado... Y en mi casa son tantas bocas a comer, que a menudo me equivoco en la cuenta de ellas. Las amas y sobrinas que me sirven, aquí se están hasta que quieren, o hasta que hallan novio con buen fin que pida casamiento. Yo a ninguna despido, y la misma regla observo con mis mozos de labranza, criados y medianeros. Verdad que también les exijo lealtad y buena conducta, eso sí, y el que no cumpla, ¡rediez!, se ha divertido.»

Me encantaba aquel tío rudo y noblote, gran señor a su modo en la paz, como había sido esforzado paladín en la guerra. Durante su relación, ni un momento vi en él al sacerdote. En la punta de la lengua tuve este concepto: «Dígame, señor Arcipreste, ¿cuántas amas y sobrinas tiene?» Pero antes de pronunciar la primera palabra, vi la indiscreción de tal pregunta. Acabamos la cena no sin catar a la postre azucarados bollos, rosquillas de miel, con buen vino dorado, trasañejo. Salimos al central aposento, donde está la puerta de la cocina, la escalera que a las alcobas conduce, la comunicación con despensa, cuadras, patios y corrales, y allí nos repantigamos en un banco de madera, junto a ventrudas tinajas. De la cocina no podía yo ver más que el resplandor vivo de la lumbre, ni oír más que el rumor alegre de los que allí comían. Muchos eran, a juzgar por la variedad de voces. Parecíame que había más mujeres que hombres, y más juventud que vejez. En el desconcertado ruido distinguí voces castellanas entre el silabeo blando del catalán. Reconociendo en tales voces la innumerabilidad de las sobrinas del Arcipreste, creí que ellas me contestaban la pregunta que no osó salir de mis labios.

Encendimos buenos puros. Por las órdenes que dio don Juan a sus criados, entendí que saldríamos de madrugada, para estar en Ulldecona a las primeras horas del día. De pronto, el Arcipreste, volviéndose a la cocina, gritó: «¡Donata!» Y apenas sonado este nombre en la cavidad anchurosa, apareció una mujer en el hueco iluminado por la roja claridad del fogón. Salía sin presteza de la cocina, mascando el último bocado. Acudía con diligencia grave al llamamiento de su señor, como servidora que sabe no ha de ser reñida por tardanza o pereza. Fue para mí una visión sorprendente y deslumbradora. Creí ver la expresión sintética de la hermosura de mujer, tal como yo la soñé, sin verla nunca realizada. «Donata —le dijo don Juan Ruiz—, ya sabes que nos vamos antes de que amanezca. ¿Has guardado en las maletas todo lo mío que se ha de llevar? Anda, hija, ve y dispón todo: no olvides mis pistoleras; no olvides tampoco tu trajecito de payesa, ni mi sable, ni la caja de puros...»

Tragado lo que mascaba, la hermosa Donata (el nombre ya se había grabado en mi mente) habló en buen castellano endurecido por acento aragonés. Dijo que nada quedaba por guardar más que las pistolas, espuelas y otras cosillas; pero que al momento subiría para recogerlo. «Oye —le dijo el señor, cuando ya iba la beldad hacia la escalera—, se me olvidaba mandarte que arregles la cama para este señor en el cuarto de la esquina... Podrá dormir cómodamente cuatro o cinco horas... Oye, no corras tanto: ven acá. El cuarto de este señor lo arreglará Carmeta... Vete tú a los demás quehaceres, y no te descuides.» Subió Donata, y embobado estuve mirándola hasta que desapareció en lo alto de la escalera. Don Juan llamó entonces a Carmeta, una de las jamoncitas que nos recibieron al entrar, y repitió la orden de preparar mi descanso. Era esta ama bien parecida, conservada en una blanda madurez otoñal; pero después de ver a Donata, no había mujer tierna ni madura que hiriese mi atención ni cautivara mi espíritu.

Aturdido por la deslumbradora visión, no pude hacerme cargo de las diversas órdenes que para la partida dio el cura a las muchas personas que salieron confusamente de la cocina. Solo entendí bien esta disposición: «Con vosotras, en la tartana de Quirico, que saldrá primero, irán Donata y Carmeta... Conmigo y el señor *Confusio*, vendrán Toneta y Olegaria.» Ésta era la rubia, Toneta la *Dolorosa*... Mucho me incomodó la orden de que Donata no hiciera el viaje en la tartana donde yo iba. Pareciome ofensa, desconsideración, un desaire manifiesto, como lo fue asimismo el mandar que Carmeta y no Donata arreglase mi cuarto. ¡Vaya con el tío aquel, déspota celoso y bárbaro! Al entrar en el aposento que me destinaron, vi a Donata que de uno próximo salía con brazados de ropa. Se aproximaba con los ojos bajos; pero al pasar junto a mí los alzó para mirarme. ¿Estaba yo loco, o tenía razón al pensar que algo muy intenso quiso decirme con su fugaz mirada? Pasó veloz. El ruidillo de sus pisadas algo también me decía.

Encerrado en mi alcoba, excitadísimo y sin ganas de acostarme, a pesar de mi cansancio, vi a la guapa moza en mi mente con más lucidez que en la realidad habíala visto, y mejor podría describirla por el retrato mental que en mí llevaba, que por su presencia efectiva. Era más delgada que gruesa y más alta que baja, estatura y talle contenidos dentro del arquetipo de la humana belleza. Negros ojos, boca ideal, cabello abundante, recogido con helénica gracia, melancolía, desconsuelo, añoranzas, ambición de amor... todo esto vi en su rostro, y con tan ricos elementos lo compuse... El cuerpo de aquella divina mujer me revelaba la suma donosura, la soberana previsión de Naturaleza, la sabiduría del Criador... Belleza tan acabada no habían visto nunca mis ojos.

Con más fatiga corporal que sueño me tendí vestido, y en el estupor letárgico que embriagó mis sentidos, algo como borrachera o vaporización de pensamientos, incurrí en el más extraño desbarajuste de las cosas reales. No diré que soñé, sino que creí sueño todo lo que me había pasado desde mis travesuras en la casa de *El Nasiry* hasta la hora presente; sueño, mi conversación con el renegado, mi salida de África, mi regreso a Madrid, mis careos y tratos con Beramendi; sueño, la conspiración absolutista y mi viaje para observarla; sueño, que yo estuviera donde estaba. Lo verdadero y real era que aún permanecía en Tánger, y que reposaba en el poyo de mi camarín sobre tapices morunos. Y allí recreaba mi mente con la imagen de Donata, que no era Donata sino *Erhimo*, la esclava de ideal hermosura, solo comparable a los ángeles de los cielos católicos y mahometanos. En esclavitud vivía Donata, digo, *Erhimo*, y a mí me enviaba Dios para libertarla de la garra de *El Nasiry*, digo, del fiero sultán *Mosén Hondón*. Sonábame este nombre como el más bárbaro que pudiera inventar la rudeza oriental o marroquí. Era el tirano celoso y feroz que guardaba dentro de cerrados muros a la odalisca, y ésta quería libertad, y por Dios que yo había de dársela.

Salté del lecho, llamado por suaves golpecitos que dieron en la puerta. Era hora de partir. Yo no vi la mano cuyos nudillos hicieron la tocata en la madera. Pero mi adivinación prodigiosa me permitió afirmar que había sido Donata la que con el lenguaje de los golpecitos me decía: «Levántate, salvador mío, que ya nos vamos a donde podrás, con tu agudeza y mis advertimientos, sacarme de este serrallo y hacerme tuya.» Cuando bajé, ya estaba la Donata ideal agazapadita en la tartana que había de conducirla con otras mujeres. Entre ellas vi a la que parecía Dolorosa, despintada y amarillenta pidiendo barniz. Fue una visión fugaz, a la débil luz de faroles, pues aún era noche oscura... Partió la tartana, y en ella no pude ver bien más que los ojos de Donata, que ya se entendían maravillosamente con los míos. Don Juan Ruiz me ofreció café: lo tomamos juntos, acompañados de Olegaria, la rubia. En la mesa vi las tazas con poso de café, donde lo habían tomado las amas y sobrinas que iban delante. Reconocí, ¡oh inspiración!, la pieza de loza en que había puesto sus rojos labios mi odalisca... ¡Oh!, la taza y sus sedimentos negros también me decían algo, que traduje del lenguaje porcelanesco al lenguaje humano. «Yo voy delante de ti... Desde tu tartana mira el polvo que levanta la mía, y me verás en él... Yo miraré el polvo que levanta la tuya, y te veré... Cuando llegue a Ulldecona me ocuparé un rato en las cosas de la casa; luego iré a la iglesia... Oigo misa todos los días... Ve tú también a oírla, y en la iglesia nos veremos... Ningún sitio mejor que la iglesia para que las esclavas y sus libertadores se pongan de acuerdo.»

Salimos. Yo miraba el camino delantero; pero no veía el polvo de la primera tartana, sino el de otras que marchaban en contraria dirección. Las luces del alba me permitieron observar que el país no era nada bonito...

Me parece que vadeamos un río; no estoy de ello bien seguro. Mi espíritu atendía más a sus interiores paisajes y horizontes que a los de fuera. Don Juan Ruiz me habló de guerra más que de política. El día anterior se había entretenido con unos cuantos escopeteros de confianza en dar gusto a su afición favorita, que era la *caza de hombres con hombres*. No pudiendo hacer nada de fundamento, porque la Causa en aquella ocasión estaba perdida (tan disparatado había sido el movimiento), intentaron gastar sus cartuchos en la Guardia civil y tropas que habían de pasar de San Mateo a Ulldecona. Pero les salió mal la cuenta: la fuerza del Gobierno se fue por otro lado, y los cazadores facciosos no cobraron más que *un ratón*. Yo solo, el pobre *Confusio*, inofensivo, había caído en la celada. Añadió don Juan Ruiz que se iba desconsolado: hubiérale sabido a gloria copar a la Guardia civil en el paso angosto de Rosell de la Cenia, próximo a su masada. Pero la Providencia dispuso las cosas de otro modo. A su casa y parroquia se volvía el hombre tan tranquilo: los escopeteros, cernícalos de vuelo rápido, habían volado ya, cada cual a su nido en los montes de Godall y Muntciá.

Destartalada y fea me pareció la villa de Ulldecona, donde, según iba entendiendo, reinaba como sátrapa o cacicón mi amigo el Arcipreste. Ya era día cuando llegamos a la soberbia vivienda parroquial: junto a la puerta vi la primera tartana, que había llegado con veinte minutos de ventaja. Miré sus ruedas y atalajes blanqueados del polvo, y en todo ello leí el pensamiento de Donata, que me decía: «He llegado bien... Búscame luego en la iglesia.» Antes que mis ojos, que todo lo miraban, dieran con el templo, don Juan Ruiz me señaló un armatoste arquitectónico de diferentes estilos y pegotes que alzaba su insignificancia ostentosa no lejos de la casa.

Entramos: la casa es grandona, laberíntica, resultante de varios edificios comunicados interiormente, con distintas alturas de techo, diferencias de nivel en los pisos. No se va de una parte a otra en aquella jaula de cal y canto sin dar vueltas y quiebros de sala en sala, y bajar o subir escalones. Plano y brújula necesita el huésped de esta mansión misteriosa y dramática. Pasada la primera impresión de aturdimiento al verme llevado por aquel interior tortuoso, la casa fue muy de mi gusto. En ella vi escenario romántico; supuse escondrijos de citas amorosas, dorados camarines invisibles, recogimientos de harén... Por aquellos desiguales recintos vi que iban y venían mujeres muchas, las de la masada y otras. Vi ancianas, niños de ambos sexos. Era un mundo, un microcosmos la casa de *Don Juanondón*, Arcipreste, Patriarca y Califa.

Invitome mi huésped a tomar chocolate; él no lo tomó, porque tenía que decir misa. No quise recordarle que había bebido café en la masada; en lugar de esto, le pregunté con mucho interés que a qué hora diría la misa, pues yo deseaba oírla. Respondiome que antes de una hora saldría al altar... Nos hallábamos en una pieza como de tránsito, que daba acceso a diferentes salas y a dos corredores, y desde allí vi a las chicas que pasaban y repasaban, como solícitas hormigas, ocupadas en el trajín casero. Vi a la *Dolorosa*, a la rubia, a otras menos bonitas; pero a Donata no vi. Estaba yo elogiando la diligencia y laboriosidad de las incontables sobrinas del señor Hondón, cuando pasó por allí la jamoncita Carmeta con un cubo de agua y estropajos para lavar el suelo de baldosines rojos. Don Juan Ruiz le dijo con dureza: «¡Buena tenéis la casa! Hoy... bien puedes decirlo a todas... No me ponéis los pies en la calle, haraganas. Y como no es día de precepto, no tenéis por qué ir a misa. La Toneta y la Donata irán si quieren; las demás a la obligación, que es primero que nada...» Sin chistar oyó Carmeta el réspice: se fue a una pieza próxima, donde había suelos que lavar. Don Juan Ruiz me dijo: «Tengo que estar siempre encima de estas mozas para combatir la ociosidad... Son buenas, sencillotas; pero no puedo descuidarme. En cuanto se las deja hacer su gusto, se pasan el día de charloteo... Algunas tengo que se inclinan a la beatería; pero a éstas hay que dejarlas en su gusto de lo espiritual, y no quitarles de la cabeza las devociones extremadas, porque con el pío pío del rezar continuo llegan a ser unos pobres ángeles... y de los ángeles hace uno lo que quiere.»

XIX

No eché en saco roto la lección del Arcipreste, pensada y dicha en conformidad con su sistema de vida, y aplicada por mí a ideas y planes de orden muy distinto. Él quería decir que las chicas embebecidas en vanas devociones son fáciles al dominio de quien posee la clave de lo espiritual, y que por tal camino sabía él traerlas al rigor de los deberes domésticos y a la corrección externa y visible... Atento a mis propósitos, en cuanto mi huésped me dejó solo (por haberse ido con Olegaria a la inspección y revista de su bien poblado gallinero), me metí en la iglesia, que era, conforme a los gustos de la moderna piedad, sombría, casi lóbrega, invitando a somnolencias dulces y a borracheritas de la mente. Vi trozos del esqueleto de una robusta arquitectura, mutilada, recompuesta, vestida de mil requilorios ornamentales y de bárbaros colorines; vi santos en paños menores y profetas barbados, de cara fosca; vi un altar mayor, cuya sencillez elegante se perdía tras un matalotaje de cortinas, arañas, candelabros y pabellones; vi en la cabecera de la nave lateral un altar de la Virgen, que era la más descabellada y furiosa expresión del churriguerismo, obra, al parecer, de pastelería, compuesta de delgados y retorcidos bizcochos, de hojaldres quebradizos, de dorados y relucientes caramelos. La santa imagen apenas se distinguía entre la chillona profusión de metales, tisúes y flores de trapo, rodeada de ángeles de pastaflora y ex-votos de mazapán que la comprimían y ahogaban.

Bajé después hacia el pie de la misma nave, donde vi, en soledad tétrica, olvidado de la devoción, un Cristo de espantosa anatomía, de espeluznante horror traumático, piernas y brazos en carne viva, con cárdenos bultos y cuajarones de sangre, que resultaban de una realidad viva por la reciente mano de barniz. Su cabellera natural, despeinada y polvorienta, le caía sobre el pecho. No tenía velas encendidas ni apagadas en su altar desnudo, baldío... Cuando pasé hacia la capilla bautismal, entró Donata, ¡ay, qué hermosa!, con su velito negro, en las albas manos el Ordinario de la misa. Acudí a darle agua bendita, y cuando sus dedos de los míos la recibieron, me miró sin sorpresa. Sin duda me esperaba. No me equivoqué al pensar que su mirada placentera me decía esto: «yo rezaré a la Virgen; haz tú lo mismo, y con el rezo mudo y sin mirarnos, nos entenderemos hasta que llegue el momento en que podamos hablar.» Avanzó ella hasta la capilla de la Virgen. Yo me quedé en la nave central, debajo del púlpito, sitio reservadito desde el cual, protegido de la penumbra, podía ver a Donata y cebarme en la contemplación de su interesante figura. La vi de rodillas; al levantarse para tomar asiento en un banco, observé en su movimiento perezoso la intención de buscar un propicio instante para mirarme. Y una vez sentada, aprovechaba ella todo ruido de gente que entraba o salía, para mover su cabeza y producir el divino cruzamiento de su mirar con el mío. Mientras permaneció sentada, no cesaba el flecheo; jugamos a la pelota con nuestras almas mandándolas de un lado para otro.

Salió el coadjutor a decir misa. Donata la oyó de rodillas, y en todo el oficio nuestra comunicación fue puramente espiritual y magnética. Sus ojos mantuvieron en el carcaj del disimulo todas sus flechas. Pasada la misa, ya sacamos alguna, y tiramos con gran tensión de arco. Poco duró este grato ejercicio, porque salió don Juan Ruiz a decir su misa en el propio altar de la Virgen. Me pareció prudente retirarme de mi gazapera bajo el púlpito... Desde mayor distancia, resguardado por un grupo de hombres, vi y admiré al Arcipreste revestido con espléndida ropa. Era rito encarnado, y estaba el hombre guapísimo, interesante, casi majestuoso. Celebraba deprisa, mas sin quitar al oficio su poesía y solemnidad. Al volverse al pueblo, su mirada intensa parecía recoger en conjunto la voluntad de todo el rebaño que delante tenía. Y véase un caso que no vacilo en llamar aberración de mi pensamiento. Por la mirada, en el momento de decir *Dominus vobiscum*, por las líneas de su rostro más caballeresco que místico, don Juan Hondón se me pareció a *El Nasiry*. Sin fijarme en la diferencia de ropaje, calidad y estado, ni en que el uno tiene barbas y el otro no, encontraba yo gran semejanza entre los dos caballeros renegados. ¿Por ventura la semejanza moral no era aún más efectiva y patente?

Terminada la misa, y cuando salía la gente, vi que Donata se metió en la sacristía de la capilla. Con ella entró también Toneta, de mustia cara, parecida a una Dolorosa retirada del culto. Comprendí que las dos eran camareras de la Virgen, y que la vestían y desnudaban de sus bordadas ropas, y le adornaban el pastelero altar. Tentaciones tuve de colarme tras ellas; pero las refrené pensando que de nada me valdría mi entrometimiento, pues no había de encontrar a Donata sola. Sospechando que el camarín de Nuestra Señora tendría comunicación con la rectoral por patios profundos interiores, y que era inútil esperar más, salí despacio de la iglesia, y me entretuve hablando con unas viejas que en la puerta pedían limosna. Les di cuartos, y sin entender su lengua más que a medias, departí con ellas de la capacidad de la parroquia, y de la virtud y llaneza de las sobrinitas del señor Arcipreste. A este propósito, dijeron algo que no llegó a mi conocimiento por no poseer bien la lengua catalana. Yo les hice repetir sus dichos para traducirlos; ellas los repetían y ampliaban con el feo sonreír de sus desdentadas bocas, que para expresar la malicia tenían que imitar al buzón del correo; y estando en esto, oí la voz del Arcipreste y las dos muchachas, que salían de la iglesia. Corté mi conversación bilingüe con las viejas, y estreché la poderosa mano de don Juan Ruiz, felicitándole por el arte exquisito con que en su misa hermanaba la brevedad con la edificación.

Llamado al pueblo el Cura por negocios graves, no podía entretenerse. En la misma puerta de la iglesia se despidió de mí, y mientras él se perdía en una calle estrecha, las muchachas y yo seguimos hacia la casa. La suerte me favorecía, porque habiendo ya charloteado con la *Dolorosa* cuando nos sirvió el chocolate, fácil me fue entrar en conversación, y lo hice con el tópico de rúbrica, que era la hermosura de la Virgen y el lindísimo adorno de su altar. Toneta me habló con desahogo; Donata, cohibida y medrosa, no echaba de su linda boca más que los mugiditos de la timidez: «Sí... Naturalmente... Eso es... ¡Oh!, no... ¡Oh!, sí...» Entramos. Yo me sentí con ánimos para obtener de la ocasión las mayores ventajas, siempre que no sobreviniesen entorpecimientos invencibles... Cuando avanzamos por las primeras salas de la mansión laberíntica sin encontrar a nadie, Toneta se adelantó rápidamente; escabullose por un pasillo con recodo, y solos nos quedamos Donata y yo en una pieza, que era el obligado paso para mi habitación... ¿Fue la escapada de la *Dolorosa* un quiebro convenido entre las dos para dejarme solo con Donata? Si no fue ardid preparado, lo pareció, y me apresuré a sacar de la instantánea soledad todo el partido que me ofrecía... En mí sentí la inspiración, la sublime audacia de un caudillo que en la violencia de la primera embestida ve la más segura probabilidad de victoria.

Creo que no pasaron más de dos segundos entre el verme solo ante Donata y el arrancarme a los increíbles atrevimientos de palabra que voy a referir. En un monólogo brevísimo, mental relámpago, me dije: «Ésta es la mía... Inspíreme Dios... y deme el logro feliz de esta grande aventura.» Donata se dirigió con paso lento a una puerta de cuarterones que no sé a dónde conducía... Yo corrí hacia ella diciéndole: «No tenga prisa, Donata, y espérese un poquito, que tengo que hablar con usted.» Como estatua quedó ella, la mano en la puerta... y yo seguí: «En la calle dije que es bonita la Virgen... Más bonita es usted, Donata. Ni en la tierra ni en el cielo hay mujer que se iguale a usted en hermosura...» La exageración de mi arrebato le facilitó la respuesta, que había de ser de incredulidad y burla. Su condición de señorita inocente, u obligada a simular inocencia, no podía inspirarle más que esta salida: «¡Ay qué pillísimo!... ¡Ay qué desvergonzado... ¡Y también blasfemo!»

—Perdóneme usted... No sé lo que digo... El amor que prendió en mí desde el instante en que mis ojos vieron a Donata es hoguera inextinguible... Mi razón se turba, mi conciencia se oscurece... Ni me acuerdo de la religión, ni respeto las cosas santas. Todo se borra en mi mente... No veo más que a Donata, que es el cielo, la gloria, la salvación de mi alma.

—¡Por Dios... Jesús!... ¿Está loco? —dijo ella, sin salir de las muletillas que el decoro impone a una muchacha honesta.

—La salvación de mi alma he dicho, y no me vuelvo atrás... Sin usted no quiero salvarme, ni vivir siquiera... Al infierno entrego mi corazón, abrasado por los ojos de una mujer. Donata, sea usted piadosa... impida mi condenación eterna...

—¡Virgen Santísima! ¡Ay qué locura de hombre!... Modérese... ¡Cómo había yo de creer...! Entre en razón...

—De usted depende que yo vuelva a la razón. Dígame que sí, dígame que puedo esperar... que algún día podrá usted quererme... que sí, Donata, que sí... Pronuncie usted el *sí*, dos letras, que de la boca se salen solas a poquito que su voluntad las empuje.

—¿Pero cómo he de decirle que *sí*? ¡Oh, eso no puede ser!... ¡Que *sí*!... Usted no se hace cargo...

Dijo esto poniéndose muy seria. Su palidez y gravedad la embellecían más. Yo eché el resto con estas ardientes expresiones: «Donata, no me diga usted que *no*... Dígame siquiera que lo pensará, que verá... Pero un *no* redondo no me diga, porque ese *no* sería mi muerte.»

—Bueno, bueno: no se apure... Para que se le vaya quitando la furia, no diré el *no*... Vamos, debo decirlo; pero lo callo por ahora... Pero el *sí* tampoco se lo digo... ¡No faltaría más! Usted mismo, si yo dijera el *sí*, no pensaría de mí nada bueno...

Del corredor tortuoso vino un ruidillo no sé de qué, de toses, de pasos, quizás rumor de las puertas de casa vieja, que suenan como enigmáticas palabras de duendes. Donata desapareció como si se filtrara por la pared, y yo me quedé solo en la destartalada estancia... Mis ojos se fijaron, sin darse cuenta de lo que veían, en un cuadrángano vetusto, colgado en la pared. Mirando después con gran atención, he visto en él informes bultos, que lo mismo pueden ser frailes que sacas de carbón. Todo es allí negro y fúnebre... ¡Atrás, expresiones de muerte! Dad paso a la vida.

A mi cuarto me recogí, y en verdad que no estaba yo descontento del ímpetu temerario con que inicié mi aventura. Herida vivamente en su voluntad y en su corazón había quedado la bella Donata, y yo con más ardor prendado de ella. Ya me parecía que la conquista de tan linda mujer era cosa segura, y no pensaba más que en las paralelas que había de empezar a poner aquel mismo día para llegar a la posesión de ella y hacerla mía y llevármela, que éste había de ser el airoso remate de tal empresa. Lo que no pude hacer en la casa de *El Nasiry*, quizás por las marrulleras artes del guasón renegado, lo haría en la de don Juan Ruiz, cuya semejanza con el español africanizado cada día se representaba en mi mente con más vigor. Los harenes europeos no están tan cerrados al soborno y a la captación como los africanos, y sus odaliscas o barraganas no se hallan tan cohibidas para pedir al mundo externo su salvación, siempre que haya valientes caballeros que en esta honrada empresa pongan toda la energía de sus bien templadas almas.

La primera paralela puse aquel mismo día, escribiéndole una carta con todo el fuego de amor que mi ambicioso anhelo me dictaba. Cada concepto era una flecha capaz de atravesar corazones de piedra. Y firme en mi idea de que la presteza y resolución rectilínea me conducirían a un rápido triunfo, desde aquella primera carta le propuse la evasión, el rapto, el cambiar su vida prisionera por la libertad y el amor, huir juntos en busca de la paz y la felicidad a regiones distantes. Bien sabía yo que a la primera carta contestaría negativamente o con alambicados melindres; pero a la segunda y tercera seguramente se desplomaría su voluntad, y allí estaban mis brazos abiertos para recogerla y escapar con ella. Doblé y cerré la epístola en la forma más breve, y ya no me faltaba más que una coyuntura propicia para entregársela, la cual al cuidado de Dios estaba, y no tardó en presentarse.

Comimos aquel día solos don Juan y yo, servidos por una jamona pasadita, nombrada Monsa, y por la que yo llamo la *Dolorosa*. La comida fue opípara. Como yo expresase a mi huésped mi sorpresa de encontrar trato tan exquisito y mesa tan señoril en un pueblo casi rústico, y en región como aquélla, donde parece muy lenta y premiosa la evolución de las costumbres, me dijo que él había recibido la enseñanza del buen vivir, y de las comodidades y limpieza de casa, mesa y demás, de un prócer que fue muy su amigo en la guerra pasada, a quien llamaban don Beltrán de Urdaneta, dechado y tipo de caballeros aragoneses, el cual a mí quizás no me sería desconocido, porque su nombre y hechos andan en papeles, y aun en un libro donde se refieren las gestas de Cabrera en el Maestrazgo. Aquel noble señor, tan entendido en cosas del mundo y de la civilización extranjera, dio a don Juan lecciones del arte de comer y de cuanto atañe a tenimiento de casa y al buen porte y modales de persona fina. No fueron perdidas por *mosén Hondón* las enseñanzas del caballero, y cuando fue rico puso en ejecución toda la ciencia, que, una vez probada, le pareció admirable para ir pasando los días en este valle de lágrimas. «Antes de que me cogiera de su cuenta el gran maestro —añadió don Juan Ruiz—, yo no sabía salir de la rústica ignorancia y sencillez grosera de los pueblos en que me crié. Para mí no había más mundo que la cocina con su enorme campana, el ollón sobre el fuego, alimentado con *fajuelos*, el candil de aceite, las *cadieras*, la bazofia que comíamos, y luego el dormir en camas altísimas con apretados colchones... En fin, tras aquello vino esto, gracias a don Beltrán, a mi herencia y al natural mío, que desde niño con secretas voces me tiraba a lo rumboso y elegante. No me pesa de ser como soy, que así puedo obsequiar dignamente a los amigos, y sorprendo a los forasteros, como usted, dándoles en este villorrio las comodidades y el trato y trote de las poblaciones ricas.»

Pareciome excelente lo que el cura me decía, y queriendo yo también darme alguna importancia, ya que alardear no puedo de buen vivir, díjele que mi lujo era el saber y mi elegancia el estudio. Desde mi tierna infancia no había para mí mayor goce que el manejo y lectura de libros. Alabó don

Juan Ruiz mis gustos, que nada encaja tan bien en la conducta señoril como dar aliento y protección a la gente estudiosa. La benevolencia del clérigo, excitando mi amor propio, fue causa de que se me desbordara la fácil erudición que poseo. Sin que viniera muy a cuento, le solté a mi amigo un chaparrón de Teología, de Tomismo, y al fin todo lo que sé del Concilio de Trento, por haberlo leído en el camino... Pronto eché de ver que el Arcipreste se aburría con mi ciencia; fui recogiendo mi verbosidad, y acabé rogándole que me permitiera entretener mis ocios en su biblioteca. Soltó la risa Hondón, y con graciosa sinceridad me dijo: «Criatura, yo no tengo biblioteca, ni me hace falta para nada. Jamás abro un libro, porque sé que en él he de encontrar lo que ya sé, o sabidurías enrevesadas que, por razón de mi edad, ya no puedo aprender. Mi biblioteca, señor *Confusio*, es la Humanidad, y mis libros las flaquezas, las pasiones, las envidias, las luchas humanas por el pan o por el palo... ¿Le parece a usted que esto no es estudiar, y afilar uno las ideas, y quemarse las pestañas?»

XX
Mi respuesta, puramente mental, a los métodos científicos del Cura, fue así: «Conformes, amigo Ruiz. Yo también revuelvo esa biblioteca y compulso esos libros. Pues ahora vas a ver cómo de tus estantes te quito el libro más sustancioso, más inspirado y profundo, el estampado con más lindos caracteres, porque ese libro me gusta a mí, y quiero leérmelo y desentrañar su ciencia honda y su intensísima belleza.» En efecto: don Juan Ruiz se fue a sus quehaceres en la ciudad, y yo, solo en la casa, hice de ella un estudio topográfico, bajando luego a las huertas amenísimas y al gallinero populoso. Hallándome en la admiración de éste, tuve la dicha de que Donata me diera la contestación a mi primera carta. Entró ella a recoger huevos, y al salir, de la misma falda en que los llevaba sacó el papel, y ruborosa me lo dio, suplicándome que no le escribiera más. Yo le dije que esto no podía ser, y que al día siguiente se dispusiera a recibir la segunda en la iglesia. En sus ojos y labios puso los más graciosos remilgos para decirme que no volviese a escribirle. Pero harto comprendía yo que los remilgos significaban: «Escríbeme más, y mañana recogeré tu carta en el momento de tomar el agua bendita.»

Deliciosa era la epístola, que con su sintaxis pueril y su anarquía orto-
gráfica me representaba la mujer tal como mi amante ambición la requería.
Cierto que no se omitían en ella los inevitables aspavientos pudorosos, ni la
monadita de espantarse de mi atrevimiento; pero luego venía la confesión
de que era muy desgraciada, y el temor de que sus desdichas no pudieran
tener remedio. Entre col y col, decíame que yo no le era *hindiferente*, y que
me agradecía mucho la *idalguía* de querer libertarla; pero que no podía
ser, y vuelta con que no podía ser... En fin, leída la carta en la soledad de
mi cuarto, me apresuré a redactar la segunda, esmerándome en hacerla
más incendiaria que la primera, y más arrebatada en la elocuencia de amor.
La semejanza de Donata con la imagen que me forjé de la bella *Erhimo*
era cada día más patente. Yo vestía mentalmente con el traje oriental a la
sobrina, o lo que fuera, del señor Arcipreste, y veía realizado en su rostro
y talle la suprema hermosura de mujer, sintetizando los ejemplares más
perfectos... Sus ojos son todo el cielo, su boca toda la vida existente entre
cielo y tierra, y de su seno para abajo los profundos abismos de creación,
donde nacen los ángeles. Yo estaba loco; yo amaba tiernamente a Donata,
con ilusión de poesía, y con el santo anhelo de fundir ésta en la prosa de
la vida común.

Al siguiente día, realizado el plan presupuesto, entregada la carta en la
oscuridad junto a la pila, oída la misa, salimos todos con don Juan; pero
éste, en vez de dejarme ir a la casa con Donata y la otra, que no era Toneta,
sino Olegaria, me llevó consigo por el pueblo. Entendí que iba, como el
día anterior, a quehaceres importantes, enfadosos... Sorteando baches y
montones de basura, recorrimos angostas calles sin empedrar, que me
recordaban las de Tánger y Tetuán. Por donde quiera que iba don Juan Ruiz,
era saludado con respeto: hombres y mujeres le abrían paso, y le besaban
la mano los chiquillos, homenaje de que yo participaba alguna vez, por mis
trazas de curita vestido de seglar. Con diversas personas que encontramos
cambió el Arcipreste animadas observaciones acerca de la cosa pública. A
dos payeses arrogantes y de buena ropa les dijo: «Parece que a Ortega le
condenan a muerte», y los otros no mostraron asombro ni lástima. Luego,
llegados mi amigo y yo a una plazoleta solitaria, nos detuvimos un instante,
porque así lo quería el interés que tomó de súbito nuestra conversación.

«Bien merecido le está –declaró mi amigo–. ¿Qué menos pueden hacerle a ese tarambana de Ortega que pegarle cuatros tiros? Figúrese usted que se plantó aquí con los batallones de la guarnición que tenía en Palma de Mallorca; los embarcó como quien embarca sacos de almendras, sin decirles: «vamos a esto, vamos a lo otro.» ¿Qué había de suceder? Llegan a San Carlos a media noche. ¿Él qué se creía? Que le esperaban aquí tropas sublevadas; que toda Cataluña estaba en armas, y que Madrid había dado el grito... Ni Madrid dio ningún grito, ni aquí estábamos en pie de guerra, porque no se preparan esas cosas como preparamos una merienda, ¡rediez!... El que dio el grito fue Ortega al saber que O'Donnell ha firmado la paz. Gritó *sálvese el que pueda*, mientras las tropas que trajo gritaban *¡Viva Isabel II!* En fin, ello fue, señor *Confusio*, el mayor desastre y la chiquillada más necia que se ha visto desde que hay facciones en el mundo... Huyó don Jaime Ortega... ¡qué había de hacer el hombre!... Hubiera sido Cabrera el desembarcante en la Rápita, y yo le juro a usted que, aun viniendo solo, no habría tenido que escapar como un colegial travieso. Pero ese botarate, ese Orteguita, que se deja engañar por los de la Romana, tal vez por algún comisionado de Francia, quién sabe si por algún catacaldos venido de Madrid, y luego engaña él a su vez tontamente a Montemolín y lo hace venir de Marsella, ¿cómo pudo creer que los leales de acá le íbamos a recibir armados y organizados?... ¿Para qué, rediez? ¿Para que nos pudriéramos la sangre en esa Cataluña y en ese Aragón, y echáramos el bofe sin resultado alguno?... No puede ser... Con estos locos no puede ser... La Causa seguirá dormida... y dormiremos hasta que suene la hora. La trompeta que ha de tocar la hora está enfundada.»

–Bien –le dije–: muy santo y muy bueno que estén enfundadas la trompeta y las armas; pero la humanidad, señor Arcipreste, no debe estarlo. No me negará usted que por la Causa condenan a muerte al desdichado Ortega. ¿Por qué, cuando el hombre salió azorado y huido, no le dieron ustedes escondite para que pudiera salvar la pelleja?

Bien porque se cansara de la paradita, bien porque había de pensarlo un poco antes de darme la respuesta, el Arcipreste me cogió del brazo, y silencioso me llevó por una calle torcida, de vulgares y pobres casas, hasta llegar a una de aspecto vetusto, con una puerta que había sido monumental y conservaba ornamentos heráldicos ya carcomidos del tiempo. Allí se detuvo, y bajando la voz, aunque nadie había en la calle que oírnos pudiera, me dijo: «No tienen todos los locos y majaderos derecho a que se les ampare y se les libre de la muerte. ¿De dónde ha salido ese Ortega? ¿Dónde está su abolengo carlista? Nosotros no podíamos atender a su escondite, porque teníamos que mirar por otros majaderos de más cuenta, el Rey y su hermano, que tan sin tino se metieron en esta malandanza. Bastante hemos hecho, ¡rediez!, con salvarlos del bochorno de ser cogidos y avergonzados en público por esta canalla del Gobierno. Y salvos quedaron gracias a mí y a otras buenas almas que miran por la Causa. ¿Para qué estábamos en Rosell de la Cenia más que para cortarle el paso a la Guardia Cívica que venía, según supimos, al olor de las cabezas reales? Mientras allí estaba yo con mis aguiluchos de confianza, otros condujeron al Rey y príncipe a Vinaroz, desde el arrabal de Ventalles, donde los teníamos escondidos. Y en Vinaroz se había preparado un falucho; del falucho pasaron a un vapor, y allá se fueron mares adelante. Ya ve el amigo *Confusio* que hemos apurado nuestra humanidad para sacar del atascadero al Soberano. A ese Ortega que lo salve su madre, si la tiene, o Napoleón de Francia, o sálvelo la *Isabel*, que es de corazón blando, según dicen... Con que, amigo y tocayo, yo en esta casa me quedo, que tengo que visitar a la vieja más cócora de esta villa, una *Trotaconventos* y *Tragahostias*, que me tiene frita la sangre con un pleito... un enredo de intereses... Ya le contaré. Es tía de aquella Donata, de aquella pobre huérfana que tengo en casa... Abur. Váyase usted a dar la vuelta grande del pueblo. ¿Ve usted ese callejón y al fondo unos árboles? Sale usted por aquí, y se encuentra en el convento de Santo Domingo... Ya no hay frailes, ni falta que nos hacen. Ahí verá usted una olmeda. Es sitio ameno. Después, tirando a la izquierda, por una calle con porches, vuelve a entrar en el pueblo, y derecho, derecho, sale a la parroquia, y a casa... Ea... No se vaya a perder.»

Metiose por el portal, y yo seguí el camino que me había indicado. Vi el convento, la olmeda: todo me pareció tristísimo y de vulgaridad villanesca, bien porque así fuese, bien porque, llena mi alma de la hermosura de Donata y del ansia de su conquista, no había forma ninguna de la Naturaleza que pudiera serme grata. No sé por dónde anduve... Mis pies me llevaban a donde querían, y al fin, por ejidos polvorosos, por calles costaneras, lleváronme a la parroquia sin que mi voluntad les ordenase aquel camino. A la vuelta de un recodo, vino sobre mi vista la torre de la iglesia, como si diera algunos pasos a mi encuentro... Vi la casa, cuyo negro frontis pareció sonreírme... ¡ay!, y en efecto, me sonrió, porque vi a Donata en una de las ventanas altas sacudiendo una colcha... Miré a la colcha y a Donata sin decir nada; después seguí hacia la puerta, afectando la mayor indiferencia, porque había gente en la plaza: el coadjutor, una mujer y un burro... Mejor será decir un aguador que lo llevaba.

En mi cuarto aceché el paso de Donata por las estancias próximas; mas no la vi. Todas las hembras jóvenes y maduras de la populosa familia del Arcipreste pasaron, menos la que era luz de mi vida. Sin duda se ocupaba en contestar a mi carta, faena para ella lenta y difícil por la torpeza de su escritura. Llegada la hora de comer, salí antes que me llamasen. El señor Arcipreste no había vuelto aún, desusado y rarísimo caso que solo en ocasiones extraordinarias ocurría. Advertí en las amas y sobrinas un ceño de inquietud; iban de un lado para otro interrogándose con fugaces monosílabos; enfilaban desde una ventana la calle frontera y larga por donde el reverendo había de venir. Pasaba tiempo, y cada minuto aumentaba la incertidumbre y ansiedad del rebaño mujeril... Oí cuchicheos en los corredores, como si celebraran consejo para adoptar alguna resolución... Por fin, Olegaria, que estaba de centinela en la ventana, volvió gozosa con el feliz anuncio de que ya venía... ¡Oh!, ya venía, ya entraba en la casa; ya se sentía el resoplido del león en el portal, en la escalera.

¡Por las once mil Vírgenes, cómo venía el buen señor! Daba miedo verle... Despavoridas huyeron hacia la cocina las chicas, las grandes y medianas, y yo temblé viendo la cara que traía mi don Juan, y observando los gritos y patadas que fueron su entrada y saludo en la patriarcal vivienda. Algo debió de pasarle aquella mañana, que le sacudió los nervios, le encendió la sangre, y desató la mal enfrenada bestia de su genio mandón y arbitrario. Pidió la comida con fuertes voces, tiró el gorro, se quitó el balandrán como un estorbo para sus manotazos, y cogiéndome cual si quisiera pegarme, me llevó al comedor y a la mesa, diciendo: «¿Qué es esto, rediez? ¿No comemos hoy?...» El hombre se salía, por decirlo así, de su pellejo. Creyérase que en su alma llevaba una gran tempestad, más terrible por ser de esas agitaciones del corazón y de la mente que a nadie pueden comunicarse. Sus ojos despedían lumbre, limpiábase el sudor del cogote, rechinaba los dientes apretando las mandíbulas, dejaba caer sobre la mesa la palma de su mano con tanta fuerza y pesadez, que temblaban de susto los pobres platos, vasos y copas. «Serénese, don Juan —le dije yo, no menos trémulo que la loza—. Coma tranquilo y no se altere por tan poco. ¿Qué es ello?... El pleito, la vieja cócora...»

Y él, después de quemarse con la primera cucharada de sopa, gritaba: «¡Por vida de los cojilondrios, esta sopa es puro fuego!... ¡Pero, chicas!... ¿qué puñaletes de sopa es ésta?... Os voy a matar, os voy a arrancar el moño, haraganas, hijas putativas del infierno...» Y volviéndose a mí: «Loco me tienen ya. A todas de buena gana las fusilaría... y a usted también, señor *Confusio*... ¡a usted, cuatro tiros!... Hoy estoy tremendo, estoy como en los días peores de la guerra; hoy me han sacado de quicio, han desencadenado a la fiera que Dios me puso dentro.»

Traté de sosegarle, y deseando hurgar su enojo para saber la causa, le dije: «¡Que una vieja *Trotaconventos* y *Tragahostias* le sulfure a usted de ese modo... por un pleito de reales mezquinos!... Calma, mi amigo; no turbe su digestión por esas bicocas...»

—Sí, sí... Son como viejas... Dos viejas, que mejor estarían hilando que saliendo a pescar coronas... La culpa tiene quien da su vida por tales y tales... ¡Qué cojilondrios!, ya no más, ya no más... ¡Váyanse a la porra, a la santísima porra... Con cien puñales de peines... y con la maldita leche que mamaron de su madre putativa!... ¡Quieren que me ponga las botas! Para darles un puntapié me basta con las zapatillas, o con los zapatrancos que gasto para andar sobre terrones.

No conseguí aplacar su furia. Para acabar de arreglarlo, las pobres mujeres, aturdidas quizás por la tardanza del señor, descuidaron la comida. La *escudella*, que solían servirle al cura dos veces por semana, estaba sin sal; la *pelota* de carne, parte principal de aquel popular condimento, había quedado medio cruda; la *saboga*, sabroso pescado ribereño, quedó hecha papilla del exceso de cochura, y, por fin, el asado del pato de los juncales, *coll-vert*, se había quemado y amargaba. Resistió el fiero *don Juanondón*, sin protesta ruidosa, la ruindad de los primeros platos; pero al llegar al *coll-vert*, que era manjar muy de su gusto, estalló su ira en la forma más descompuesta. «Esto ya es zurrarse —gritó, poniéndose en pie con gallarda impavidez de guerrillero frente al peligro—. Canallas, cuerpo de liberales, ¿qué porquería es ésta que traéis a vuestro amo? ¿Qué cojilondrios hacéis todo el día, bigardonas, zarrapastros?... ¿En qué pindonguerías pasáis el tiempo? Así os vea yo comidas de tiña. ¡Fuera de aquí, perras, ladronas, hijas de malas madres!...» Escupiendo estos despropósitos, cogió platos, vasos y lo que más cerca de su mano encontraba, y empezó a descargarlos como proyectiles de mano contra las infelices que le servían. Como en gran número habían acudido al vocerío y escándalo, todas fueron blanco de la rociada. Las piezas de loza volaban por el aire y se estrellaban contra la pared, o en el cuerpo de las consternadas mujeres, que defendían su rostro con las manos, chillando furiosamente; los cascos de porcelana, los pedazos del pato, el salero, los tenedores, la ensalada, iban cayendo aquí y allá, y las amas y sobrinas huyeron despavoridas hacia el interior con lamentos de resignación más que de ira. Vi a Donata, que fue de las últimas en huir, y oí bien claramente su voz que gritaba: «¡Santa Virgen!, ¿qué culpa tenemos nosotras?...»

XXI

Ciertamente: ¿qué culpa tenían las pobres? Así lo reconoció *don Juanondón* cuando su furia, una vez traspasado el punto culminante, fue perdiendo su ardor insostenible, y dando lugar a la serenidad. Limpiándose el sudor de la frente, con resoplidos más que con voces, me dijo: «Estas tontas lo pagan... ¿Qué culpa tienen ellas de que yo esté lastimado en mi honor militar? Dispénseme, señor *Confusio*: hoy no ve usted en mí al Arcipreste, sino al cabecilla... No sabe uno cuándo es cura ni cuándo es soldado... El soldado, el hombre que sacrifica su vida por la Causa, salta cuando menos se piensa... Y yo me digo a veces: "¡Qué cojilondrios!, ¿es cuerdo que uno se haga matador de hombres por los derechos o los torcidos de príncipes ingratos? ¿Valen esas coronas tan disputadas el sacrificio de hombres dignos y valientes?... ¡Con que he de ponerme las botas!... ¡Con que soy un cobarde si no me las pongo!...". ¡Que oiga uno estas cosas!... Dígolo por las viejas, que debieran ponerse a hilar antes que meterse en estos trotes. No vaya usted a creer que es otra cosa... Juan Ruiz se ha sublevado, créalo usted, y se sublevará cuantas veces sea menester, porque ha visto y ve en los españoles un pobre pueblo sacrificado a los fanfarriosos de Madrid... Yo he tirado contra el Gobierno que agobia a España con las contribuciones, y no da ningún bienestar a los pueblos... El pueblo no come, y allá los ricos holgazanes viven de estrujar a la pobreza. Por esto me he sublevado... Y yo le dije a Cabrera cuando escoltábamos a don Carlos: "Ni tú ni yo combatimos porque sea Rey este alcomoque. Cuando lo sea, no valdrá más que la Isabel, ni remediará la miseria del pueblo". Y Ramón me echó los cinco, y nos apretamos las manos, diciendo: "Cierto es, y algún día nos pedirá Dios cuenta de la sangre que hemos derramado por estos acebuches". Yo debí haber hecho lo que Ramón: irme a Londres, y hacerme inglés, y no pensar más en este país ingrato. Pero la tierra nos llama, y el pedazo de pan que uno tiene aquí...»

—Yo que usted, hombre independiente y adinerado —le dije—, no andaría más en la compostura y lañado de Causas, y me dedicaría en paz y gracia de Dios a cuidar mis tierras y dejarme cuidar de mis sobrinas...

—No puede uno... Se impone lo hecho ya, se impone la gente que a uno le rodea... Cuando uno es fuerza, dominio, autoridad en un pedacico de tierra, no puede abandonarlo. Los que aquí quedaran serían devorados por ese Gobierno maldito. Aquí soy fuerza y poder. ¿Por qué, amigo *Confusio*? Porque protejo a todos, porque reparto entre los infelices lo que a mí me sobra. La mitad de los vecinos de esta villa viven de mi amparo. Si no lo cree, salga por ahí, pregunte y entérese, ¡qué cojilondrios! No me gusta alabarme; pero me alabo, ¡rediez!, cuando llega el caso... Y por hacer tanto bien, y amparar a tanta familia, no hay aquí quien me tosa, y el Gobierno, haga yo lo que hiciere y conspire todo lo que se me antoje, no se mete conmigo... Me tiene miedo; sabe que está en mi mano la paz o la guerra en todo el territorio de la Cenia y del alto Maestrazgo... Si yo abandono esto, otro lo cogerá, y por todo paso menos porque me quiten mi mandamiento... Ya me pusieron los puntos para echarme de aquí... ¿Quién dirá usted? Pues los mismos de la Causa, cabecillas de cuartel, como decimos, y hasta convenidos de Vergara. ¡Y que no trabajaron poco hace tres años con el obispo para birlarme el Arciprestazgo!... En poco estuvo que se salieran con la suya. Pero yo me lié el manteo y me planté en Madrid. Por don Isidro Losa me puse en relación con la *Madre* Patrocinio, y ésta me lo arregló a mi gusto. Total: que aquí vine triunfante, y me zurré en mis enemigos, los de Gandesa, y en el obispo y su pistolera madre.

—Ya ve cuán buena es sor Patrocinio, y cómo mira por los defensores del Trono y el Altar —dije yo, sin miedo ya de que mis ironías le ofendieran.

—¿La *Madre*? Aquí, que nadie nos oye, déjeme decir que no ha nacido bribona semejante. Si usted cree en sus llagas, con su pan se lo coma...

Dijo esto, y soltando luego toda la voz, gritó: «Chicas, venga café, vengan copas.» Tomando el café que Olegaria nos trajo, y que por cierto estaba muy bueno (con la chillería y el disparo de platos, las pobres sobrinas habían puesto sus cinco sentidos en el servicio), continuamos nuestra conversación, él más sosegado de su ira, yo pinchándole más para que me descubriese todo su interior. «¿Quiere usted saber cómo estoy de orto-doxia? Pues sepa que creo todo lo que me manda creer la Iglesia Santa, y no pongo el menor pero, ¡qué cojilondrios!, a ningún dogma de los que me enseñaron y enseño... Pero fanatismo no verá en mí por ninguna cosa de fe, como no sea por la adoración y culto de la Virgen María. Eso desde chiquito lo llevaba en mi alma, y a Dios gracias no lo he perdido ni pienso perderlo. A la Virgen acudo yo en mis lances desgraciados, y la verdad, nunca me faltó, ni tengo queja de mi abogadica celestial. Ella me sacó en mi niñez de toda enfermedad; ella me libró de mil peligros de muerte en los combates y aprietos de la campaña; ella fue mi sanidad en las heridas que recibí, mi escudo contra el fuego que cien y cien veces a boca de jarro dispararon contra mí; ella es indulgente con mis pecados, y ella me inspira las buenas obras... Todas cuantas caridades hago, a ella se las aplico, y firmísimo en este amor de Nuestra Señora, espero que la tendré a mi lado a la hora de mi muerte...»

Así habló con solemnidad semejante a la que había yo notado en su varonil rostro cuando decía la misa. Terminada la interesante declaración de su ortodoxia, en la cual resplandecía la luz de un apasionado culto mariano, paladeó su café, acompañado de la copita de aguardiente. Con esto, y mis dulces exhortaciones a la paz del ánimo, fue recobrando la que había perdido en el ya descrito berrinche, y, por último, en actitud extática, la cabeza echada atrás contra el respaldo del sillón, los ojos fijos en el techo, recitó esta oración arcaica: «"Santa Virgen escogida, —de Dios Madre muy amada, —en los cielos ensalzada, —del mundo salud e vía...". Esta oración —dijo luego llevándose a los labios la copa— me la enseñó mi madre cuando era niño, y siempre la digo al acostarme y levantarme. No es ésta la única que mi madre sabía; otras que recitaba de continuo también me enseñó. Oiga usted la que digo siempre que me veo en un gran aprieto: "¡Oh Santa María, —luz del día! —Tú me guía, —dame gracia y bendición —e de Jesú consolación...". Para los lances apurados de guerra, cuando atacábamos a la bayoneta, o dábamos carga de caballería, tenía yo otra plegaria, que por el sonsonete redoblado y vivo me parecía muy propia para el paso de ataque. Oiga usted: "Tú, Señora, —dame agora —la tu gracia —toda hora, —que te sirva —toda vía...". Nunca dejó de ampararme la Madre de Dios. Por eso podrán decirme que si creo tanto más cuanto, en lo tocante a otros puntos de religión; pero en este punto, ¡rediez!, nadie puede decirme nada.»

—Las oraciones que acaba usted de recitar —le dije—, son del Arcipreste de Hita, varón docto, muy devoto de Nuestra Señora, poeta y sabio, aficionadísimo al buen vivir y al trato de mujeres, según él mismo nos cuenta en su magno *Libro de buen amor*. Menos en lo de acaudillar tropas y andar en guerra contra cristianos, usted y él en todo entiendo yo que se parecen; y para completar la semejanza, el de Hita era, como usted, hijo de Alcalá de Henares; como usted Arcipreste, y también se llamaba Juan Ruiz...

Ya tenía entre los dientes mi amigo algún discreto comentario sobre su semejanza con el de Hita, glorioso poeta, cura, gastrónomo y mujeriego del siglo XIII, cuando su atención fue repentinamente sustraída por Olegaria y Toneta, que de puntillas a la puerta llegaron, queriendo ver si había pasado la nube. «Entrad, entrad sin miedo —les dijo don Juan—. Bigardas, mostrencas, ya estáis recogiendo los cascos de la loza que os tiré a la cabeza. Limpiad suelo y paredes de la grasa y piltrafas del pato, que no se podía comer. ¿Verdad, *Confusio*, que no se podía comer?» Animadas por el tono tranquilo del clérigo entraron otras, entre ellas Donata, y se pusieron a recoger los despojos de la refriega. Apenas comenzaron, sonó el aldabón de la puerta de la casa. Estremecimiento general, zozobra y susto repentino del Arcipreste. Donata, que había corrido a una ventana para ver quién llamaba, volvió azorada diciendo: «Señor, es mi tía...» Y don Juan Ruiz exclamó con todo el estruendo de su voz: «¡Cojilondrios, me llaman otra vez!... Tengo que ir allá.» Acudiendo a recoger su gorro y balandrán, recobró el aspecto terrorífico que había traído de la calle cuando vino a comer. Sus ojos echaban lumbre, se le encendió el rostro, en su maxilar veíamos la vibración del músculo... Dando un empujón a Donata, le dijo: «A tu tía, que voy enseguida... ¡Por los cojilondrios de San Pedro, que no me hurguen, que no está este león para tafetanes!... "Tú, Señora, —dame agora —la tu gracia —toda hora...".»

Viéndole tan enfurruñado, le pregunté si quería que le acompañase; me respondió que iría solo. Al bajar la escalera se volvió para decirme: «Si pasea usted esta tarde, lléguese al bodegón de Llopis... ya sabe... Al fin de esa calle de enfrente, torciendo a la derecha... Por allí me pasaré cuando de esta pejiguera me desocupe...»

¡Qué bien me venía quedarme solo en la casa con el rebaño mujeril! Mientras ayudaba solícito a recoger los pedazos de loza y vidrio, supe que ya tenía respuesta mi segunda epístola. En un momento en que solas conmigo quedaron en el comedor la *Dolorosa* y Donata, ésta, con solo medias palabras, el mirar revelador y el gesto expresivo, me hizo saber que me daría su carta en cuanto Toneta saliera. Dicho y hecho: diez minutos después de esta telegrafía rápida, el papelito estaba en mi poder. Mientras la familia comía, me bajé a leer a la huerta, como el día anterior. Entre las hojas del primer tomo del *Concilio de Trento*, libro que me interesa tanto como la *Vida de Bertoldo*, metí el mensaje de mi odalisca, y bajo los frondosos árboles que rodean la noria, lo leí muy a mi gusto. De la primera a la segunda carta había madurado la dulcísima fruta del amor de Donata, hasta el punto de que ya manifestaba resueltamente, con amoroso abandono, sus deseos de libertad. No podía ya vivir en tan horrible suplicio... Dios le había enviado consuelos con mi presencia, y la Virgen, hablándole al corazón, le decía que soy un hombre bueno y honrado, incapaz de engañar a la pobre prisionera que en mí confía... Decía también que ella es religiosa, y que la entusiasma verme tan aplicadito a la lectura de libros sagrados... que la Virgen la absolverá del pecado de su fuga, si en efecto puede lograrla, porque su fin no es otro que buscar la paz y la virtud fuera de aquel triste caserón.

Todo esto decía, y aún más, pues no faltaban expresiones de intenso cariño. ¡Qué triunfo, Dios mío; qué admirable victoria ganada por mi audaz estrategia de amor, con las armas de mi mérito personal y de la fogosa elocuencia que pongo en mis cartas! Solo faltaba determinar el plan completo de la fuga, con toda la tramitación prolija de tan peliagudo negocio... No bajó aquella tarde Donata al gallinero, prudencia y disimulo dignos de alabanza. Pero en otra ocasión y lugar próximos me mostró la hermosa joven su agudeza y sus instintivas artes amorosas, porque sabedora de que yo había de salir para juntarme con don Juan en el figón de Llopis, hizo tan exacta distribución de sus quehaceres y tan feliz medida del tiempo, que cuando yo salí estaba ella barriendo el portal.

Bendije la casualidad, que era de las previstas, y me regalé con un diálogo delicioso en su apurada rapidez. Pocas palabras bastaron para repetir y afirmar el pacto de amor... Otra vez escribiría yo... Ella me señalaría en su respuesta sitio y hora para celebrar una entrevista en la cual dejaríamos acordada la hora de evasión, etc. Preguntele yo si podíamos contar con su tía... Pedile noticia breve de los negocios, pleitos o diabluras que tenía el Arcipreste con aquella señora anciana, y quise saber el motivo de la furia del buen señor... A esto no contestó Donata más que con un vacilante *no sé*, frunciendo el entrecejo y mirándome como en demanda de perdón por no ser más explícita. Comprendí que no debíamos hablar de semejante cosa: a su razón y tiempo se hablaría... y con esto terminamos. Donata me indicó que saliese, y la obedecí, condenándome al suplicio de no mirar atrás cuando atravesaba la plazuela... No puedo expresar el alborozo que llevaba yo en mi alma: era como un Sol vivísimo que me alumbraba el entendimiento, y como celestial música que me lanzaba el corazón a un danzar frenético. ¡Oh portento de la hermosura, oh *Erhimo*, ya tu apasionado caballero abre los brazos para traerte a la libertad, a la paz y al amor! Hierros del harem, rompeos en mil pedazos. Astucias y malas artes de *El Nasiry*, ya nada podréis contra las invencibles armas de *Confusio*.

XXII

Era el bodegón de Llopis un local telarañoso y mugriento, donde bebían los que tenían sed y jugaban a los naipes algunos holgazanes viciosos: en él vi el boceto, el trazo rudimentario del moderno casino, sitio de reunión, de vago charlar, mentidero y bebedero público, con el aspecto y colorido que tenían estos lugares en tiempos del Arcipreste de Hita; pero algo más era, pues allí, no el de Hita, sino el de Ulldecona, celebraba juntas, recibía embajadas y mensajes, dictaba órdenes, ejerciendo las funciones de su califato político, social y militar... Entré en el humano pesebre con el propósito de esperar a mi señor don Juan; mas resultó que ya él a mí me esperaba. Los parroquianos que en sucias mesas comían o jugaban, me miraron con curiosidad y respeto, mientras un vejete adiposo, que parecía dueño del establecimiento, me señalaba una escalera de palo, diciendo: «Arriba está *Don Juanondón* aguardándole.» La escalera, de añoso castaño ennegrecido, chillaba con todas las tablas de sus desvencijados peldaños, cuando uno subía por ella: era un son de coplas con cadencia de romance gangoso, recitado por bocas sin dientes... El ritmo de la escalonada madera me llevó a un cuartucho ahumado, que recibía la luz de dos agujeros, más que ventanas, con barrotes en diagonal. Mesa larga del mismo castaño musicante ocupaba el centro, y junto a ella vi a mi señor Arcipreste sentado en un banco, hablando con dos tíos de zaragüelles, grandones, macizos, terribles cuerpos para el trabajo y para la guerra. En lo que don Juan les decía, creí entender órdenes de permanecer pacíficos, y advertencias concernientes a la labranza, todo mezclado; extraño amancebamiento de Marte y Ceres. En el atezado rostro de aquellos interesantes bárbaros, vi la ingenuidad del hombre medioeval, laborioso en la paz, matón en la guerra, defensor de su terruño y de sus rudas creencias con fanático heroísmo... Despidioles don Juan a punto que entraba el hostelero con un jarro de vino blanco y pastelitos tortosinos, que llaman *panolis*.

—Siéntese, amigo y tocayo —me dijo el clérigo, a quien noté totalmente aplacado del berrinche—, y charlemos; que una charla sabrosa es el mejor alivio de los ánimos destemplados... He mandado traer este blanco de

Sitges y estos pasteles para reparar nuestros estómagos; que hoy apenas comimos... Con el jaleo que armé en casa... y las torpezas de aquellas chicas.

—Me place mucho su compañía, señor Arcipreste —le dije—, y no rechazo el vino y los pastelitos. A lo que entiendo, este tugurio es para usted salón de embajadores, cuartel general, sala de audiencia... Aquí dicta la guerra o la paz...

—Cierto, cierto, y acabo de dictar paces. No hay quien me saque de mi ten con ten, ni por ningún interés de fantasmones me meto yo en aventuras sin elementos para llevarlas a su término debido.

—Aquí ejerce usted su cacicato; aquí convoca el sínodo de los curas que de usted dependen, y les dicta órdenes guerreras...

—Y órdenes espirituales, amigo mío: de todo hay... Aquí me las tengo tiesas con los de Tortosa y con los de Tarragona, cuando hay alguno que me quiere fastidiar, llámese obispo, gobernador militar o jefe político... Ésta es la oficina de mis auxilios a los campesinos que andan estrechos; aquí dispongo darles tanto más cuanto de trigo para simiente, dinericos para la contribución, y aquí me traen ellos sus bendiciones... No digo esto por alabarme, sino para que usted lo sepa, y salga a mi defensa cuando vaya por ahí, y algún ignorante o malicioso le hable pestes del *Cabezudo* de Ulldecona, como suelen llamarme en Tortosa y Gandesa...

—Yo diré de usted todo lo bueno que he aprendido en su hospitalidad y compañía... Y espero decirlo pronto, señor Arcipreste, porque ya está pesando sobre mi conciencia la ociosidad.

—No le diré que se detenga más, porque si mucho me honro con tenerle en mi casa, también me inquieta el pensar que lleve retraso en sus diligencias.

No podía yo discernir si esto me lo decía con sinceridad, o si era delicada fórmula para indicarme que ya estoy de más aquí.

«¿Y ya no me pregunta nada el amigo *Confusio* —me dijo riendo— de las viejas impertinentes, que me han dado ayer y hoy la más grande matraca que puede sufrir un cristiano?»

—Nada de eso pregunto —respondí—, porque entiendo, señor Arcipreste, que usted no me respondería la verdad.

—Así es, amigo y tocayo, pues nadie está obligado a referir todas las cosas; que algunas hay que por su intríngulis no deben salir nunca del encierro de la discreción... Cuando vuelva usted por acá de paso a Madrid, si es que va por Valencia... y ya sabrá que de Valencia a Madrid tenemos ferrocarril, y hecho está un buen pedazo del que de Valencia viene hacia acá... Cuando vuelva, digo, le contaré estos lances para que se divierta un poco y tome apunte de ellos, por si le da la gana de escribir algún día unas miajicas de Historia.

—No le aseguro a usted que no las escriba. El arte de referir los hechos públicos o que deben serlo, me seduce, y algunos ensayos tengo escritos de este arte difícil.

—Es usted un sabio, señor *Confusio*, y pocos habrá que en edad tan corta hayan reunido en su caletre tanta ciencia y tal caterva de conocimientos, de los que se sacan del alma fría de los libros. Lo que yo dudo, y con franqueza se lo digo, es que todo ese caldo soso de bibliotecas le sirva de algo... ¿De veras está decidido a cantar misa? ¿No teme que de aquí al momento de las órdenes mayores puedan venirle arrepentimientos, o siquiera tibieza de la vocación?

—Me parece que no, señor Arcipreste. Cada día siento mayor seguridad de que no han de faltarme los alientos y el entusiasmo que me llevan por ese camino.

—Muy bien: yo le felicito por su constancia. Sin duda tiene usted un temple tan apagadico, que no temerá las zaragatas entre lo divino y lo humano, ni se verá en riesgo de pecado, o de faltar gravemente a lo divino... Yo, como hombre tan largo de experiencia que se pierde de vista, puedo aconsejarle... No se asuste porque le diga que si siente quemazones de lo humano, tan fuertes que amenacen con abrasar lo divino, no les eche agua fría de penitencias, que esto a la postre es malo, así para el cuerpo como para el alma... No sé si me explico bien... Yo he notado que es usted encogidico; pero como he visto tantos zorronglones de ojos caídos y semblante mustio, que luego han salido unos grandes peines, no sé qué opinión formar de usted. Podrá ser usted lo que parece, y podrá no serlo... ésa es mi duda. Quizás la misma duda tenga usted; que el hombre no se conoce tal como es hasta que llegan ocasiones singulares de la vida que sacan lo escondido y hacen ver a cada cual lo que tiene dentro... Pero, en fin, por lo que valga, yo le doy a usted mis consejos, y usted los toma para hoy o los guarda para mañana, como esas cosas de apariencia inútil que guardamos creyendo que para nada han de servirnos, y el mejor día, ¡pum!, resulta que nos hacen mucha falta.

—Dígame, dígame lo que quiera —respondí gozoso y atento—, que sus opiniones son oro puro para mí. Yo quizás no sea todo lo cuitado que parezco; quizás me encuentre en el punto ese sutil en que no puedo decir con certeza si me siento bien seguro en las virtudes de humildad, castidad y limpieza de pensamientos, o si, por el contrario, me asaltan temores y barruntos de caer en esos infiernos de lo humano que me cerrarían la puerta de lo divino...

—Poco a poco —dijo el cura, echándose atrás el gorro después de atizarse una copa del blanco vino—. No estoy porque a lo humano se le llame infierno... ¿Cómo pudo hacer nuestro Criador la Humanidad para el sufrimiento y la privación de sí misma? No, no: lo humano es obra de Dios como lo es lo divino... En fin, amigo *Confusio*, hablemos claro, y cada cual de lo suyo. No quiero meterme en filosofainas, sino presentar a usted hechos particulares míos, tan míos como mi cuerpo y rostro. La verdad y la ciencia están en *lo que a uno le pasa*, y lo demás es viento de sabidurías vanas... Pues a mí me ha pasado que no he podido echar de mí el amorcico de mujer... Entiendo que sin mujer no vive el hombre; y cuanto me digan en contrario téngolo por una pesada broma que nos quiso dar el judío Moisés, o errata de imprenta de los sagrados Cánones. Nunca dijo Nuestro Señor Jesucristo de que los sacerdotes habíamos de vivir del aire de mujer, y nada más que del aire... ya usted me entiende... y en todo caso, paso por que ello sea mérito, obligación nunca... ¿No está usted conforme conmigo?

Asentí sin quitarme la máscara de mi timidez, pues esto en ningún modo me convenía, y con hábiles réplicas le incité a clarearse más y descubrirme todo su interior. Al desbordamiento de su sinceridad contribuía la frecuencia con que se atizaba vasitos y más vasitos de lo añejo. «¿No cree usted como yo que la mujer es una de las más apañadas creaciones de Dios?... ¿Me negará usted que ha nacido para recibir los obsequios del hombre, y que estos obsequios son la sembradura de las generaciones?...

134

Cierto que en la gran caterva de mujeres las hay impertinentes, desabridas y fastidiosas, y de éstas debe huir el hombre de gusto; pero las hay también adornadas de mil encantos, ¿no es verdad? ¿Y no observa usted que hay mil y mil pobrecicas que quedan sueltas y horras, porque no se casan todos los hombres que debieran casarse? ¡Ay!, el Arca del matrimonio es cada día más estrecha, y en ella no caben todas las parejas de animales, o sea de hombre y mujer. Debemos mirar con caridad a las hijas de Dios que no han encontrado colocación en el Arca... Yo he sido bueno para ellas; las he amparado, y a muchas proporcioné buen casamiento después de tenerlas algún tiempo a mi servicio... A otras, que eran holgazanas, las he arregostado al trabajo; a las sucias, enseñé limpieza y curiosidad. Di de comer a las hambrientas, y a las ignorantes, como fieras cogidas con lazo, les di el pan de la enseñanza: lectura y escritura. He sido, aunque me esté mal el decirlo, un gran civilizador, y si me apuran, el buen pastor de esa parte del rebaño femenino condenada por el mundo a la pena capital de vestir imágenes.»

No pude contener la risa. Con el vino y la natural malicia del asunto tratado, se iba poniendo el Cura en un punto de alegría y gracejo que daba mayor encanto a su sinceridad. Digno era de envidia, por haber arreglado su vida tan a gusto, agenciándose riqueza, autoridad sobre los hombres, dominio sobre las mujeres... «Muchas me han querido cuanto se puede querer —dijo poniendo un poquito de amargura en sus remembranzas—; otras han sido ingratas. No me han faltado sofocos y peloteras. Naturalmente, dejando entrar en el alma las pasiones que halagan, no podemos librarnos de las que nos atosigan: la cólera, los celos malditos. No puedo decir que he sido violento y malo más que una vez. La Virgen me lo perdone, si no me lo ha perdonado ya... Verá usted: fue en lo más duro de la guerra, siendo yo cura de Albalate y jefe de la Caballería de Quílez. *Hablaba* yo entonces, para decirlo decorosamente, con una muchacha de Alcaine, que era un Sol de bonita, morena como el trigo, con un sonreír de ángeles y unos ojos de fuego que disparaban bala rasa... Para decirlo de una vez, me enamoré de ella como un bestia... La puse en casa de una tía suya en Valdeconejos, a donde iba yo a verla siempre que el trajín de la facción me lo permitía... Lleváronme el soplo de que la Fabiana me estaba faltando... No lo creí. Lleváronme otro cuento: que me faltaba con un teniente de la partida del Royo... Ya dudé... Lleváronme el chisme de que Fabiana y el teniente hacían escapadas de noche por las huertas del pueblo... Allá me fui... Aceché, no vi nada... Aceché más, vi... Vamos, que los cogí haciéndose fiestas. ¡Usted figúrese... Con mi genio! Salté del zarzal en que estaba escondido... Agarré al teniente por un tupé muy empinadico que gastaba, y asegurándole de modo que no podía moverse, le disparé mi pistola en la sien derecha... El tiro salió por la sien izquierda... La Fabiana voló chillando, y no he vuelto a verla... Ni me ocupé más de esa trotera putativa, que quedó bien castigada, con cien mil pares de cojilondrios...»

Una ráfaga de frío corrió por todo mi cuerpo al oír el trágico suceso del Cura, y al figurarme la escena bárbara y breve que con terrible concisión me contaba. Díjele que difícilmente podía Nuestra Señora perdonarle tan brutal homicidio; pero él, que de copa en copa iba cayendo en un estado, no diré de embriaguez, pero sí de alegría voluble, dispersión juguetona de sus pensamientos, no hizo caso de mis severas palabras, y me invitó a secundarle en la empinación del codo. Resistime yo a ello, y él entonces con hipérboles de cariño, entremezclando los acentos de alegría con acentos llorones, me dijo: «*Confusio* mío, sigue mi consejo y toma las órdenes, sin cuidarte de lo que ahora o después te digan en contra del estado religioso tus nervios y tu sangre... No seas cuerpo sin alma... También ser alma sin cuerpo es mala cosa... Veo la vida como un jardín. Todo lo bueno que Dios hizo en este jardinico es para nosotros... para el hombre todo lo bueno, no para los burros... El burro es el que se priva de lo bueno... Lo mejor entre lo bueno es el amor... y lo más santo, lo divinamente divino. Ríete de los que dicen *no* a todo lo bueno y sabroso... Yo digo: la serpiente tenía razón... Mi señora la serpiente supo lo que se hacía... Adiós, *Confusico*, vete a Tarragona... Dale memorias al Deán, al obispo y al Archipámpano... y que te echen pronto la sagrada crisma... Adiós, hijo mío, que seas bueno, que metas el dedo en la olla de la miel prohibida... Adiós.» Después, su creciente alegría se extremó en un canticio, golpeando la mesa con el vaso, con ritmo de paso doble: «¡Oh, María!, —luz del día, —tú me guía —toda vía...»

XXIII

Al día siguiente del suceso, más bien de la sabrosa espontaneidad del buen Arcipreste en el tabernáculo, se precipitó el curso de mi aventura con Donata, hasta llegar al punto que ella y yo deseábamos… En nuestras últimas cartas, y en una breve entrevista que tuvimos, ya después de anochecer, quedó concertado el plan de su evasión y fuga conmigo. No ocultaré que si la proximidad de mi dicha inundaba mi alma de gozo, no me veía libre de algún punzante recelo cuando pasaba por mi mente la imagen de don Juan Ruiz, a quien veía en las formas de su enojo antes que en las de su bondad. Recordaba el caso de fiereza que me había contado en el bodegón, y su poder en toda esta tierra, donde la muchedumbre de sus amigos y adeptos favorecerá sus venganzas. Y aumentaba mi intranquilidad la confusión en que me tiene la persona moral del Arcipreste, cuyo carácter verdadero no he podido penetrar en trato tan corto. En él veo cualidades excelentes, virtudes afeadas por el vicio, barbarie y talento en increíble mezcolanza, y otro revoltijo no menos extraño de orgullo feudal y supersticiones, de crueldad sectaria y democracia piadosa. Sin conocerle a fondo, ¿cómo discernir el sistema de defensa que debo emplear contra él?… Confiaba yo en que aportase mi amada nuevos datos para el estudio del personaje, que bien pronto había de ser nuestro mayor enemigo.

Para terminar la parte de mis aventuras fechadas en esta villa de Ulldecona, consigno aquí las resoluciones que adoptamos Donata y yo para la evasión y huida. Yo me despediré de don Juan a las diez de la mañana, saliendo con mi equipaje, en dirección a Tortosa y Tarragona, con toda la tranquilidad que simular pueda, y a la mitad del caminito, poco más, en una villa nombrada Santa Bárbara, me detendré, despachando para Tortosa la tartana con mi maleta. Acto seguido me personaré en la casa de un alquilador de coches llamado Manalet, y ajustaré otra tartana, en la cual me volveré a Ulldecona, a punto del anochecer, entreteniendo el tiempo de modo que no llegue aquí hasta las doce de la noche. Al pueblo me aproximaré, rodeando, hasta un sitio que llaman *Los Olmos*, por la parte del camino de la Cenia, a espaldas de la parroquia y casa rectoral. Allí, junto a unos molinos aceiteros, debo esperar con mi tartana; allí se juntará conmigo *Erhimo*, digo, Donata.

Tal es la parte mía en el plan; ved ahora la de mi cómplice. Donata, encargada de cerrar el portalón de la huerta, hará todo lo contrario, que es fingir que lo cierra y dejarlo abierto. Se acostará como siempre en el cuartito alto, donde también duerme Toneta. Ya cuenta con que ésta la favorecerá con su ayuda y su silencio. Recogerá en un lío toda la ropa que pueda llevar, y a media noche bajará descalza o con alpargatas, llevando para el perro queso y pan con que acallará los ladridos del honrado animal. Ya *Sultán* la conoce: es su amigo y no ha de hacerle ninguna mala partida en el crítico momento... Arriesgadillo es el complot; pero confío en mi buena estrella y aguardo lo que el destino quiera depararme... Adiós, Ulldecona; adiós, orgulloso Arcipreste, y que en la próxima noche sea pesado tu sueño y ligeras las sandalias de mi amante odalisca... Punto final. A ti me encomiendo, Beramendi amigo, para quien son estos desaliñados renglones.

Tortosa, abril. Entiendo que los divinos ángeles y San Antonio bendito, protector de los enamorados, se pusieron de nuestra parte en aquella memorable noche, porque todo el plan presupuesto quedó cumplido sin la más leve contrariedad. ¡Jesús mío, qué suerte! A la media hora de estar yo en la espera de Los Olmos con la ansiedad que puede suponerse, vi que de la oscuridad se destacaba un bulto, cargado con otro bulto menor, o lío de ropa. El corazón, antes que la vista, me dijo que era Donata. No hallo términos con que pintar mi alegría, y la priesa con que introduje a mi fugitiva en la tartana, y di al tartanero las órdenes de salir a escape. Comprenderéis, oh insignes Marqueses, Mecenas míos, que los primeros instantes de nuestra viajata fueron consagrados a la celebración del santo suceso, la divina libertad lograda con manifiesto auxilio del Cielo, y que el himno de júbilo y las felicitaciones consiguientes se confundían con amorosas ternezas, y con las caricias que a mi audacia consintieron la timidez y encogimiento de Donata. Luego se recogió ella en su piedad, rogándome que le permitiese rezar el rosario, a lo que no pude oponerme, por más que ni el rosario ni ninguna otra forma de devoción estaban en mi programa. Hícele mil preguntas, a las que contestó que, no creyéndose segura hasta pasar de Santa Bárbara, convenía que nos encomendáramos a Dios, dejando para las horas de tranquilidad las explicaciones y comentarios de lo que atrás quedaba y de lo que teníamos camino adelante. Hube de acompañarla en la enfadosa recitación del rosario, y en verdad, poco me importaba esta corta interrupción de nuestra dicha, teniendo ya en mi poder a la bella *Erhimo*, sacada por mi astucia del harem de don Juan Ruiz.

Antes de amanecer, pasado ya el lugar de Santa Bárbara, vi a mi *Erhimo* repuesta de su ansiedad y susto. Quise que satisficiera mi curiosidad en algunos hechos observados y nunca comprendidos durante mi residencia en Ulldecona, y empezó por aclararme el enigma de aquel misterioso casón de puerta heráldica, y del berrinche que allí había cogido el Arcipreste, el día de la voladura de los platos.

«Te habló de una vieja cócora y pleitista —me dijo Donata—, para desorientarte. En aquella casa están escondidos el Rey y su hermano. Nadie lo sabe. Yo y algunas de nosotras lo sabemos. En la casa vive una señora anciana, rica, noble, y no partidaria de la Causa. Mi tía es criada de la señora, que se llama doña Tiburcia... Él ha querido que don Juan se lance al campo con su gente; don Juan no estaba por eso. Insistió el Rey con malos modos, y de ahí vino el sofoco del Cura y la furia que desahogó en casa con nosotras... Una cosa te pido, Juan, y es que al llegar a Tortosa, a nadie hables del pueblo y casa en que están escondidos el Rey y príncipe; que no debemos meternos a delatores.»

Pareciome muy atinado y prudente este propósito de discreción, y allá se entendiera el Gobierno con aquel Rey de pega, que no sabía por dónde salir del pantano. Luego me informó Donata de algo muy interesante, que hasta entonces era otro enigma para mí. En Tortosa nos aposentaríamos en la casa de una prima suya, llamada Polonia, con quien sostiene relaciones de amistad cariñosa. Se criaron juntas, se quieren como hermanas. Viuda de un zapador, Polonia vive del corto rendimiento de una modesta casa de pupilos, puesta bajo los auspicios de la guarnición de la plaza: son sus huéspedes un capitán, el Músico mayor y uno o dos (en esto no estaba muy segura Donata) capellanes castrenses. Ya había escrito a Polonia notificándole su resolución de abandonar, por el procedimiento de la fuga, pues no había otro, la casa y el nada honroso patronato del Arcipreste. Segura estaba de ser bien acogida, y de que en casa de su prima podríamos trazar sosegadamente nuestros planes del porvenir. A mi recelo de que en aquel refugio nos alcanzase la persecución del celoso don Juan, opuso Donata esta afirmación tranquilizadora: «No temas, *Confusio*. No va el Arcipreste a Tortosa ni atado. Allí son pocos sus amigos, muchos sus enemigos, y hay unos cuantos que se la tienen jurada.» Esto me dio un buen pie para pedir a Donata su opinión del carácter de don Juan. ¿Qué pensar de tal hombre? ¿Es bueno, es malo, o un plexo intrincado de cualidades recomendables y perversas?

«Es bueno —dijo la guapa moza—; todo lo bueno que puede ser el que no vive como es debido. La mala es Olegaria... Envidiosa, egoísta, y además tan torcida y dañada de religión, que si se va a mirar, en nada cree: si no es atea, le falta poco... Piensa y dice cosas que hacen estremecer al Santísimo en su altar... Y no has visto otra más ambiciosa: todo lo quiere para sí... Te roba las estampicas, los pañuelos, las agujas y dedales, y hasta un bollo que tengas guardado para tu merienda... ¿Y golosa?... Más que una gata. ¿Y acusona?... un horror. Ella es la que con sus chismes y cuentilorios trae revuelta a toda la familia.» Bien claro me decía Donata que sus antipatías se concentraban en la rubia. Los motivos Dios los sabrá... Quedábame yo en el Limbo de mis dudas respecto al tipo moral del Arcipreste; y por más que reiteré mis preguntas, no pude obtener de Donata más que confusiones semejantes a las mías. «En conciencia —me dijo—, no puedo responderte como tú deseas. ¿Es bueno, es malo? Yo, pobre mujer sin mundo, no puedo darte sentencia fija sobre un hombre como ése, tan raro en sus sentires, en sus pensares y en sus entenderes. Como bueno, bueno, no es, digo yo, pues siempre está faltando, Juanico, faltando a lo que manda Dios, y haciendo faltar a los demás... Como malo, malo, no es tampoco, porque a lo mejor te saca unos arranques de hombre bueno que te dejan pasmado. Así es que no sé, no sé... Tú, que eres sabio, sabrás esto de que un hombre pueda ser malo y ser bueno... y de que haya bondades malas y maldades buenas...»

Camino adelante, repetíamos de vez en cuando las tiernísimas expresiones de nuestro afecto, al rodar trompicoso de la tartana; nuestra conversación se iniciaba con cualquier asunto, y siempre, sin saber cómo, derivaba hacia la familia, casa y asuntos del Arcipreste. Por esta razón me enteré de

interesantes particularidades, que quiero consignar sin demora para satisfacción de mi amigo Beramendi, y de los ociosos que en edad próxima o
lejana leyeren estas deshilvanadas aventuras. Pues, según las referencias
de Donata, son muy variadas la procedencia, categoría y funciones de cada
cabeza de ganado en la femenina grey del buen Hondón. Mujeres hubo allí
que debieron al amor su ingreso en el hogar; mas esto no era lo común;
mujeres hubo que entraron simplemente a servir; otras que eran hijas de
antiguas servidoras; otras que llegaron inopinadamente sin más razón que
la caridad del Arcipreste, gran amparador de huérfanas, y aliviador de
viudas ahogadas, y de familias venidas a menos. No todas las muchachas
que entraron con este carácter, dando a la casa vislumbres de hospicio,
incurrieron en debilidad de amor con el Cura. Hubo casos rarísimos: feas
que pecaron, y hermosas que salieron tan puras como habían entrado.

Comprendía Donata en la síntesis de *familia* a las que yo designaba,
por su edad, en las dos clases de *amas* y *sobrinas*. Y resultaba que eran
sobrinas algunas que yo tuve por amas, y al contrario; y otras, las más, no
tenían nada de sobrinas por razón de parentesco. Por ejemplo, Carmeta, ya
madura, era sobrina efectiva, hija de una hermana de don Juan; Toneta, la
Dolorosa, era hija de *Monsa*, una de las más viejas amas, prima hermana de
don Juan. Clasificadas por el lenguaje, resultaban los dos grandes grupos,
aragonés y catalán, dominando el primero, porque de tierra de Teruel solían
mandarle al poderoso Arcipreste remesas de lucidas zagalonas para que
las amparase y pusiera en la carrera de matrimonio. Olegaria, la pérfida y
venenosa rubia, es catalana, y no tiene vínculo de sangre con el patrono, ni
con ninguna de sus amas o amadas de diferente edad y abolengo: vino al
cotarro como de aluvión. Si la costumbre de no despedir a nadie acreditaba
el buen corazón del Cura, por otra parte era grave mal, porque la familia
crecía desmedidamente, con riesgo de choques y zaragatas. Por último, de
sí misma habló Donata muy poco, y aún ignoraba yo totalmente su origen,
el cómo y cuándo entró en la familia, y otros mil pormenores y circunstancias que eran sin duda de grande interés. A mis insinuaciones pidiéndole estas para mí preciosas noticias, se anticipó así: «No te impacientes,
Juanico, que tiempo tenemos de hablar de todo, y de que yo te cuente lo
que es fácil de decir y lo que no se dice sin trabajo y pena.»

Nuestro viaje se acortaba por momentos, y a las primeras luces del día vimos un paisaje en que Donata reconoció las inmediaciones de Tortosa. Ya estaba cerca la caudalosa corriente del Ebro; ya se veían los cerros que circundan la histórica ciudad; ya llegábamos a nuestro refugio, y empalmábamos el fin de una vida con los comienzos de otra, que habrá de ser felicísima... Estimulados ambos por la frescura de la mañana y por el gozo que trae siempre un nuevo día, renovamos nuestro juramento de amor, y sellamos el pacto con arrebatadas ternezas. Libertad dijimos al salir de Ulldecona; voluntaria esclavitud proclamamos al enfilar el puente de barcas para entrar en la venturosa ciudad, que a Donata y a mí nos pareció la más bella y alegre del mundo... Como que fue espejo en que nuestra felicidad se reproducía.

Y a medida que nos internábamos en la población, dejado el suplicio de la tartana, mayor alegría sentimos. Hízome admirar Donata la diligencia con que acudían los hombres a sus varias industrias y trabajos, la belleza y lozanía de las mujeres, la no menos opulenta hermosura de los frutos del suelo, que en el mercado acreditan la feracidad del vergel circundante... Estas impresiones, y el cielo azul, la luz vivísima que hacía sonreír a todas las cosas, y el caudal majestuoso del Ebro, penetraban en mí con las formas de amor, de esperanza.

Pensó Donata que antes de entrar en la que había de ser nuestra casa, situada en lo que llaman el *Rastro*, debíamos ir a la Catedral a dar gracias a Dios y a pedir a la Virgen de la Cinta que nos amparase en la vida nueva que emprendíamos. Me pareció muy bien. A la santa iglesia nos fuimos, la cual por fuera es de un greco-romano mazacote y pedantesco, interiormente bella, mística, ornada de primores artísticos y de ingenuas fruslerías costosas, que mueven a la devoción. La Virgen de la Cinta, ante cuya majestad estuvimos arrodillados largo rato, es linda, consoladora, de expresión divinamente afable. Ninguna imagen he visto que me haya cautivado tanto como ésta, ninguna que tan bien sintetice en su rostro la dulzura y la gracia... Nunca vi manos tan puras como las que muestran la milagrosa Cinta, ni cabeza en cuyo contorno brille con tan celestial resplandor la corona de estrellas.

Trabajillo me costó sacar a mi amada de la espléndida capilla. Por su gusto se hubiera estado allí todo el día reza que reza, sin acordarse de que hemos de alimentar nuestros cuerpos desmayados del insomnio. Salimos, y por calles para mí desconocidas, risueñas, animadas del hormigueo alegre de la vida tortosina, nos fuimos a la casa de Polonia, quien nos recibió poco menos que con palio; tan satisfecha estaba de tenernos en su compañía. Mi primera diligencia, después de tomar chocolate con lucido acompañamiento de tiernos bollos, fue salir a recoger mi maleta, y a despachar al tartanero de Ulldecona, breve ocupación en que me guió el asistente de uno de los pupilos de Polonia... Ésta nos instaló en lo más alto de su vivienda, donde estaríamos, según dijo, algo estrechitos, pero con preciosa independencia, aislados del bullicio de la casa. A mi odalisca y a mí nos agradó el aislamiento, y no nos molestó la estrechez, porque así estábamos más juntos el uno del otro. Mi querencia de las comparaciones me hizo ver en el palomar alto y recogido una reproducción fiel de aquel otro en que anidé con la blanca *Yohar*, por arte y gracia de *Mazaltob* y *Simi*...

Permitidme, oh nobles Marqueses, que guarde en mi mente y en mi corazón, apartadas del descaro de las cosas escritas, la tarde de amor... la noche de intenso descanso, de un dormir hondo y dulce...

XXIV

Acordaron Donata y Polonia que comeríamos en la cocina, pues aunque somos huéspedes, nos consideramos de la familia. Este apartamiento fue muy de mi gusto, y no porque nos molestaran los pupilos; al contrario, en ellos encontramos afabilidad y cortesía. El Músico es un ángel; el capitán un aragonés de lo más corriente y francote que he visto en mi vida; el Castrense (no son ya dos, sino uno) un señor picoteado de viruelas, de mediana edad, un poco duro de semblante, pero sencillo y cariñoso en su trato, persona excelente, si no me engañaba el primer vistazo. Observo con gusto que mi Donata se afana desde hoy por ayudar a su prima en los trajines domésticos. En la cocina están las dos tan entretenidas, que da gusto verlas. Otra observación fugaz: Polonia es guapa, frescachona; pero no llega ni con mucho a la clásica belleza hispano-árabe de Donata-*Erhimo*.

Un día más, y sigo observando. El Capellán consagra diariamente un mediano rato al arreglo de las cuentas de Polonia. En un librito le va poniendo el gasto, sin omitir lo más insignificante y menudo, y por otro lado van los ingresos. Gracias a don Jesús Portela (que así se llama) la simpática patrona lleva sus negocios con admirable claridad y limpieza. No podrán decir lo propio las innumerables pupileras esparcidas por el ancho mundo. Mi dominante espíritu de comparación háceme pensar en Lucila y en el novio administrativo que le ha salido para enderezar su existencia hacia las ordenadas esferas de la Economía Política y Privada... Otra cosa: no sé de dónde habrá sacado mi buen Capellán que yo soy un gran teólogo, y que cuando llegue a Tarragona saldrá el arzobispo a recibirme como a un enviado del Papa, o poco menos. Esta idea del buen Portela, me le pinta como un administrativo forrado de inocencia paradisíaca.

Sigo observando y enterándome de todo: el capitán se empeña en llevarme a ver el Castillo, que desarrolla su imponente grandeza en los altos de la ciudad. Me dejo llevar y querer, y en los baluartes, oficiales de distintas armas se nos unen... Me cuentan el suceso de la Rápita, que aún no ha dejado de ser aquí la diaria comidilla de todas las bocas. ¿De qué se ha de hablar más que de la calaverada orteguista, del estúpido desenlace de aquel drama político, el peor aderezado y compuesto que nos ofrece nuestra Historia, primer teatro del mundo en sediciones y pronunciamientos?

Reproduzco una noticia breve, fugaz nota recogida de un testigo presencial, teniente del Provincial de Tarragona: «Salimos de San Carlos. Ignorábamos a dónde se nos llevaba. Esto fue el día 2. Hasta entonces nada sospechábamos, o por mejor decir, ninguno de nosotros sacaba del corazón su vaga sospecha... Habíamos visto dos tartanas que iban delante de las tropas a regular distancia. Cuando el general a ellas se acercaba, se descubría con todo respeto y reverencia... Ya empezaba a correr un cierto run-run de boca en boca. Llegamos a un sitio llamado Coll de Creu, donde se hizo alto para comer... Formamos pabellones, y los soldados se quitaron las mochilas. En la vanguardia se sirvió la comida al general y a cinco o seis personas más, debajo de unos árboles... Yo no puedo referir lo que pasó... Solo diré que en nuestro batallón corrió de punta a punta una ráfaga de

144

luz, de inspiración; nos pusimos todos en pie, abandonando las raciones; sonó toque de llamada; los soldados echaron mano a las mochilas. Nuestro teniente coronel nos habló a gritos: "¡Hijos, vamos vendidos!... ¡Viva Isabel II!" Yo no sé lo que pasó, vuelvo a decir. Sé que algunos soldados señalaban una nube de polvo en que iba Ortega con cuatro más, a galope tendido. Desaparecieron... Los del Provincial de Lérida nos contaron luego que a los desconocidos caballeros de la tartana les cogió el pánico cuando estaban comiéndose un pavo que llevaban entre papeles. Cada uno de ellos se arregló como pudo con un alón o pata, y comiendo iban cuando arreó disparada la tartana, y se perdió también en nube de polvo.»

No se abren aquí las bocas más que para decir algo del desgraciado Ortega. Los que no hablan de su insensato alzamiento, hablan de su captura. A Ortega encontramos en la sopa y en la *escudella*; Ortega sale a relucir en toda charla de paseantes; Ortega, en la sala y en la cocina. En la de Polonia estábamos cuando entró a encender un cigarrillo en las brasas del fogón el castrense don Jesús Portela, y nos contó cómo había sido capturado el general en su fuga... Tan ciegos estaban él y sus compañeros de locura, que en vez de correrse a la costa en busca de un falucho que les llevara mares adentro, se metieron en el corazón de España. No podían desechar la ilusión de que el país se sublevaba por la Causa. Soñaban con el levantamiento general, con Madrid convertido a la fe montemolinista. Siguiendo este fantasma, se internaban de pueblo en pueblo, camino de su perdición. El hijo del conde de Sobradiel, ayudante de Ortega, era un valiente soñador que creía encontrar en cada pueblo lo que no encontraron en Tortosa... Todo su afán era llegar a Alcoriza, donde contaban con fantásticos auxilios del barón de la Linde... Pero en Calanda se acabaron las ilusiones: los fugitivos chocaron con un alcalde que los reconoció y los puso debajo del recaudo de la Guardia civil... Todo esto nos refirió el Capellán, que acabó abominando del carlismo como ciudadano consecuente que milita en la Unión liberal, y debe su posición a Posada Herrera.

Pasa otro día, y se ensancha la esfera de mis amistades. Conozco y trato a sinnúmero de oficiales de la guarnición y de los batallones que en mal hora trajo de Baleares Ortega. Éste no tiene la cabeza buena, en concepto de muchos, y solo así se explican sus inauditas rarezas y actos extravagantes. En Palma, cuando preparaba la desatinada expedición, iba de taller en taller, vestido de paisano, con botas, vigilando la compostura del armamento... Pues al traerle prisionero desde Calanda a Tortosa, los que le custodiaban sufrieron acerbas quejas y reproches del desgraciado general, irritado de las incomodidades inherentes a su triste situación. Pedía lo que no podían darle, y reclamaba lo que en aquellos míseros pueblos no existía. Es hombre de hábitos elegantes, hecho a los refinamientos del tocador. Le desesperaba el no poder mudarse de ropa. En Alcañiz pidió un traje negro de pana, y no hubo más remedio que hacérselo en breve tiempo. Vestir de negro, con botas altas de charol, guantes color lila, era un atavío muy del gusto de aquel hombre, a quien la conciencia de su buena figura y porte, y los éxitos sociales, inclinaban a la presunción.

Temiendo un arrebato de locura o despecho, los guardianes del general no le permitían afeitarse, con lo que movían mayores arrebatos de la presunción. La idea de estar feo y poco galán sacaba de quicio al hombre tanto como le irritaba su fracaso militar y político. Pero aún hubo de ser más vivo el enojo del pobre Ortega cuando se le sirvió la comida sin cuchillos ni tenedores, que esto es de rigor tratándose de presos en quienes se supone con fundamento la demencia suicida. La porquería de comer con los dedos le sublevaba; ponía el grito en el cielo; clamaba contra sus verdugos; protestaba de su buena intención patriótica en la empresa frustrada, y decía: «Yo haré saber a la Europa este bárbaro tratamiento que se da a un general español, por el hecho de querer traer a su patria la paz definitiva. Yo no soy carlista, no soy absolutista... quiero la fusión de las dos ramas, deseo ardiente de todo español honrado... Yo defiendo la causa *fusionista*, y por ella moriré, si así lo quieren mis enemigos.»

¡Infeliz hombre! Mimado de la sociedad y favorecido de las damas, su buena figura y sus relaciones no habían tenido poca parte en los fáciles adelantos de su carrera militar. Era un caso del *señoritismo* endiosado, que desvanecido con los triunfos sociales, acaba por creerse un derecho y una fuerza. Fuerza ilusoria es, bomba de vidrio, fundida en salones y tertulias, y que al salir disparada de estas esferas, se estrella en mil cascos contra el primer muro que encuentra. ¿Verdad, amigo Beramendi, que Ortega no es más que una víctima del *señoritismo*, y que éste debe ser atado con cintas

de seda para que nunca intente salir de los dorados espacios de la frivo-
lidad al campo de la acción?

El risueño vecindario de Tortosa se entristece con la visión del próximo
suplicio de Ortega. Empezó creyéndole criminal, y al fin le tiene por más
merecedor del manicomio que del patíbulo. La execración y burlas inju-
riosas de los primeros días derivan rápidamente hacia la compasión. Dulce,
capitán general de Cataluña, ha llegado a Tortosa reventando de inflexibilidad. O'Donnell, desde África, ha dicho que no hay perdón, y en Madrid, el
blanco corazón de Isabel se pone frenos para no dar lugar a la clemencia...
Cuando nos aseguró el capitán que el fallo cruel es inevitable, Donata y yo
caímos en gran tristeza. Ortega no nos había hecho ningún daño. Dicen
que el daño grande lo ha hecho al país; pero este perjuicio, si es cierto, se
reparte por igual entre todos los españoles, y la porción que a nosotros nos
toca es inapreciable por su pequeñez. Donata me dijo: «Vámonos a rezar a
Nuestra Señora de la Cinta para pedirle que haga lo que no quieren hacer
Dulce en Tortosa, O'Donnell en África y la Isabel en Madrid.» Y yo, que
cada día me siento más sumiso a la bella *Erhimo*, digo, Donata, le respondí:
«Recemos a la Virgen para que entre la sentencia y el pecho de Ortega
interponga su Cinta milagrosa.»

En la capilla de la Virgen pasamos la tarde. Luego fuimos de paseo hacia
la puerta del Temple y el Astillero, y en nuestra conversación, divagando
lentamente, sentados al fin en un recuesto donde contemplábamos la
majestuosa corriente del río, surgió un pequeñísimo punto de discordia
que me ha hecho cavilar más de lo que yo quisiera. Ello fue que, en el
ardimiento de mi pasión, me arranqué a declarar que es broma todo lo que
he dicho de cantar misa, y que mi verdadera vocación es el vivir laico en la
turbulenta lucha del mundo. En mi amada noté algo como desvanecimiento
súbito de una ilusión. Largo rato permaneció callada y seria, mirando las
aguas del Ebro. Comprendí que mi sinceridad no fue de su gusto. Lo que
a mí me parecía muy natural, perturbaba sus ideas. Vi ante mí, o entre mi
persona y Donata, un mundo extraño y anormal, que nunca pensé pudiera
existir. La idea laica, con su natural secuencia de matrimonio y vida regular,
no era de su gusto. ¡Monstruoso fenómeno de psicología artificial, obra de
las direcciones equivocadas de la existencia!...

Emprendimos el regreso con cierta esquivez el uno del otro, y solo hablamos de cosas insignificantes. La tristeza que el incidente descrito me produjo, se desvaneció por la noche viendo a mi Donata como siempre amorosa, quizás más que de ordinario, cual si quisiera desagraviarme. Por último, se franqueó del modo más lisonjero para mí, diciéndome: «*Confusio* mío, dejo aparte mis gustos en lo tocante a tu carrera. Seas tú lo que fueres, y cantes misa o dejes de cantarla, yo a ti pertenezco para toda la vida, porque tú has querido tomarme, y yo darme a ti con entera voluntad. Más te quiero cada día, y tan enamorada estoy de ti y tan cautivada de tus prendas, que si me faltara tu cariño, me faltaría también la vida.» Con ardientes caricias pagué el regocijo intenso que me dio esta declaración, y ella la corroboró con nuevas ternezas, terminando nuestro nuevo pacto de amor en el alto aposento recogidito.

Repitió Donata al siguiente día sus oraciones a la Virgen de la Cinta para que se apiadase de Ortega, trayéndole el indulto, ya que ablandar no podía la dureza del Consejo. Éste fue de los que llaman ordinarios, y de él formaba parte mi compañero de vivienda, el capitán Albuerne, quien me contó que el pobre reo había protestado airadamente de no ser juzgado por un Consejo de generales, como por su calidad le correspondía. Habló Ortega cuanto quiso, y leyó un escrito largo ante el adusto Tribunal; mas no pudo obtener clemencia, y fue condenado a morir, tremendo fallo que espeluzna. Dicen que esto es necesario para que subsista en su inmaculada doncellez la Disciplina Militar, y en ello convendríamos todos si no supiéramos que ya está bien violada de innumerables seductores, aunque se guarda como un dogma el convencionalismo de que sustancialmente convivan la violación y la virginidad.

Despojado de la dignidad militar, Ortega no dejó de ser elegante en el mayor aprieto de su vida y en los preparativos para su muerte, y encargó un traje negro de paisano, según su particular gusto, bien ajustado, con botas altas, y capa corta, que airosamente llevaba. Preso en el Castillo, era el galán peripuesto, que se desvivía por que su presencia y figura fueran admiradas de cuantos pudiesen verlas. Ante el Tribunal como ante el público, su tribulación se aliviaba revistiéndola de cierta elegancia melancólica. Su romanticismo no le abandonó un instante. Después de sentenciado, soñaba con la evasión, con el indulto, emanado del tierno corazón de Isabel; confiaba en las vehementes gestiones de la Montijo y de su hija la Emperatriz Eugenia. Hacia estas empingorotadas damas volvía mentalmente sus ojos, paseándose en la prisión con su capita terciada, en gallardas actitudes.

Una noche más... El castrense, vestido de hábitos, lo que fue para mí una transfiguración de su persona, me propuso llevarme a ver a Ortega en la capilla. No quise acompañarle. Las barbaries de la ley me llenan de frío el corazón, incapacitándolo para execrar las de los malhechores.

XXV

Acompañé a Donata a la Santa Catedral. Quería mi pobre odalisca apurar su piedad y sus oraciones para mover a la Virgen a un acto generoso por las vías comunes, o por la vía del milagro si necesario fuese... Disparatada fue, según Donata, la conducta de Ortega; pero ¿cómo dudar que en sus propósitos estaba el defender la religión? La Causa últimamente abrazada por el infeliz general, no solo predica las buenas leyes, sino el reinado de la fe. Pues bien merecía Ortega que se le mirara como soldado de Dios, salvándole de una muerte ignominiosa.

En estas reflexiones y en el afán de sus rezos la dejé, porque me esperaba don Higinio, el Músico mayor, con quien quedé citado en el café para irnos a ver la ejecución. Es el prototipo de la franqueza angelical, un hombre de esos que llamamos *todo corazón*, mejor será decir *todo nervios*, porque no he visto otro más vivo, más cambiante y movedizo en sus sensaciones, ni que mejor traduzca su temperamento en un lenguaje que musicalmente puedo expresar con la notación de *presto agitato*. Por la mañana me contó que había visitado a Ortega en la capilla, hablando con él un ratito. ¡Qué mal rato pasó! Aunque se tiene por hombre de fibra, capaz de resistir las más patéticas impresiones, no pudo eximirse de la pena del caso, ni disimularla frente al reo. Éste, presumido y bien compuesto de rostro hasta en los trances últimos de su vida, se mostraba ante los curiosos sereno y grave, con una melancolía de buen tono. Había escrito a su mujer una carta afectuosa; se había despedido de sus amigos y cómplices, Elío y Cavero, y hablando del suplicio próximo, trazaba un programa de él, comparándose con el bravo don Diego León, de cuyo heroísmo ante la muerte quería ser imitador fiel. Como expresara su propósito de mandar el fuego, el cura que le asistía le arguyó que es más cristiano el valor callado que el jactancioso. Así pudo quitarle de la cabeza lo de dar las voces de *¡apunten, fuego!*, que revela el apego a las vanidades terrestres en el momento de cambiarlas por la eternidad gloriosa.

Todo esto lo contó el Director de la banda a un su amigo que le acompañaba y a mí. Era el amigo un hombrachón espigado, fuerte, como de treinta años largos, con trazas de marino, por su traje azul y lo curtido del rostro. ¿De qué habíamos de hablar sino de Ortega y de su trágico fin? Como algo dijera yo de la descabellada expedición, el desconocido me informó de que él había venido de Palma con el general rebelde. «¿Es usted marino de guerra?» le pregunté. Y él: «No, señor: lo fui. Cinco años estuve en el servicio. Después me metí en lo mercante; pero no me amaño al mucho trabajo con poco provecho, y ahora me vuelvo a los barcos del Rey.» Nada más me dijo, ni yo a él, porque nos apremiaba lo que era motivo principal de nuestra reunión, y salimos los tres camino de la explanada de Remolíns, donde nos dijeron que dejaría de vivir el general Ortega. La verdad, no iba yo muy a gusto: desconfiaba de mantenerme entero ante tal espectáculo, y la compasión ocupaba en mi alma más espacio que la curiosidad. Pero don Higinio, en quien la energía y animoso temple contrastaban con la pequeñez del cuerpo, se burló de lo que llamaba mi pusilanimidad. Otro tanto hizo el hombre de mar, declarando que conviene presenciar las desdichas ajenas para que no nos cojan de nuevo las propias, y que cuando sepamos que arden las barbas del vecino debemos ir a verlo, para aprender cómo hemos de poner en remojo las nuestras.

Ya estaba la explanada de Remolíns llena de gente cuando llegamos; pero gracias a los codazos y empujones con que se abrió camino en la masa humana el hombre de mar, nos colocamos en sitio donde podíamos ver cómodamente la función. Hubo un momento en que ésta se presentó en mi mente como función trágica de teatro, que nos da la emoción patética y compasiva. Al influjo del arte, llora uno y se aflige; mas todo ello es como si nos pusiéramos máscara de espanto. Debajo están el rostro sereno y la conciencia de que es mentira lo que vemos entre telones. Nos retiramos alabando el arte del dramaturgo y el bello fingir de los cómicos... En esta ilusión de tragedia teatral permanecí mientras estuvimos en espera del acto, y la causa de mi error no fue otra que el aspecto del apretado público, y su bullicio de impaciente curiosidad. Bullía y bufaba como una muchedumbre de parada militar, de teatro, de toros...

A la derecha, y a bastante distancia de lo que puedo llamar nuestro palco, había una puerta de fortificación. Por allí salieron tropas a caballo, después tropas a pie: traían al reo, y en el momento de verle, mi teatral ilusión desapareció, sustituida por un sentimiento congojoso de la realidad. La figura vestida de negro, con botas; el hombre elegante y melancólico que yo me representaba en mi mente por lo que de él me contaran, estaba vivo ante mí; y vivo, conducido entre dos clérigos, fue llevado a un sitio frontero a mi palco. La distancia que de él me separaba no era tal que pudiera escapar a mi vista la figura aristocrática, la cabeza hermosa y descubierta, el rostro pálido, el bigote rubio, la blanca frente, que al Sol relucía como espejo...

Sentí aflicción hondísima, terror, vértigo, cual si me viera al borde de un abismo negro y sin fondo. Quise huir, mas ya no era posible: la multitud me enclavijaba en su cuerpo macizo. En mi retina se estampó la imagen del reo, calificado de traidor. Lo sería; mas a mí se apareció revestido de todo el esplendor de la dignidad... Cuando vi que se apartaban de él los curas; que le dejaban solo, cruzado de brazos, sin vendar los ojos, y que él miraba impávido los fusiles que pronto apuntarían a su pecho, cerré los ojos... No quería yo ver tal ultraje a la Naturaleza. Mi temblor y el temblor de todos anunciaban un cataclismo del mundo moral... Repentino acceso de curiosidad me hizo abrir los ojos. Fue en el mismo instante del tremendo disparar de los fusiles. El cuerpo de Ortega saltó en rápida voltereta. Vi las suelas de sus botas, como si patearan el espacio...

El murmullo de la multitud acarició el cadáver como una onda con gemidos de responso. ¡Oh iniquidad, baldón de la Naturaleza, bofetada y palos en la propia persona de la Divinidad! ¡A las tres de la tarde, en un espléndido día de abril, cuando el Sol alegra los campos, y la tierra fecunda echa de sí para regalo del hombre toda la magnificencia de flores y frutos, la ley nos ofrece su auto siniestro de la Fe jurídica y militar, remedo de los sacrificios idolátricos! ¡Y se llama ley lo que es contrario al sentimiento y a la razón; ley, la violación salvaje del principio cristiano! ¿En qué te diferencias, ley matadora, de los criminales que matan? En que revistes tu crimen de etiquetas y trámites, y en que has sabido cohonestarlo con fórmulas hipócritas de moral falsa y de religión contrahecha. Tan execrable eres tú, perversa ley, como tus auxiliares, los hombres trajeados de negro, cuya misión en el patíbulo es comprometer a Dios a que sancione la barbarie llamada pena de muerte... A mi delirio de furiosa protesta puso fin un triste accidente que a mi lado ocurrió. Fue tan viva la congoja del pobre músico don Higinio ante el terrible espectáculo, que todo el artificio de su presumida entereza se vino al suelo, y lanzando un ¡ay! lastimero cayó al suelo con un síncope. Con no poco trabajo lo sacó de entre los pies de la multitud nuestro acompañante el gigantesco marino, y viéndolo sin sentido se lo echó a la pela. Mujeres hubo a quienes pasó lo mismo; mas no encontraron a un atleta que del oleaje tan gallardamente las sacara.

Poco pesaba el Músico *mayor*... Véase por dónde vinieron a interrumpir la convulsión trágica risas de sainete. Chiquillos vi, y aun mujeres animosas, que hicieron gran fiesta de ver al don Higinio llevado en brazos por el hombracho. Éste reía también, oyéndose llamar San Cristóbal. Avanzando a paso de procesión, pudimos llegar a donde no nos abrasaban los rayos del Sol y se aclaraba la espesa multitud. Recobró su sentido el músico, y tan sorprendido como avergonzado, se limpiaba el sudor de su frente calva. «Es muy raro esto que me ha pasado —nos decía—. No vayan ustedes a creer que fue susto: soy hombre de terrible entereza... ¡Pero tengo el estómago más canalla y más perro que ustedes han visto!... Esta mañana comí unos *muscles* que me trajeron de Ampolla, y sobre ellos bebí aguardiente... Ya lo ven: me han hecho daño... Lo peor es que se me va la vista, y me tiemblan las piernas... Horrible ha sido el fusilamiento, ¿verdad, amigos?... Entiendo yo que la pena de muerte es una brutalidad... Es un asesinato... También lo es comer *muscles* y encima aguardiente... verdadero asesinato.»

Con menos trastorno exterior, quizás la impresión mía fue más honda y lacerante que la del buen músico. Dejando a éste en casa, me fui a la Catedral en busca de Donata, a quien vi consternada, en un corrillo de clérigos y devotas, condoliéndose de que no hubiese venido el indulto.

Bien claramente echó de ver mi amada que el trágico suplicio me había descompuesto. Más que condolido del triste fin de Ortega, me mostré indignado de la hipocresía de las leyes, que sacrifican a un hombre en el ara de la Disciplina Militar, mil veces violada y escarnecida. La traición resultó más ridícula que tremebunda, sin ocasionar muertes. ¿A qué tanto rigor contra un soldado iluso a quien debíamos acusar principalmente de necedad inofensiva? «Ya ves, ya has visto —dije a Donata— de qué te han valido tus rezos, y cuán indiferente es la Divinidad a nuestras miserias y dolores. El general muerto tenía mujer, tenía hijos, que habrán rezado tanto como tú, y con más afligido corazón... ¡Valiente caso les han hecho! Y es que la proyección de la Divinidad sobre nosotros en forma de culto, es tan falsa como la otra proyección de la Divinidad en forma de justicia. Todo es mentiroso, todo compuesto para el servicio exclusivo de un grupo de poderosos, que se han alzado con el mundo moral y con el mundo físico... ¡Ay, Donata, repugnancia y miedo me da esta oligarquía, formada con la triple casta de soldados, legistas y curas!... ¡Y dicen que así ha de ser; que no existe mejor sistema; que en la majestad de Dios se apoya este armadijo!... ¡Paciencia! Cantemos las glorias de los que nos esclavizan y atormentan.»

Presumo que Donata no entendió mis ideas, expresadas con vaguedad febril... Agarrándose a lo que afirmé de la ineficacia de sus rezos, me dijo: «La Virgen no ha querido salvarle... bien claro está... No ha querido, porque Dios y la Virgen habrán determinado que la Causa tenga mártires.»

¡Ay, con qué pena oí este brutal concepto en boca de la mujer tan tiernamente amada! Quizás debí callarme, respetando un error nacido de la propia sencillez y rusticidad de la guapa moza; pero no lo hice, y movido de un ímpetu sectario y de mi locuacidad discursista, solté un sinfín de acusaciones y diatribas contra la Causa y sus príncipes, contra sus caudillos y tropas. Donata me oía consternada, poniéndose ya lívida, ya roja, y haciendo con su linda boca graciosas muequecitas de ira, de burla, de desdén. Sin duda dije mil simplezas, y arrebatado de mi propensión a la vana oratoria, endilgué pedanterías hinchadas, de esas que comúnmente no entran en el cerebro de una mujer. No la convencí, no: en la rudeza de sus ideas macizas, recibidas de la tradición, se estrellaban mis razonamientos como la ola en la peña. Díjele al fin que el vivo ejemplo y símbolo de la Causa lo tenía en el que fue su amo y sultán, de cuyo brutal poder habíala yo librado con ayuda de Dios. La monstruosa Causa se personificaba en el monstruo llamado *don Juanondón*.

Balbuciente salió Donata a la defensa del Arcipreste, del cual dijo que si estaba cargado de faltas, también poseía virtud y mérito grandes. «No, no, *Confusio*; no seas injusto. Don Juan es valiente, es piadoso... Piedad y valor tiene, según lo requiere la necesidad. Tú no le conoces bien, y hablas como un papagayo que no sabe lo que dice. Que don Juan peque, no significa que deje de servir a Dios cuando es caso de servirle... Y como talento macho, con luces para entender de cuanto hay, ¿quién se iguala con él? Yo digo que donde está don Juan, que se quiten todos... Hombres así debieran ponerse a gobernar la Nación... ¡Qué derechos andarían los españoles con un tío como el Arcipreste!... ¡Bien les sentaría la mano, bien!... y ellos, los muy cuitadicos, agradeciéndolo, Juan, agradeciéndolo.»

Me acometió un reír convulsivo... Hablar quise, y de mi boca no salía más que la risa desbordada y frenética. Donata se asustó al verme, y cuanto más carantoñas y mimos me hacía para calmarme, más locamente me disparaba yo en aquella infernal risa. Acudió primero Polonia; después el bondadoso Castrense, que además de administrativo tenía sus puntos de médico: en mí vio un fuerte ataque nervioso, y me ordenó cenar todo lo fuerte que pudiese para combatir la debilidad. Negueme a tomar alimento; me hicieron acostar; trajéronme aguas cocidas, infusiones en las cuales echó don Jesús no sé qué polvillos... Lentamente se me sosegó el mal de risa que me sacudía los hipocondrios y me quebrantaba la cintura.

Solo con mi moza, ésta procuraba con blando arrullo y expresiones suaves incitarme al sueño. Yo quería dormir; mas algo había en la estancia que me despabilaba, tentándome al furor y a la risa. Veréis lo que era. Algunos días sacaba Donata de mi maleta las prendas de clérigo, sotana y bonete, que en mi equipaje con socarrona intención pusisteis, ¡oh insignes Beramendi y Tarfe! Estimaba mi odalisca en mucho aquellos negros atavíos; cuidaba de ventilarlos de tiempo en tiempo para que no se picase la tela, y después de cepillarlos con esmero y quitarles el polvo, y arreglar con la aguja algún deterioro que en ellos notase, los guardaba de nuevo respetuosamente. Pues aquella noche estaban colgadas frente a mí las feas vestiduras que debían servirme de disfraz en la farsa de mi viaje. En ellas clavé mis ojos espantados, y cuando Donata me incitaba a dormir, yo le dije: «No me deja, no me deja dormir...»

—¿Qué tienes, Juan, qué miras?

—Eso, Donata; eso no me deja dormir. Quítalo y dormiré. Si no te decides a quemar ese horror, esa funda negra, y el nefando gorro de cuatro picos, guárdalos, vida mía, para que yo pueda coger el sueño. Sacerdote quiero ser; pero nunca pondré sobre mi cuerpo ese traje de ajusticiado o de ajusticiante.

Solícita, me libró Donata de la vista de aquellos lúgubres objetos; y hablando de religión, de la misericordia divina, de la redención de nuestros pecados por el arrepentimiento, del amor a todas las criaturas sin distinción de castas, clase ni estado, de lo bueno que es Dios y de la maternal indulgencia de la Santísima Virgen, me quedé dormido como un ángel.

XXVI

Desperté sosegado y sin ningunas ganas de reír. Sentada junto al lecho, había Donata recostado en éste su cabeza y parecía dormir profundamente. Las ideas que me asaltaron en aquel rato de sedación suave, fueron desconsoladoras. Pensé que me había dejado llevar de la imaginación al encarecer desmedidamente la hermosura de Donata. Aunque es muy propio de poetas sublimar el semblante, el color y las líneas corpóreas de la mujer amada, entiendo que hice un derroche abusivo de comparaciones poniendo el cielo en los ojos de la mía, en su boca todas las gracias y en su cuerpo no sé qué ideales paganos de perfectísima gentileza. La miré bien, dormida, y si en efecto, no puedo menos de reconocer que es una linda hembra, también reconozco que hay no poca distancia desde sus atractivos a la perfección de nuestra madre Eva, o a la de las diosas gentílicas, con quienes en mis arrebatos de amor propio la he comparado. Me propuse rectificar en la primera ocasión oportuna aquel juicio mío inflado de hipérboles optimistas, y así lo hago, manifestando a los señores de Beramendi que rebajen un poquito mi poética descripción de la *Erhimo* aragonesa.

Pues de las observaciones que aquella noche hice ante Donata dormida, pasé a revolver en mi mente recuerdos de lo que ella me había contado días antes referentes a su niñez y crianza. En Alcoriza, tierra de Teruel, nació la que por especiales motivos románticos llamo mi odalisca, y fue su padre el sacristán de la iglesia principal del pueblo. Con sutil discreción, me dijo que el sujeto que ante el mundo se llamaba su padre le tenía ella por tal en concepto putativo, y que el verdadero progenitor era persona de más categoría. A la muerte del sacristán (acaecida cuando Donata no pasaba de los cinco años), quedó su mujer de sacristana, porque así lo dispuso el generoso párroco, hombre de opinión y de buena presencia, y en todo lo que no fuera servicio litúrgico de altar desempeñaba la viuda las mismas faenas del difunto. Ved aquí cómo creció la chiquilla en aquella vida sacristanesca. A su madre ayudaba en el barrido de la iglesia y capillas, en alimentar las lámparas de aceite, en lavar las imágenes, y desnudarlas o vestirlas cuando era menester, en disponer los altares para el diario y las funciones mayores. De aquí que estuviera la odalisca tan versada en las cosas del culto y fábrica, y en los ritos de cada festividad.

Así llegó a ser mocita. Me contó que miraba mucho por ella el buen cura, y que la guiaba paternalmente por los caminos de la virtud y de la honestidad, dándole además la instrucción rudimentaria de leer, escribir, y contar un poquito. Por desgracia, al cumplir Donata los dieciocho abriles, falleció el bendito señor, dejándola sin más amparo que el de la madre; y menos mal que ambas continuaron en el albergue y oficio sacristanil, por tolerancia del nuevo cura. Era éste un bravo mocetón, furibundo carlista, gran cazador, rumboso, jovial. Sin duda no tuvo a la moza por saco de paja, porque quiso estrecharla más en su servicio y compañía, llevándola a la propia vivienda. Luchó la madre contra este propósito del superior jerárquico, y de la lucha vinieron disgustos, y la intervención de otro curita joven, de un próximo pueblo. En resolución, la sacristana hubo de poner en salvo de aquellas disputas a su querida hija, y no halló medio mejor que remesarla al señor Arcipreste don Juan, varón de grandísimo crédito y autoridad en aquel territorio. ¿Fue remitida Donata como alumna o pupila de un colegio, o como criatura torcida que necesita de un maestro y corrector que la enderece? Esto no supo decírmelo mi amada. Ya me lo explicaría mejor al proseguir la historia de su vida... ¡triste vida desarrollada en un medio sombrío, sotanesco!

Las reflexiones que me sugirió el *ensayo biográfico* de Donata, reproducido en mi memoria, las contaré cuando Dios quiera. Hoy tengo que reanudar el cuento de aquella noche, diciendo que Donata despertó cuando yo me hallaba en lo más intrincado de mis reflexiones. La pobrecilla mostró un interés muy vivo por mi descanso. Quería que durmiese más, o que en su compañía, charlando de íntimas y dulces cosas, repusiese mi espíritu del susto de la tragedia. Con buen acuerdo, nada me habló de la monstruosa ficción legal política y religiosa que levantaba en mi alma oleaje de terror y de ira. Lo que me dijo fue para mí de gran alivio; en sus palabras vi la expresión fiel del pensamiento. La esclava *Erhimo*, redimida por mí, puede tener, y tiene sin duda en su mente, todo el mazorral tenebroso que daba de sí la singular crianza que me contó ella misma; pero es buena, hay en su alma un fondo de rectitud y ternura, sobre el cual puede fundarse una regeneración espiritual con auxilio del tiempo.

Reproduzco sus expresiones, que creo interesantes: «Mira, *Confusio*, mientras tú dormías, yo he llorado... he llorado como San Pedro cuando, al oír cantar el gallo, cayó en la cuenta de que había negado a su Maestro. A ti, que eres mi maestro, te he negado yo diciéndote lo que no debía decirte. ¡Ay!, yo no debí defender al Arcipreste, ni meterme en músicas de si la Causa es mejor o peor que otras Causas... Verás por qué estuve yo tan impertinente y tan fuera de lo que soy. En la Catedral me arrimé a un gran corrillo que formaron en la capilla de San Rufo unos señores sacerdotes y media docena de mujeres, o señoras, que todo podían ser, de las que están allí mañana y tarde engolfadas en la santidad. Sea esto santidad verdadera, o *turris burris*, como dice *don Juanondón*, ello es que en mi pobre cabeza metieron todo lo que iban diciendo, y cuando me recogiste venía yo trastornadica...»

—Tu principal defecto —le dije— es que el último que llega te hace suya, Donata.

—Pues tenme siempre en tu influencia —respondió besándome las manos—, y si me quieres como yo a ti, *Confusio* mío, no me dejes ni un momento de tu poder... Yo te pido perdón de lo que pensé y dije, y no quiero ser sino al modo que a ti te plazca... Esclava soy desde que nací, y de unos a otros dueños he pasado; ahora soy esclava tuya. No me has comprado con dinero, sino con tu amor, y en el amor tuyo quiero vivir siempre.

Bastaron estas tiernas declaraciones, que del corazón le salían en hermoso torrente, para que yo me calmase de aquel estado de malquerencia y enojo de todas las cosas. A tal estado llegué por el terror de la ejecución de Ortega, que en mi espíritu se desató el fiero pesimismo. Ver morir a un hombre en aquella forma de glacial justicia sin entrañas, era bastante motivo para que se ajaran ante mis ojos todas las formas del mundo que me rodea, entre ellas la misma Donata, cuya belleza rebajé despiadado con cierto furor iconoclasta. Mas lo que a la madrugada me dijo, y el hechizo de su ternura y arrepentimiento, la repusieron en mi adoración, y si no recobró la ideal hermosura de los días románticos, quedó restaurada lo suficiente para ser una hembra muy distante de la vulgaridad.

Por la mañana subió a mi camaranchón el castrense don Jesús. Mis primeras palabras, contestando a su saludo, fueron para suplicarle que no me hablase de la *intentona*, ni de ningún tema que con la cosa pública tuviera relación. «¡Pues, hijo, no está usted poco incomunicado con el mundo! —me dijo risueño—. ¿De modo que no quiere saber que se ha encontrado la pista del falso Monarca y del falso príncipe?... Sí... ya saben hasta los perros que Montemolín y su hermano están en Ulldecona, muy agazapaditos en un convento de monjas...» No pude sustraerme al interés de estas noticias. Sintiéndome gradualmente animado, me vestí y arreglé para sacudir la tristeza y volver a la vida normal... Poco después estaba yo en la cocina, donde supe por Polonia que don Higinio había convidado a comer a su amigo, el marino atlético, que en brazos lo sacó de las apreturas del gentío momentos después de la ejecución. Ambos estaban en el comedor con el capitán, éste leyendo periódicos de Madrid, don Higinio haciendo cigarros de papel en una maquinilla.

Allá me fui tratando de dar a mi espíritu algún esparcimiento, y saludé con afecto al marino, deseando mostrarle mi simpatía. Al verle en pie, para corresponder a mi saludo, admiré su arrogante figura y la ruda belleza del rostro en que habían escrito sus rigores el viento y el Sol. «Paréceme usted un gladiador de mar —le dije—, y tan lucida y airosa es su facha, señor mío, que le dan a uno ganas de llamarle *Neptuno*.» A mis galanterías dio esta contestación, que me dejó atónito: «No me llamo *Neptuno*, sino Diego Ansúrez, para servir a ustedes.»

Con ardientes expresiones mías estalló la *anagnórisis*, que así llaman los retóricos al reconocimiento de personajes. Era de los míos. No pude decirle: «¡oh padre, oh hermano!» como es de cajón en las *anagnórisis*; pero le dije: «Soy muy amigo de su padre de usted, Jerónimo Ansúrez... De su hermana Lucila, que es, mejorando lo presente (por allí andaba Polonia trasteando en el aparador), la mujer más guapa del mundo; de su hermano Leoncio, armero habilísimo; de su hermano*Ruy*, pensionado en Bélgica por el marqués de Beramendi para perfeccionarse en la música, y por fin, conozco y estimo grandemente a su glorioso hermano Gonzalo, que de España se pasó a Marruecos y de Cristo a Mahoma, y hoy es un caballero poderoso llamado *El Nasiry*.»

No menos asombrado que yo, el Ansúrez de mar me pidió con interés febril noticias de todo el familiaje que nombré. De Lucila sabe que ha enviudado y que posee hacienda pingüe; de su padre recibió carta hallándose en Vinaroz en el mes de diciembre último; con Gonzalo no se cartea; pero sabe por Jerónimo que está bueno y vive en grande, con sinfín de mujeres, y valimiento en la corte del Sultán. Dile yo cuenta de mi amistad con *El Nasiry*, y de lo que es y supone en aquel Imperio, quedando él y los que nos escuchaban maravillados de tan portentosa metamorfosis. Don Higinio, el capitán y el Castrense mismo, no ocultaban sus ganas de vestirse a lo moro, de hablar el árabe, de tener provisión de hermosos caballos y un rebaño de lindas mujeres sumisas. Buena cosa es la poligamia, matrimonio múltiple sin suegras... Después de responder a las preguntas del celtíbero de mar, tocome preguntar a mí, y lo hice pidiéndole informes de su hermano Gil o*Egidius*, que vaga por estas tierras. Contestome que, gracias a Dios, no anda ya Gil en trotes de bandolero: de otras granjerías vive, no muy honradas que digamos, pero menos expuestas a dar contra la justicia y a tropezar con el presidio.

«Por estos pueblos de la costa andaba con el compañero valenciano que le ha enseñado esa industria —nos dijo—. En Hospitalet nos encontramos un día, y le eché los tiempos...: "¡Ah, tunante, si no te marchas de esta tierra donde te conocen y puedes ser descubierto, yo te haré salir a puñetazos!". Pasaron a Falset; de allí al Priorato, donde ganaron mucho dinero, según oí, y ahora están hacia Mequinenza sacando todo el jugo a su negocio... Veo que están ustedes llenos de curiosidad por saber en qué negocio trabajan esos pillos, y van a quedar satisfechos sin demora. Mi hermano Gil es agudo como el hambre, vivo como la pólvora, de rostro muy moreno, el labio un poco grueso, los ojos como endrinas. Con un gorro encarnado, unas bragas azules, chaquetón o balandrán con botones de moneditas y adorno dorado, se hace un empaque como el de esos griegos o turcos que vemos en los muelles de Marsella y de Génova. En los puertos levantinos aprendió el valenciano la industria que luego enseñó a Gil, enseñándole también a mascullar la lengua turquesca o tunecina que habla toda la pillería marinera del Mediterráneo. ¡Y qué industria se traen los caballeros! Ello es vender cositas piadosas de Tierra Santa, que llevan en un carro grande como una casa, donde viven y hacen su comida, con lo que, a más de darse mucho tono, ahorran el gasto de posada... En cuanto llegan a un lugar, paran el coche en medio de la plaza, y con grandes voces, en catalán o castellano chapurrado, según los pueblos, llaman a la gente, y mi hermano, que tiene gran despejo para sermonear, larga una plática pregonando la santidad y la virtud de la mercancía. Acuden las mujeres como moscas, oyen aquellos disparates, y ya las tienen ustedes trastornadas. La ignorancia, el poco seso y la beatería caen en el garlito; empieza el compra y vende, y antes se cansarán ellos de coger dinero que ellas de dárselo por las baratijas milagrosas... ¡Y que no es floja la tarifa de precios! Las piedrecitas del Monte Sinaí, donde Dios le dio a Moisés las Tablas, se venden al peso, por adarmes, y valen dos, dos y medio, y tres reales: en relicario con cristal, valen seis y ocho reales. Las botellas de agua del Jordán, para lavar los ojos enfermos, u otra parte del cuerpo en algún caso, varían, según el tamaño, de siete a doce reales, y lo mismo los rosarios de huesos de aceitunas del Getsemaní. Las hierbas del mismo huerto son a precios convencionales, y quien las quiera del propio sitio en que posó sus pies y rodillas Nuestro Señor, ya tendrá que pagar un pico. Las que están cogidas en el ruedo de aquel sitio sagrado, van valiendo menos, conforme se alarga la distancia; y las llamadas rosas de Jericó, que son al modo de unas escobitas para rociar agua bendita, se pagan caras, pues es cosa que estiman mucho las embarazadas, y mujeres hay tan ciegas de fanatismo, que no paren a gusto si no les dan la rosa... Para el completo engaño de la gente, llevan esos pillos testimoniales de cada cosa: son papeles escritos en arábigo, y traducidos al español por un monje que acredita la procedencia del género, y luego firman y dan fe priores, abades, y hasta cónsules mismamente. Todo es falso; pero tan bien apañado, que la filfa parece verdad: las mujeres enloquecen, los hombres aflojan los cuartos, los curas bendicen, los alcaldes toleran, y los malditísimos charlatanes se van a otro pueblo cargados de dinero, sin más trabajo que ir recogiendo por el camino las piedrecitas del Monte Sinaí.»

XXVII

«¡Si serán listos esos sinvergüenzas, que me han engañado a mí! —exclamó el Capellán, dando un golpe en la mesa—; a mí mismo, señores, que siendo, como soy, católico ferviente, no creo en milagrerías. Ello fue en Gandesa, cuando servía yo en el Provincial de Teruel. Una patrona que allí tuve, y cuyo nombre no hace al caso, se emperró en que le llevara la rosa de Jericó: estaba la pobre en meses mayores. Llegaron por allí esos tunantes. Me acuerdo de verles en el pórtico de la iglesia, donde el cura les hacía el artículo, y a todos recomendaba que se proveyesen de aquellas porquerías. Llegué yo a comprar la rosa, porque la patrona no me dejaba vivir. ¡Maldita casualidad! Las rosas se habían concluido; pero me ofrecieron las *hojitas del propio lugar en que estuvo el Señor orando*... Yo no quería... O rosas, o nada. Pero los mercachifles y el cura mismo me querían hacer tragar las *hojitas*, diciéndome que la eficacia era tal, que no había parto desgraciado con semejante droga. Total, que caí en la trampa: ¡veinticuatro reales me sacaron por unas hojuelas arrugadas, con las que no se podría hacer un cigarrillo de papel!... ¡Lástima de dinero! La patrona se murió de sobreparto: Dios la tenga en gloria... Meses después, me encontré al cura que había tenido su parte en aquel timo, y le dije: "Oiga usted, so farsante: tiene usted que darme un duro y una peseta que con su garantía me sacaron los ladrones aquellos de Tierra Santa". Y él se echó a reír, y convidándome a refrescar, me dijo que a él le habían sacado mucho más, pues por unas botellas de agua del Jordán para curarle los ojos a su sobrina, las cuales valían tres duros, les arreó media onza, y ellos, al darle la vuelta, le encajaron un doblón de a cuatro... Más falso que Judas... "Y la sobrina, ¿curó de los ojos?...". "Sí, señor, curó... El agua no era falsa: la tengo por legítima del Jordán. Aún me queda un poco: se la ofrezco a usted para curarse ese grano que tiene en la nariz". Le mandé a la porra, y no le he visto más.»

La graciosa historia de los vendedores de santas bagatelas, y el incidente que contó el capellán, nos divirtieron hasta la hora de comer. Tanta simpatía me inspiró el Ansúrez acuático, que por disfrutar de su grata conversación me fui por la tarde al café con don Higinio y el capitán. Reunidos en amena tertulia, nos contó Diego lances peregrinos de su vida de navegante; luego nos dijo que posee un buen falucho, en el cual saldrá dentro de unos días con carga para distintos puertos de la costa, rindiendo viaje en Cartagena, donde dejará el barco a un compadre suyo, y pedirá reenganche en la Marina de guerra. De lo mucho que habló el hombre de mar, no he podido colegir que sea casado, aunque sin duda lleva mujer consigo. Como yo le manifestara deseos de hacer un viajecito por la costa para ver mundo y esparcir los pensamientos, me invitó a navegar en su compañía de aquí a Cartagena. Si por el momento decliné muy agradecido la invitación, en el curso de la tarde, por inesperados sucesos, me sentí muy inclinado a no rechazar cualquier proporción de viaje que se nos presentara.

Ved lo que ocurría: llegué a mi casa con objeto de recoger a Donata para dar un paseo, y a quien primero vi fue a Polonia con una taza en la mano. «Voy a darle a ésa un poco de tila —me dijo—. Se nos ha puesto malucha.» Encontré a mi pobre odalisca demudada, llorosa. Con trémula voz me dijo: «¡Ay, mi *Confusio*, qué ganas tenía de que vinieras! ¿No sabes lo que pasa? Olegaria está en Tortosa: Polonia la ha visto. Ya sabes lo mala que es... Que te cuente Polonia lo que le han dicho... Corre por la plaza el rumor de que el Arcipreste está aquí también, disfrazado de payés... y ha venido... ya puedes suponerlo... A Polonia le han dicho... que te lo cuente... le han dicho que ni tú ni yo nos reiremos de *don Juanondón*... Yo tengo un miedo horrible... Cuando ésta me dijo que vio a Olegaria en los porches de la plaza, creí morirme... Juanico mío, no me dejes un momento sola... A ti y

a mí nos matarán. Lo que te dije: no nos perdonan lo que hemos hecho...
¡Fugarme de su casa!... ¡sacarme tú de su casa!... Polonia, *Confusio*, escóndanme bien... Discurran cómo hemos de escaparnos a lugar más seguro... lejos, lejos...»

Dejando para después el discutir si debíamos o no marcharnos a un lugar más distante de la esfera de acción del Arcipreste, Polonia y yo procuramos expulsar del cerebro de mi aragonesa los pensamientos terroríficos que en él se habían metido. Cuando nos quedamos solos, Donata se estrechó más contra mí, oprimiendo mi cuerpo con un abrazo forzudo, y me dijo: «Tuya soy, tuya me hiciste por amor, y a ti me pego, y no habrá quien de ti me separe... ¿Te acuerdas de lo que hablamos en la tartana viniendo de Ulldecona? Tú me preguntabas si el Arcipreste es bueno o es malo, y yo no sabía qué contestarte... Ahora te digo que es malo, o que está en la vena de volverse demonio. ¿No te contó él lo que hizo con el teniente que le quitó a Fabiana? Pues lo mismo querrá hacer contigo... ¡Qué horror! Vámonos, vámonos pronto de aquí... ¿Permitirá la Virgen de la Cinta que ese hombre se vengue de ti por haberme robado y de mí por dejarme robar? No: la Señora no lo permitirá. Yo le diré a la Señora que don Juan no merecía mi constancia... Yo he pecado... él más... él es, como quien dice, monstruo, y su casa... Como eso que me contaste de los harenes... ¿no se llaman así?... Te diré una cosa, y también he de decírsela a la Virgen de la Cinta. Don Juan me compró a mí por mil quinientos reales... No te asombres. Es como te lo cuento: mil quinientos reales dio por mí... Mi pobre madre necesitaba la cantidad, porque le habían embargado el huerto de la Diezma, única hacienda que teníamos... Y ello fue porque mi padre dejó una deuda que al principio era de poca cuenta, pero crecía, crecía, año tras año, como una mala hierba que se corta, mas no se arranca. Para librarse de esta trampa empeñó mi madre la Diezma... Mi prima Polonia, que vivió con nosotros muchos años en la sacristía de Alcoriza, podrá contarte las fatigas que pasó mi madre. Pidió al rico don Juan que le prestase dinero para el desempeño de la Diezma, y no quiso dárselo. Lo que él decía: "Estoy harto de hacer beneficios. Saco a estos pobres de la miseria, y en la miseria se vuelven a meter". Y yo digo: "No tienen la culpa los pobres, sino la miseria de los pueblos, que es mayor que toda caridad...". Pues nada: don Juan iba todos los años a Alcoriza, donde tiene tierras muchas... Mi madre le daba matraca, y él que no, que no. Me parece que le oigo... Al fin... El año pasado no, el otro... A poco de salir de allí el Arcipreste para Ulldecona, mi madre, desesperada, discurrió ofrecerme a mí por el dinero. Un arriero, apodado-*Mañas*, fue quien trajo y llevó los recaditos para el arreglo del negocio, y ese *Mañas*, en el mes de octubre, no en el último octubre, sino en el de más atrás, me trajo a mí, y llevó a mi madre los mil quinientos reales...»

La pena y bochorno de estas revelaciones me hicieron enmudecer. Antes que Donata me refiriese su *caso*, había yo visto que en España tenemos esclavitud mal encubierta de formas legales o de sociales artificios. «¡Y este hombre —prosiguió ella— se atreve a disputar su esclava al que me ha comprado por amor, no por dinero!... También te digo que don Juan no tomaría venganza de ti y de mí si esa perra de Olegaria no le pusiera en el disparadero con sus arrumacos... porque él... vuelvo a decírtelo... Enteramente malo no es... Tú lo comprendes, Juanico... Dentro de él andan a la greña los ángeles y los demonios.»

De esta conversación surgió la idea de aprovechar la oferta de Ansúrez para buscar refugio en pueblo más distante. A la siguiente mañana, anduve en persecución del hombre de mar, sin poder dar con él. Supe al fin, por un posadero de la calle de Tablas Viejas, que había bajado a la villa de Amposta, donde tenía su embarcación. Acompañóme el Músico mayor en las últimas vueltas que di por la ciudad, no cuidando de recatarme, sino de afrontar la presencia del Arcipreste, si acaso con él me topaba. Por cierto que don Higinio, una vez pasada la gran congoja del fusilamiento, se volvió a revestir de falsa entereza, y no hablaba de otra cosa que del suceso trágico. Todo su empeño era presumir de haberlo visto mejor que yo, y poner reparos a la descripción que yo hacía. Según mi amigo, no eran de color lila, sino de color de paja, los guantes que Ortega llevó al cuadro. Me porfiaba que la levita no era negra, sino azul, y la capa, un capote de caballería... Sobre tales pormenores disputamos en la mesa del café, y la intervención y juicios de otros amigos, en vez de aclarar los hechos, más los oscurecían y embrollaban... Y es que estos espectáculos siniestros, iluminados por el relámpago de nuestra curiosidad terrorífica, no impresionan con igual forma y colorido la retina de cada espectador. Un soldado del piquete que hizo fuego sobre el general, nos dijo que éste llevaba una casaca roja... ¿Sabéis lo que motivó este error del soldado, haciéndole ver tanto rojo? La cruz de Calatrava que Ortega llevaba en su pecho.

Antes de anochecer, Polonia nos llevó noticias que rectificaban las que habían consternado a la pobre Donata. Muy revuelta estaba Ulldecona con las diligencias que hacía la tropa para encontrar a los príncipes escondidos. El brigadier Ballesteros, hombre templado muy atento a su obligación, destituyó al Ayuntamiento, que ha sido el primer amparador de carlistas, y metió mano a todos los cabecillas de aquellos contornos. En el casco de la villa fue registrada la casa del Arcipreste, que escapó antes que entrara la Guardia civil. De las innumerables amas y sobrinas, algunas huyeron con su señor; otras volaron por su cuenta, y alguna se quedó al amparo de los propios guardias, que era lo más seguro. El Arcipreste había ido a parar a la Cenia, según unos; otros creían haberle visto camino de los Alfaques... Tranquilizaron a Donata estas nuevas, pues si eran verídicas, ya no debíamos temer la presencia de don Juan en Tortosa. Mas como ni aun así podíamos estar libres de inquietud, uno y otro, al cabo de mucho charlar de las probables contingencias, resolvimos marcharnos... ¿A dónde? Nuevas dudas. ¿Iríamos a Cartagena en el falucho de Ansúrez, o a Tarragona en tartana?... ¿Y por qué no a Madrid? ¿No sería esto lo más seguro? Tan indecisos estábamos, que entres veras y bromas propuse a Donata que lo echáramos a la suerte, y el modo y forma de consultar el Destino fue diferido para la mañana siguiente. Ved ahora, amigos míos y amables lectores, marqués y marquesa de Beramendi, la solución que nos dio el Oráculo, bajo la sagrada representación de Virgen de la Cinta.

Levantose Donata muy tempranito, casi al amanecer, y con Polonia se fue a la Catedral. De regreso estaba cuando yo me vestía. Risueña entró en el palomar, y con tiernas caricias me notificó la divina solución de nuestras dudas. Bastaron medias palabras para que yo comprendiera que la Virgen hablado había dentro del corazón de Donata con misterioso lenguaje solo entendido de la sincera piedad. En resumen: decía la voz del cielo que sin miedo ni vacilación alguna nos embarcáramos en la nave del señor Ansúrez. «Y para que veas, *Confusio* de mi alma —agregó Donata—, cómo ha correspondido la verdad natural a las voces que hablaron en mi corazón, sabrás que al bajar las gradas de la Catedral, vimos pasar a tres hombres, uno muy alto, vestido de azul. Polonia saltó y dijo: "Mírale... ése es el amo del falucho. Parece que Dios te le envía". No me atreví a correr tras él. En cuatro brincos fue Polonia; le paró, hablaron... Le encontrarás toda la mañana en el Astillero... Búscale en el tinglado de un calafate nombrado *Lleó*.»

No puedo ocultar que Donata me comunicó su anhelo de huir por mar. También sentía yo en mí la corazonada, las tenues voces íntimas que me aconsejaban lo mismo que la Virgen sugirió a Donata, y esto prueba cuán extenso y variado es el reino de la superstición. Salí en busca del marino; pero no quiso Dios que mis pasos fuesen tan derechos como yo quería, porque al atravesar la Plaza de la Ciudad, sentí tras de mí la voz del Castrense, y antes que me volviera, su mano me cogió del brazo. «Vamos, querido *Confusio* —me dijo—, vamos a ver con nuestros propios ojos a Carlos VI y a su hermano. ¿Pero qué?... ¿ignora el gran acontecimiento? Anoche les han cogido. Se sabe por un correo que llegó muy temprano. Ya no tardarán en entrar en Tortosa, pues a las dos de la madrugada salieron de Ulldecona. Vamos, amigo, a prisita... No haga el demonio que entren antes de la hora prevista y perdamos esta fiesta. ¡Cuándo veremos otro Rey, aun siendo de papelón y sin ningún derecho a la Corona, digan lo que quieran!...» Me llevó; dejeme llevar hacia la calle del Arsenal, donde está la Comandancia general. A mí, como a don Jesús, se me había despertado la curiosidad vivamente. ¡Carlos VI... un perfil histórico... la encarnación de una idea, tras de la cual corre el caudaloso torrente de la guerra civil! Hay que ver, hay que ver esa cara, dibujada por Clío... Con un hueso mojado en sangre española.

Ya había gente en la calle del Arsenal, gente en la Barana y en la calle de Pont... Aquí nos encontramos a don Higinio con otros amigos de la tertulia del café. «Higinio —le dijo el Castrense—, ¿cómo no te has traído la banda para darle a tu monarca un golpe de Marcha Real?» Y el Músico chiquitín replicó: «Lo que le daría yo es un golpe de *Himno de Riego*, y mejor del *Trágala*... Por de contado, que le fusilarán. Y a ese fusilamiento sí que no falto, aunque mi estómago se me ponga de uñas... ¿Que no le fusilan? ¿Pues qué justicia es ésta, ajo? Al otro pobre cuatro tiros, y a éste, chocolate con mojicón.» Por acuerdo razonable de todos, fuimos a situarnos en la puerta de la Comandancia, donde forzosamente había de parar lo que don Higinio llamó el *cortejo*, y en efecto, a los diez minutos de espera vimos que entraban en la calle cuatro guardias civiles a caballo, detrás una tartana... Más guardias civiles, otra tartana... y una escolta pequeña de húsares...

¡Ya estaban aquí! ¡Qué interesante es ver a la Historia apearse de un carricoche, con aire mohíno, y codearse con los simples mortales que no salen de los espacios grises de la vida privada!... De la primera tartana vi bajar a Montemolín, un joven alto, de buena presencia, pálido, con una nube en un ojo, barba que renacía tenuemente después de afeitada, como cerquillo oscuro en los bordes del ovalado rostro; vi detrás al hermano, más pálido y ojeroso, menos interesante que el primogénito. Ambos, al entrar en la Comandancia, pasaron rozando conmigo: observé sus gabanes largos llenos de polvo; las hilachas de sus pantalones; la chafadura de los hongos negros de seda, blanqueados del polvo; los cuellos de camisa no mudada en luengos días; el deterioro general de sus ropas; los guantes por cuyos descosidos asomaban los dedos; noté las caras soñolientas, mustias, avergonzadas... ¡Oh, qué historia tan triste! Sentí lástima de la Causa y de sus hombres, que parecían conducidos a un patíbulo sin muerte, o a una muerte histórica sin dignidad.

XXVIII

Apeose el teniente de la Guardia civil, hermano del Castrense don Jesús, y éste, después del abrazo, le asestó las preguntas que resumían la curiosidad ardiente de los que en el portal estábamos. «¿Le cogisteis en la casa que llaman de Gandalla, a la salida del pueblo? ¿Es cierto que tuvisteis que entrar por el tejado?...» Según nos dijo el teniente, no habían subido los guardias más arriba de una ventana o balcón, pues el dueño de la casa, Cristóbal Raga, que también venía preso, no quiso abrir la puerta, pretextando que se le había perdido la llave. En un aposento alto, muy pobre, y con cortinaje de telarañas, encontraron a Montemolín, a su hermano y a un criado. Se vestían a toda prisa cuando entraron los guardias. Montemolín dijo gravemente su nombre, y la frase: «Estamos a disposición de ustedes...» Les llevamos a nuestro cuartel, donde se les ofreció chocolate: lo tomaron con panecillos, y... ¡hala!, en marcha.

El mayor de plaza, que había venido en la primera tartana, nos contó que don Carlos Luis es hombre de fino trato. El tonillo de persona Real, benévola y cortés con los inferiores, no se le cae de los labios. Elogió mucho a la Guardia civil, calificándola de *admirable cuerpo*. En el extranjero se le citaba como el mejor de su índole organizado en Europa... y él no cesaba de poner en las nubes su buen porte, policía, y puntualidad en el cumplimiento del deber. Don Fernando hablaba poco, y solo se permitía repetir como un eco las opiniones de su hermano... El Cristóbal Raga, que les había dado asilo, era un honrado labrador que procedió con noble y franca generosidad, movido de sentimientos humanitarios. El Arcipreste Ruiz le había dicho: «Guarda a estos señores, que corren peligro», y no necesitó más para darles albergue piadoso. Les guardó cuanto pudo; pero, según cuenta, no cesaba de decirles: «Caballeros, váyanse, que me están comprometiendo.» Dulce había ofrecido diez mil duros por los príncipes. Cristóbal Raga no los habría entregado ni por un millón.

La página histórica se desvanecía en la insignificancia. Ya no trataban las autoridades tortosinas más que de proporcionar a los primos de Su Majestad alojamiento decoroso. A toda prisa se arregló la casa del comandante de ingenieros para que Sus Altezas se aposentaran como personas de sangre Real. Recobrado el equipaje, que les fue cogido en la fuga, pudieron vestirse de limpio. Lo primero que pidió Montemolín fue que se le permitiera poner un telegrama a su esposa, y al punto le fue concedido. La página histórica terminaba con un recadito a la familia: «Estamos buenos. Se nos trata con la debida consideración.»

A medida que se enfriaba en mi espíritu el interés de aquel negocio público, recobraba su calor el asunto propio. Dejé a mis amigos para seguir el camino que me había propuesto al salir de casa, y al llegar a la Puerta del Temple tuve la suerte de encontrarme de manos a boca con Diego Ansúrez, que del Astillero venía con una caterva de *menadors*, *filadors* y *calafats*, la plebe más bulliciosa y maleante de esta ciudad, carpinteros de ribera los unos, los otros fabricantes de cuerdas de cáñamo para la marina. ¿Quién no ha visto en los puertos de mar la interesante obra de torcer el cáñamo, al aire libre, obteniendo los cabos de diferentes gruesos, desde las guindalezas y calabrotes hasta las sutiles drizas para izar banderas?

Menadors son aquí los que dan vueltas a la rueda, *filadors* los que con el cáñamo liado a la cintura hilan y tuercen andando hacia atrás. Éstos, y los calafates y careneros, y los manipuladores de filástica, constituyen un gremio característico en todo pueblo de costa; gremio que vive en salvaje independencia, con tanto desahogo de costumbres como de lenguaje. Antes de que yo pudiera decir a Diego Ansúrez lo que me proponía, él y los que le acompañaban me preguntaron con viva impaciencia: «¿Llegaremos a tiempo?»

—¿De qué, señores? ¿A dónde van ustedes?

—A ver el fusilamiento... Nos han dicho que han cogido a los príncipes.

—Es verdad. Acaban de llegar Sus Altezas.

—¿Pero no fusilan? ¿Qué es esto? —me dijo en catalán, echando fuego por los ojos, uno de los *menadors* más decididos.

Me reí de la bárbara inocencia de aquellos hombres, tan apartados del sentir general y del flujo de la opinión. Y uno de ellos, que era sin duda el más inocente y el más bárbaro, gritó con desaforadas voces: «¿Pues no son ésos los causantes? ¡Vaya una justicia de porra! ¿Y qué significa el ofrecer diez mil duros por esas cabezas? ¿Para qué quieren esas cabezas si no es para pegarles cuatro tiros, o cien tiros, una vez cogidas?»

—Creímos —gritó otro, ávido de exterminio— que con solo identificar las personas... Cuatro tiros... y a paseo.

—¿Pero es verdad que no hay fusilamiento? ¡Nosotros, que veníamos tan alegres a verlos caer patas arriba!

Traduzco lo que querían decir, no la viveza y gracia de la dicción catalana expresando tales atrocidades. Que el que esto lea lo adivine... Al fin, desengañados, viendo por tierra sus justicieras y trágicas ilusiones, siguieron con Ansúrez y conmigo hacia el centro de la ciudad, por si faltaba algún acontecimiento que diera efusión a sus almas inquietas, ardorosas. Lo que vimos no fue, en verdad, muy interesante para ellos; para mí sí, pues me siento encariñado con las decadencias históricas, considerándolas como el completo derribo de una época, que nos permite cimentar en el mismo solar otra más fuerte y vividera. Quizás me equivocaré; quizás la vulgaridad e insignificancia del fin de la famosa intentona no remata la brutal epopeya

169

carlista, sino que es un falso desenlace, como los que en las obras de imaginación sirven para preparar mayores enredos y trapatiestas.

Contaré que después de refrescar con Ansúrez y su gente en un figón próximo al Arsenal, vimos un espectáculo que al pueblo sirvió de diversión, y a mí de grave enseñanza por las razones expuestas... De la Comandancia salieron los serenísimos príncipes, o si se quiere, el augusto Monarca y su hermano, con los mismos trajes que al entrar llevaban, revelando ya reciente cepilladura: los pantalones habían sido remediados de cascarrias, no de los flecos que colgaban por abajo; los hongos de seda ya no tenían polvo, pero los agujeros de los guantes seguían ventilando los dedos. Era lástima muy distinta de las otras lástimas la que inspiraban aquellos señores tan mal trajeados, y que ni con su humildad y cortesía, ni con la distinción de sus maneras, lograban inspirar respeto. A su lado iba el comandante general hablándoles no sé de qué: debía de ser de algo referente al buen tiempo que disfrutamos. ¿De qué se habla a los Reyes? Y a Reyes y a príncipes como éstos, que solo parecen tales por el hecho de que hay ilusos que se dejan matar por ellos, ¿qué se les dice? Comprendí lo comprometido que debía verse el comandante general para dar conversación a tales prisioneros. Al otro lado iba el conde de la Torre del Español, alcalde de Tortosa; detrás más militares y dos canónigos de la Catedral... Éstos hablaban entre sí... ¿Qué dirían?

Batidores de este cortejo eran los chiquillos que iban delante, haciendo cabriolas. A un lado y otro, mujeres y hombres del pueblo contemplaban el paso de los hijos de don Carlos María Isidro. ¿Qué pensarían? Tal vez en la mente de todos revivía el trágico fin de Ortega, la figura del caballero que sabe morir por una idea o por un error. ¡Cuánto más hermoso y más grande el aventurero castigado que el falso Rey sin majestad y sin corona, pues ni aun la del martirio ha sabido conquistar! El pueblo no pensaba sino que aquel pobre señor y su hermano estaban mal de ropa. Peor estaban de entendimiento... Al fin, gracias a Dios, había concluido el oprobio del escondite. ¡Lo que habrían sufrido, teniendo que dormir en pajares, comiendo porquerías, y sin las satisfacciones que da la etiqueta a los que de ella disfrutan por el lado ancho! Pero ya estaban alojados dignamente; ya iban a ocupar la vivienda que se les había preparado conforme a su rango elevadísimo. Poco tuvieron que andar por las calles: la Comandancia de Ingenieros, donde se les instaló, no estaba lejos.

Nos contaron que nada falta allí de lo que puede hacer grata la existencia de príncipes trashumantes. Verdad que se tapiaron puertas y se reforzaron ventanas, y se pusieron centinelas en todos los costados del edificio, a fin de garantizar la seguridad de los presos. ¡Escaparse ellos! ¿Para qué? ¿Y a dónde habían de ir que estuvieran mejor? Ya sabían que no se les haría ningún daño, y que la prisión, los cerrojos y guardias, no eran más que aparato regio de comedia para sostenerles en su ilusión de testas coronadas. Cuando vieron la buena casa que tenían, ¡ay!, se llenaron de gozo, y preguntaron si había capilla. ¡Ya lo creo que había capilla! Y si no, ¡ay!, pronto se la habrían improvisado. Pidieron los serenísimos caballeros con gran fervor que se les dijese misa todos los días, pues llevaban mucho tiempo privados del consuelo religioso... ¡Pobrecitos! Y como Dios les quiere tanto, por ser Dios primer lema de su bandera, ¿qué menos hacer podía que visitarles a menudo?... El que en pensamiento no les visitaba era Ortega. Oí que ni una sola vez preguntaron por él.

Vista la marcha nada triunfal de los asendereados pretendientes, me bastaron pocas palabras para entenderme con Diego Ansúrez, el cual fue tan expresivo en su alegría por llevarnos, como yo en mi gratitud por favor tan grande. Pero no estaba próximo como yo pensaba el día de la partida, porque la carena del falucho en un playazo de Los Alfaques no había terminado: con esta faena y la de la carga había para una semana. Propúsome luego que nos trasladásemos a Amposta, donde él nos proporcionaría un holgado y no costoso alojamiento... Aún fue más allá su bondad ofreciéndonos una barca bien acondicionada, en la cual podríamos bajar al son de la corriente, paseo delicioso en las noches de Luna... Cuando fui a mi casa con estas nuevas y el plan de salida, Donata me conoció en el rostro la alegría que yo llevaba. Poco tardó el contento en pasar de mi corazón al suyo; y en ella se movió y enardeció tanto la voluntad, que toda espera le parecía larga, y se puso a recoger la ropa con idea de partir esta misma noche... En clase de varón prudente, eché frenos a su impaciencia. «¿A qué tanta precipitación?... No vamos a apagar ningún fuego... Partiremos mañana.»

XXIX

Amposta, *abril.* Contentos partimos, no sin dejar alguna fibra de nuestros corazones prendida en la bella y hospitalaria Tortosa, en su buena gente, en los leales amigos que allí dejábamos. ¡Qué hermosura de viaje; qué navegación maravillosa por la corriente del ensueño, por un río de plata, bajo un cielo de intenso azul! La Luna llena, lámpara rostral, iluminaba y miraba el agua por donde íbamos, y la tierra de una y otra ribera. Su claridad penetraba en nuestras almas, y nuestros ojos requerían los ojos cóncavos del planeta y su boca sin sonrisa. La redonda cara corría ladeada por el cielo, y nosotros, después de mirarla en lo alto, la veíamos abajo, en el cristal sereno y profundo. ¡Oh Ebro, español río, cuán soberano y bello al dejarte caer perezoso con toda la hinchada pompa de tus aguas en los brazos de la mar!

En la primera parte de la expedición íbamos mudos, subyugados de la hermosura que nos rodeaba; luego cada cual empezó a lanzar del alma sus observaciones; cerca ya de Amposta, Donata, más comunicativa que yo, me dijo: «Voy confiada en la protección de la Virgen. Verás cómo no nos pasa nada, y salimos tranquilamente de este río para el mar grande, que nos llevará lejos. No me engaño, no, en esta confianza. Aunque mucho he pecado, y pecando estoy siempre, la Virgen me saca de mis tribulaciones. La Virgen no castiga, la Virgen a todos ama, intercede por los pecadores, y perdonándonos nos enseña a ser buenos... La Virgen es la verdadera cristiandad. ¿No lo crees así?»

Respondí afirmativamente, pues no era cosa de ponernos a discutir en medio de las aguas, ni tampoco estoy seguro de que sea un error el giro absolutamente feminista que algunos dan a la idea religiosa. Donata, con más calor de frase, prosiguió así: «He prometido a la Virgen que tú y yo haremos alguna penitencia para ganar méritos que nos alivien del pecado... Yo digo: el que no haya casamiento, porque no puede haberlo, ¿quiere decir que nuestro amor no tenga la indulgencia divina? Éstas son mis dudas.»

Y las mías también. Vi que la testarudez de Donata no abandona la idea de que yo me vista las negras ropas. ¡Arcano inmenso de un alma enamorada! Preferí sortear con frases ambiguas este endiablado problema. Y ella: «La Virgen nos dirá lo que debemos hacer... La advocación de la Cinta será siempre para mí, donde quiera que esté, la más venerada, la que más adentro se mete en mi corazón... También adoro la de la Providencia, y aquí en mi pecho llevo en un saquito, como escapulario, las estrellitas milagrosas, que son el juguete de los angelicos en el Santuario de *Mitan Camí*.»

Ya conocía yo estas estrellitas de cinco picos, que no son más que fósiles, denominados por la ciencia *encrinites*. Las tortosinas las veneran como objeto milagroso, y algunas hacen y toman caldo de ellas creyéndolo el más excelente específico tocológico. Millones de estos fósiles diminutos se encuentran en un cerro próximo al santuario de *Mitan Camí*, llamado también *de Cabrera*, porque en él tuvo su beneficio, cuando estudiaba para cura, el famosísimo guerrillero. No quise cuestionar con Donata, ni destruir la leyenda del carácter sagrado y milagroso de los *encrinites*. La dejé seguir en su enumeración de los piadosos objetos que lleva, como preservativos contra el mal, en las aventuras que vamos a correr. «Sabrás también, *Confusio* mío, que traigo conmigo una *rosa de Jericó*. Creí que no podría conseguirla; pero Polonia se desvivió por darme gusto, y entre ella y don Jesús convencieron a una señora de las principales de la ciudad para que me cediera la flor... No creas: es legítima, del propio Jericó, que bien probado con escrituras lo traen los vendedores de estas cosas...»

—Sí, sí: no hay duda; legítima será —dije yo lleno de indulgencia ante tales errores, convencido de que es más fácil convencer al Ebro de que se vuelva atrás y se suba hasta Reinosa, que arrancar del cerebro de mi odalisca las nefandas supersticiones que en él se han hecho fósiles. No sé quién dijo que nadie entrega sus ideas para que le pongan otras. Lo que llamamos conversión no existe en la realidad; es siempre un engaño del catequizador o del catequizado.

Medianamente instalados en Amposta, aguardábamos tranquilos el día del embarque. Me encantaban, en aquella antesala del delta del Ebro, la amplitud de horizontes, el aire salino, la frescura que enviaba el mar con vigoroso resuello. El terreno bajo, palustre, nos ofrecía por el lado del Naciente la extensa marisma, hibridación pintoresca de la tierra y las aguas... Al ser de día, el paisaje anfibio que en la noche de nuestra llegada

173

apreciamos vagamente a la luz ensoñadora de la Luna, se nos reveló en toda su grandeza, no ya iluminado de plata, sino de oro. Al Sol, la marisma era más risueña, más rica de color, más hirviente de vidas zoológicas, más reveladora de lo infinito.

Desde el primer día, nos hicimos a una vida placentera, descuidada. Donata encontró amigas sin salir del posadón, y yo, por la amistad de Ansúrez, trabé conocimiento con innumerables personas que vivían del esquilmo de tierra y mar: pescadores, cazadores, explotadores del carrizo y la enea. Se me pasaban los días cazando *collverts* en los tortuosos canalizos, embarcado en mi chalana con dos o tres amigos, o bien recorriendo a pie descalzo los barrizales, con descanso y merienda en esta o en otra barraca. Alguna vez nos acompañó Donata en la navegación de chalana por los caños salobres, o nos íbamos en lancha por el canal grande a comer la sabrosa *sopa de raps* con los calafates que carenaban el falucho en San Carlos de la Rápita... ¡Qué agradables almuerzos y meriendas, sentados en la arena entre gentes sencillas, oyendo el suave rumor de los besitos que daba el mar a la playa!... Frente por frente veíamos la Punta de la Baña, que resguarda la bahía de Los Alfaques, y detrás la faja azul del Mediterráneo, que nos decía: «Venid a mí, y os llevaré a las partes más bonitas del mundo.»

Sorprendionos una mañana la grata visita de don Jesús, el Castrense, que ha venido a pasar un par de días con nosotros. Al punto se agregó a mis expediciones de caza y pesca, pues no hay otro más aficionado a esta clase de ejercicios... Como aquí me siento tan alejado del mundo, no me afectan los cuentos que don Jesús me trae del fin y desenlace de la *ortegada*. En su cómoda residencia de la Comandancia de Ingenieros, el titulado rey Carlos VI hizo formal declaración de renuncia de sus pretendidos e ilusorios derechos a la Corona. ¿Quién pudo pensar que a la trágica epopeya del Carlismo se le pusiera una escena final de comedia pedestre? Al bajar el telón sobre tal escena, ¿no se oirá la silba en el Polo Norte y en el Polo Sur? ¡Y para esto vinieron al mundo Cabrera y Zumalacárregui, y anduvo en loca peregrinación don Carlos Isidro, llevando a rastras la *generalísima* su Patrona! Dijeron el Rey y su hermano en su declaración que hacían la renuncia por libre y espontánea voluntad. ¡Pobrecitos, qué buenos son, y cuánto debemos a sus corazones magnánimos!

Más interés tenía para mí lo que de nuestra patrona Polonia nos contó don Jesús. Ya la tiene tan adiestrada en las prácticas de la buena administración, que bien podrá poner una fonda de las grandes y desenvolver en ella su negocio. Polonia es mujer de mucha disposición natural, y don Jesús un hombre muy práctico... Cuando la conoció, el gravísimo defecto de ella era su querencia de las supersticiones más ridículas. Si un huésped era reacio en el pago, encendía velas a San Antonio. Ponía los chorizos en cruz para que no se los robase la cocinera, y tenía repuesto de agua bendita para rociar los garbanzos duros... Y entre tanto, un desbarajuste horrible en la administración, y el más lamentable desarreglo de cuentas. Pues el don Jesús la curó de estos despropósitos con su cariñosa enseñanza. ¿Cómo? ¿Qué medios empleó? «El palo, querido *Confusio* —me dijo mi amigo—, el palo, y crea usted que no hay otro medio... Materialmente no empleé bastón ni garrote... ha sido con la mano, a bofetada limpia... Convénzase usted de que a estas hembras criadas a lo moro no hay otra manera de enderezarlas y de enseñarles el Catecismo de la vida práctica, para que ellas vivan y hagan llevadera la vida de los demás.»

Estas y otras cosas muy entretenidas me contaba don Jesús, divagando por los carrizales, juncales y espadañales, donde viven las innumerables repúblicas de ánsares, cercetas, guardarríos y fúlicas. También se ven por allá parejas de los flamencos de zancas rojizas. Imaginad las aún más populosas repúblicas de moluscos, lombrices y gusarapos, que sirven de alimento a tantísimas aves, así nadadoras como andariegas... El último día que aquí estuvo don Jesús, salimos con varios amigos *caberos*, que así llaman a los habitantes de aquellos partidos pantanosos, y nos fuimos al de la Enveja, río abajo, por la derecha orilla. Toda la tarde estuvimos en la persecución de los pobres patos: fui yo más afortunado en mis tiros que el Castrense; y éste, picado del amor propio, se corrió con dos *caberos* muy prácticos hacia la parte más intrincada de la marisma, donde los carrizos y cañas forman un espeso matorral, en muchos sitios inaccesible.

Oímos tiros de nuestros compañeros; pero tan de tarde en tarde, que seguramente no hacían cosa de provecho. De pronto, el lejano tiroteo arreció, y tan repetidos fueron los disparos que nos alarmamos. Ya la curiosidad y el temor nos llevaban hacia allá, cuando vimos venir a don Jesús despavorido, y a los dos *caberos* detrás gritando como energúmenos... ¿Qué pasaba? Pues que por aquella espesura andaba un grupo de cazadores intrusos que más bien parecían bandidos. Después de insultar a nuestros amigos, les habían hecho fuego. Gracias que de milagro no les tocó ninguna bala... Fui de parecer que debíamos escarmentar a los intrusos; mas un *cabero* me atajó el paso, diciéndome: «No vaya, don Juan, que son gente mala, tiradores de primera...» Vi que a una distancia como de cien pasos se agitaban las cañas... y entre ellas aparecieron hombres, hollando con pisadas de paquidermo la lozana vegetación. Uno, más insolente que sus compañeros, saltó de los cañaverales como furioso jabalí, y en dirección de acá lanzó amenazas o burlas que no entendimos. Cuando yo le apuntaba, el *cabero* me gritó: «Quieto, quieto, que es el Arcipreste.»

—Aunque sea el obispo —repliqué con la obstinación que me daba la conciencia del peligroso lance. Los *caberos* se abalanzaron a mí, parándome los movimientos, y don Jesús me dijo: «Si no le hostigamos, no nos embestirá. Así es el león, así el jabalí: como no le hagan fuego, pasa tan tranquilo...» Miré al hombre, que a distancia se mantenía en un claro del ondulante bosque de cañas: sus facciones no pude distinguir; mas por el aire y la estatura me pareció, en efecto, *don Juanondón*. Le vi alzar y agitar los brazos, que se me figuraban aspas de molino, y claramente llegaron a mi oído estas voces: «¡Eh!... *Confusio*... Aquí estoy. ¿No me conoces?... Yo a ti te conozco... Hasta luego, hijo... Ya nos veremos.» Los penachos de las cañas oscilaron de nuevo, y desapareció la figura...

XXX

Las grandes superficies de agua conducen muy bien el sonido. Prestando atención e imponiéndonos silencio, oíamos salpicar en el espacio sílabas de palabra humana, que se confundían con el lenguaje de las aves de la marisma. Era la conversación del Arcipreste y los suyos alejándose por los fangales de la Enveja, al través de carrizos, charcos, salinas y espesuras de eneas y barrillas. Un *cabero*, que era como cabo de nuestra partida, apodado *El Topo*, me dijo: «Van a los altos de Muntciá, donde duermen. Todo el día andan por aquí de caza y pesca... No se puede con ellos: donde quiera que van, se hacen los amos.» Como yo le indicara que la Guardia civil podía bajarles los humos, *El Topo*, con grave acento semejante al que usan los políticos, me contestó: «Nosotros los *caberos* no nos pondremos nunca de parte de los que dañen a don Juan, porque don Juan es bueno, aunque cabecilla, y socorre a los pobres de la Enveja y de la Caba, de Camarles y Campredó, sin distinguir *carlinos de isabelos, ni asolutos de liberalos.*»

Volví a mi casa, ya cayendo la tarde, sin poder disimular mi inquietud. El Castrense, bien enterado por Polonia de mi situación ante el Arcipreste, me aconsejó que, para evitar alguna escena desagradable, nos fuésemos a San Carlos tempranito, y nos metiésemos a bordo del barco en que hemos de partir. Pareciome atinado el consejo, y en cuanto despedimos a nuestro amigo, que tornó a Tortosa en burro, comuniqué a Donata mis inquietudes y el plan de ponernos en salvo por la vía de agua más corta. Menos temerosa que yo, Donata confiaba con cerrada convicción en el amparo de la Virgen... Yo pensé que, sin dejar de fiarnos de la Virgen, debíamos correr todo lo que pudiésemos. Y nuestras prisas coincidieron con las órdenes de Ansúrez, que al partir nos dejó recado de que no nos descuidáramos, pues el barco estaba listo para darse a la vela... Si el enemigo desde tierra nos expulsaba, el amigo nos llamaba con cariñosa voz desde el mar. Dios hablaba por él, y a Dios nos confiábamos en tan críticas horas.

No me fue muy fácil encontrar embarcación que nos llevara cómodamente: la lancha de pescadores que a duras penas conseguí no era nueva ni grande; mas la tuve por suficiente, y en ella nos embarcamos con dos chicos marineros que manejarían los remos o la pértiga, según lo indicara el practicaje por aguas de tan variado fondo. Retrasados por la tardanza en encontrar embarcación, dadas las siete metimos a bordo nuestros equipajes, mi escopeta y cartuchos, luego nuestras personas, y en marcha, aguas abajo.

Navegamos sin contratiempos unas dos horas; después se nos varó la embarcación por impericia de nuestros pilotos. Fue menester cargar a popa los baúles y el peso de Donata, mientras yo y los marinerillos, metidos en el agua, empujábamos hacia atrás. Cuando logramos coger de nuevo la parte del canal donde hay más fondo, seguimos bogando avante... De improviso sonaron voces por babor: venían de los canalizos que comunican con el estanque de Algady... Donata palideció y me dijo: «Es la voz de

Rufulet, es la voz de Gasparó... No podemos escapar. Sería preciso volar, y aun volando nos cogerían...» Apenas dicho esto, vi que tras de nosotros, por un canalizo que desembocaba entre juncos, apareció una chalana. Ya no había duda. En ella venía el Arcipreste, y él movía con vigoroso brazo la pértiga que impulsaba la frágil embarcación. Cuando apareció la nave enemiga, estaría como a sesenta brazas de la nuestra; pero la distancia por momentos se acortaba, y el Arcipreste parecía reducirla más con estos feroces gritos: «¡Cabra loca, detente!... Ya no te me escapas... Y tú, más loco que la cabra, para el remo, si no quieres que yo te le rompa en la cabeza.»

Furioso cogí mi escopeta. No soy buen tirador; pero en aquel momento de ceguera y coraje, confiaba en que mi intento pudiera más que mi puntería. Con más presteza que yo, Donata acudió a impedir mi movimiento. «No, no, Juanico mío... Será peor si le das... Estamos cogidos. Sálvenos la Virgen nuestra Madre.»

No tardé en comprender que toda defensa era inútil. Tras de la primera chalana aparecieron otras... Conté tres, cuatro. El cabezudo Ruiz tenía también su escuadrilla, y suyos eran en la marisma el fango y el agua. ¿Contra una potencia terrestre y marítima, qué podíamos nosotros?... Acortamos remo, y él llegó ávido. Soltando la pértiga, echó la manaza a la borda de nuestra lancha para abarloar las dos embarcaciones. Hecho esto, saltó a la mía, diciendo con horrible sarcasmo: «¿Creyeron mis amigos que les dejaría marchar sin darles mi despedida? ¿Eso creíais, sinvergüenzas, canallas?... Por los cojilondrios de San Rufo, que hubiera sentido no poder echaros mi bendición antes que salierais a la mar. Ya os tengo cogidos... Reíos ahora de mí, cojilondrios; llamad a la Guardia civil marítima para que os defienda... llamad al general Dulce y a la putativa de su madre; llamad a la Isabel con toda su corte, o a O'Donnell con su ejército... ¡Ja, ja!»

Ni Donata ni yo dijimos nada. Aterrados, mudos, sin otra idea que la de nuestra pequeñez ante la grandeza del enemigo que con su poder nos abrumaba; absolutamente convencidos de que nadie había de venir en nuestro socorro en aquella soledad, éramos como condenados a muerte que ya no pueden pensar más que en un morir digno. Conté los tripulantes de la escuadrilla: eran nueve. Apenas entró don Juan en nuestra lancha, dio un cosque a cada uno de mis marinerillos, y les mandó que se fueran a la chalana. De ésta pasó a mi embarcación Rufulet, cuya imponente corpulencia vale por media docena de hombres. Estábamos, pues, no solo vencidos, sino maniatados, y con el filo del cuchillo en la garganta. Rápidamente pensé yo: «¿Qué hará este bruto? ¿Nos degollará? ¿Nos tirará al agua? Puede que me mate a mí solo, y se lleve a Donata...» En momento tan angustioso, miré en derredor y no vi más que algunos patos que al ruido de las embarcaciones tomaban tierra, y graznando se alejaban por entre cañas... Envidié a los patos; envidié a las anguilas que bajo las aguas deslizan sus resbaladizos cuerpos entre el fango; envidié a los pulpos, a las almejas y a los más diminutos bicharracos de la Creación... En este paréntesis de mis envidias estaba yo cuando don Juan, cogiendo mi escopeta como si quisiera desembarazarme de un estorbo, la dio a un mocetón de la chalana más próxima, y a mí me dijo: «¿Para qué quieres tú este chisme, *Confusio*?... ¿Escopeta un teólogo? ¡Ja, ja!...»

Donata permanecía como estatua. En su palidez marmórea, en la tensión de los músculos de su cara, vi una conformidad de tanta fuerza como el heroísmo. El Arcipreste hablaba por los tres. «Veo que estáis resignados —nos dijo sentándose en el borde de la lancha, mientras Rufulet remaba solo—. Comprendéis que tengo razón, y que el que me la hace, me la paga.» Miré a Donata. Creí leer en su mirada fija esta terminante admonición: «Callemos... Dejémosle que desfogue la barbarie...» En esto, llegamos a un ensanche del canal, formando como una bahía casera para naves de juguete. Con fuerte voz, don Juan mandó echar anclas. La escuadrilla, con admirable maniobra, formó un círculo en derredor de la que llamo mi lancha, que ya no era mía, sino del enemigo, y dio fondo, arrojando al mar, no las anclas, que esto allí no se usa, sino las *potalas*, una piedra suspendida con una cuerda. Mientras daba fondo la armada vencedora, el Arcipreste mandó que se sirviese la comida, pues eran las doce, según indicó la altura del Sol, que allí no había cronómetros, sextantes ni astrolabios.

En una de las chalanas vi una parrilla sobre plancha de hierro, donde ardían palitroques, eneas y cañas secas: era la cocina. El almuerzo consistía en ruedas de saboga asadas, vino y pan. Hiciéronnos los honores que se deben a los reos en capilla; Donata y yo fuimos los primeros a quienes se sirvió el frugal almuerzo, naturalmente sin platos ni servilletas, ni más cuchillos ni tenedores que los santos dedos... Pero Donata y yo, con el pie en el patíbulo, estábamos absolutamente desganados. Quedose mi amada con la saboga y el pan en la mano, sin rechazarlo ni comerlo; yo rechacé mi parte cortésmente... «No tenéis gana —dijo el Cura—; yo sí, que esta vida de mar da mucho apetito.» No pude contenerme más tiempo dentro del horrible cerco de mi angustia, y con más dignidad que arrogancia dije a mi enemigo: «Señor don Juan, sepamos pronto, pronto, en qué ha de parar esto. Nada puedo contra usted... Usted puede matarnos, arrojarnos al agua, sin que nadie más que Dios le pida cuenta de su crueldad.»

—Puedo mataros, echaros al agua con una piedra al pescuezo; puedo hacer lo que me dé la real gana —dijo el Cura flemático, comiendo y saboreando el pan y la saboga.

—Dígalo claramente. Somos cristianos y queremos prepararnos para morir.

—¡Pues no tienes poca prisa! Calma; dejadme comer. Después hablaremos... ¡Estaría bueno que os matara sin atormentaros antes un poquito!... Ea, chicos, traed ese porrón, que tengo sed.

En esto se levantó Donata de la tabla de popa en que había permanecido desde el abordaje, y se llegó a la cuaderna mayor de la nave, donde estábamos el Arcipreste y yo. Noté en ella una lividez extremada, y vibración rápida de los músculos de su boca. Con actitudes y contorsiones que me parecieron epilépticas, se inclinó hasta tocar con sus dedos el agua. Mojados los dedos, se santiguó... Después sacó del pecho un haz de ramas secas, semejante a una escobita, y lo mojó en el agua, diciendo con tartamudez: «¿Es salada ya... ya salada?»

—Salada es —murmuró el Arcipreste, que contemplaba con estupor a mi odalisca.

—Salada —repitió Donata—, y como salada, bendita. Todo el mar es agua bendita... ¡Salve, Madre de Dios, estrella del Mar!...

Con la prodigiosa escobita, que hacía veces de hisopo, roció al Cura tres veces, diciendo con voz grave, cavernosa, que yo no había oído nunca en ella: «En nombre de la reina de los Cielos, de la Tierra y del Mar, te mando que huyas, enemigo de las almas, y dejes en paz a estas infelices criaturas pecadoras, que a Dios darán cuenta; a Dios y a la Virgen, no a ti, que eres malo. Si has tomado forma de diablo para atormentarnos, suelta esa forma vana y mentirosa, o vete con ella a los Infiernos...» Así concluyó el exorcismo; y una vez dicha la última palabra, cayó Donata al fondo de la barca, como si con el esfuerzo de su voz mística quedase rendida y exhausta. Era una epiléptica, una iluminada, que en momento crítico recibía fuerza y voz de los espíritus celestes para combatir a los malignos... Contagiado yo de aquel delirio, también quedé mudo y paralizado de todos mis miembros, y en el Arcipreste advertí, cuando acudió a levantar a Donata, temblor de manos, fruncimiento de cejas y alteración total del fiero rostro.

Rociamos con agua bendita, esto es, agua salada, el rostro de la iluminada mujer, y cuando la tuvimos medio repuesta de su arrebato místico, sentadita en la tabla, con el apoyo y sostén de mis brazos, don Juan, en tono muy distinto del que había usado hasta entonces, habló así: «Ni tú, gran mocosa, ni ningún nacido me gana en devoción a Nuestra Señora... Pero esos arrumacos estaban de más. Suprímelos para otra vez. Yo, sin perder la chaveta con supersticiones y tonterías milagreras, digo con toda mi alma, cuando el caso llega: *Tú, Señora, —dame agora —la tu gracia —toda hora —que te sirva —toda vía...* Si me hubieseis dicho esto cuando entré en vuestra barca, yo os hubiera respondido: —No os haré ningún daño. Vengo no más que a despediros y a daros consejos.» Dicho esto, dio la orden de levantar anclas, o sea *potalas*, y navegando la escuadrilla con rumbo hacia La Rápita, *don Juanondón* escondió las uñas de su fiereza, aunque no las de su ironía.

«Sois felices, y os queréis mucho, ¿no es verdad? Pues a ti, *Confusio*, te felicito. No te llevas una mujer, sino una santa. ¿Has visto alguna vez beatería más recargada de supersticiones que la de tu odalisca? Así la llamas: lo sé todo... Pues a ti, Donatilla, también te felicito. Te llevas, no diré un hombre, sino un profeta, un sabio, un padre de la Iglesia. Entre los dos vais a reformar el mundo. ¡Ja, ja!»

Luego moduló suavemente su tono hasta llevarlo a esta humana y más verdadera expresión de lo que sentía: «Eres un gran majadero, *Confusio*; eres un chiquillo sin conocimiento, esclavo de tu imaginación y de las mil vaciedades románticas que has sacado de los malditos libros... ¿Te acuerdas de lo que hablamos aquella tarde en el bodegón de Llopis? ¿Has olvidado lo que te dije? Pues te dije que en la vida, y no en las bibliotecas, debes atracarte de lectura y estudio. En fin, ya estás aprendiendo, y mucho más aprenderás en la compañía de esta visionaria... Ya verás, hijo. No te arriendo la ganancia... Recordarás que te encajé mi teoría de que todo cuanto bueno hay en el mundo es para nuestro goce, y que Dios no hizo a la mujer para que la despreciemos, sino para todo lo contrario... No la hizo de piedra, sino de carne. ¿Por qué no me dijiste entonces que querías a Donata?... Yo te la hubiera cedido... gustoso, sí, gustosísimo. Ya estaba yo pensando en el cómo y cuándo de colocarla...»

Esta declaración del maldito Arcipreste me llenó el alma de turbación, de vergüenza... No había yo conquistado una mujer, sino robado una esclava, como pude haber cogido furtivamente la cabra o el gallo del vecino. Socialmente considerada mi aventura desde el punto de vista del Arcipreste, era el más lamentable desengaño. Callé para evitar discusiones que habrían embrollado las cosas. Se me hacían siglos los minutos que tardábamos en perder de vista al diablo de Ulldecona. Para fastidiarme por completo, me dijo: «Pues tus aficiones te llaman a la Teología y a la vida eclesiástica, persevera en ellas, que por tu talento has de llegar a donde llegan pocos. Con esto, y la guapa sobrina que te llevas, serás dichoso...» Nada contesté... temía encenderme en cólera... Miré a Donata, y en su rostro sorprendí la ola de satisfacción que levantaban en su alma las ideas del que fue su señor. Para ella, el cambio de dueño había sido un triunfo, la realización del vago adulterio de amor libre y delirio religioso. Para mí, ¿qué era? No lo sabía entonces, no daría con el *quid* de mi problema psicológico mientras no pudiese reflexionar y sondearme a gusto en la soledad del mar.

¡El mar! ¡Oh!, ya estábamos en él... La Rápita desplegó ante mis ojos su espléndido panorama. Remando fuerte, llegamos al falucho, en franquía ya, dispuesto para salir. Antes de que transbordáramos, don Juan nos dio los últimos consejos. «Sed buenos y no escandalicéis, o escandalizad lo menos posible... Al acecharos y perseguiros hoy, no ha sido mi objeto haceros daño, sino daros un gran susto, y luego despediros con afectos y con mi bendición. Donata, mira lo que haces: persiste en tu amor a la Virgen, pero sin arrumacos ni requilorios. Tú, *Confusio*, métete en lo eclesiástico, que ése es tu camino y para eso has nacido. Yo me quedo aquí amparando a los pobres, y mirando por la guerra, que la guerra es la sacudida que damos al pueblo español para que se despabile y aprenda a tomar lo suyo... Porque todo es suyo... y nada es del maldito Gobierno... Con que adiós, hijos míos. Se me olvidaba deciros que si para el viaje necesitáis dinero, a prevención he traído mil reales...»

Le dimos las gracias, sin aceptar su generosa oferta. Subimos al barco, y el buen Ansúrez mandó levar anclas, pues no esperaba más que por nosotros. Desde la borda miramos a *don Juanondón*, que con vaga tristeza nos saludaba moviendo cabeza y manos. No sé qué casta de diabólica filosofía se aposentaba en el ánima de aquel hombre malo y bueno, según Donata. ¿Sabréis vosotros, nobles Marqueses de Beramendi, descifrarme este complicadísimo enigma? ¿Y de mi aventura qué decís? ¿Pensáis que voy contento, que voy triste? ¡Ay!... Se puede apostar a que tampoco me descifraréis esto. ¿Hallaré junto a Donata el apacible y durable encanto de amor, o tendré que salir un día gritando: Quién me compra una odalisca?

No sé, no sé más sino que ya estoy en la mar, y que la mar me da todos sus alientos. ¡Oh, qué grandeza de horizontes, qué frescura de aires, y en las ideas que aquí surgen de mí, qué amplitud, qué extensión de esperanzas! Algo me ha de traer la vida más allá de estos términos del agua movible... Adiós, hechos pasados que entrego al papel... Hechos futuros, ¿dónde iré a buscaros?...

Nota para concluir. Al comienzo de mi relato de la salida de Amposta, poned fecha de Vinaroz. Aquí lo escribo, y aquí lo firmo con el clarísimo nombre de *Confusio*.

Fin de Carlos VI en La Rápita
Madrid, abril-mayo de 1905.

Libros a la carta

A la carta es un servicio especializado para

empresas,

librerías,

bibliotecas,

editoriales

y centros de enseñanza;

y permite confeccionar libros que, por su formato y concepción, sirven a los propósitos más específicos de estas instituciones.

Las empresas nos encargan ediciones personalizadas para marketing editorial o para regalos institucionales. Y los interesados solicitan, a título personal, ediciones antiguas, o no disponibles en el mercado; y las acompañan con notas y comentarios críticos.

Las ediciones tienen como apoyo un libro de estilo con todo tipo de referencias sobre los criterios de tratamiento tipográfico aplicados a nuestros libros que puede ser consultado en Linkgua-ediciones.com.

Linkgua edita por encargo diferentes versiones de una misma obra con distintos tratamientos ortotipográficos (actualizaciones de carácter divulgativo de un clásico, o versiones estrictamente fieles a la edición original de referencia).

Este servicio de ediciones a la carta le permitirá, si usted se dedica a la enseñanza, tener una forma de hacer pública su interpretación de un texto y, sobre una versión digitalizada «base», usted podrá introducir interpretaciones del texto fuente. Es un tópico que los profesores denuncien en clase los desmanes de una edición, o vayan comentando errores de interpretación de un texto y esta es una solución útil a esa necesidad del mundo académico.

Asimismo publicamos de manera sistemática, en un mismo catálogo, tesis doctorales y actas de congresos académicos, que son distribuidas a través de nuestra Web.

El servicio de «libros a la carta» funciona de dos formas.

1. Tenemos un fondo de libros digitalizados que usted puede personalizar en tiradas de al menos cinco ejemplares. Estas personalizaciones pueden ser de todo tipo: añadir notas de clase para uso de un grupo de

estudiantes, introducir logos corporativos para uso con fines de marketing empresarial, etc. etc.

2. Buscamos libros descatalogados de otras editoriales y los reeditamos en tiradas cortas a petición de un cliente.